KINGA WYRZYKOWSKA

PATTE BLANCHE

roman

ÉDITIONS DU SEUIL
*57, rue Gaston-Tessier, Paris XIXe*

En exergue :

Witold Gombrowicz *Testament*, traduit du polonais
par Koukou Chanska et François Marié, Gallimard, 1996.

ISBN 978-2-02-151408-7

www.seuil.com

Vous me demandez si je me trouve bien en France. Évidemment. Comment pourrait-il en aller autrement ?

Witold Gombrowicz, *Testament*

Les déboires que rencontrera nécessairement l'étranger – il est une bouche en trop, une parole incompréhensible, un comportement non conforme – le blessent violemment, mais par éclairs. Ils le blanchissent imperceptiblement, le rendent lisse et dur comme un caillou, toujours prêt à poursuivre sa course infinie, plus loin, ailleurs.

Julia Kristeva,
Étrangers à nous-mêmes

0.

Imaginez, vous avez du temps à tuer. Une vacance.

Échine courbée, doigt sur l'écran du portable, yeux légèrement plissés, vous vérifiez vos mails, la météo, passez en revue les messages qui s'empilent dans vos conversations actives, jetez un œil au cours de la Bourse alors que vous n'avez placé d'argent nulle part, ouvrez *Le Monde*, Leboncoin, un jeu de poker en ligne et Instagram. Les minutes passent, l'ennui pas : vous cédez à l'appel d'une news qui promet un rebondissement insensé dans l'affaire Dupont de Ligonnès, et puis finalement rien. Déçu·e, vous sautez par la première fenêtre surgissante pour découvrir que Britney Spears a dorénavant les cheveux bleus.

Vous scrollez la vie des autres, sans émotion, anesthésié·e. Vous balayez les chiens écrasés avec distance, clic après clic.

Tant de chair et pas un os à ronger. Rien qui croustille.

Vous devriez vous arrêter, ranger la machine, prendre un bon roman, parler à votre voisin, lever le nez. Vous n'y arrivez pas. La déception vous affame. Le vagabondage vous rend vorace.

Tout à coup, alors que vous alliez déposer les armes, à la fois gavé·e et vide, quelque chose se met à vibrer à l'intérieur. L'excitation monte, et, avec elle, la vie. Vous ne l'auriez pas parié en entamant cet article de seconde zone, au titre peu engageant, « Les reclus d'Yerville », dans un journal régional. L'histoire d'une famille de Franciliens bon chic bon genre, originaires de Paris et proche banlieue (sans autre précision), qui, depuis plusieurs mois, ne sort plus de sa résidence secondaire normande. Le journaliste profite de l'affaire pour promouvoir la région, vante le bocage dans toute sa splendeur, la situation du village à quelques encablures de la gare d'Yvetot, en surplomb de la campagne, la mer en trente minutes – une aubaine pour relancer le marché immobilier du pays de Caux. Dessert son enthousiasme la photographie qui accompagne l'article : une maison de maître, imposante et lugubre, aux volets fermés, et sa légende tragi-comique – *Le Clos* (ça ne s'invente pas)*, devenu la prison volontaire des Simart-Duteil.* Vous apprenez qu'ils sont dix, de tous âges, de la grand-mère aux petits-enfants, leurs courses sont livrées devant la grille d'entrée sous vidéosurveillance, les séquestrés les récupèrent à la tombée de la nuit. On rapporte les propos stupéfaits de l'épicière, les Simart-Duteil étaient tout ce qu'il y a de plus normal, ouvert même, ils recevaient beaucoup surtout depuis la mort du patriarche, un grand monsieur.

Elle se souvient de voitures garées en file devant chez eux, de baptêmes, de mariages, d'anniversaires, et vous, chaque fois que vous lisez « Simart-Duteil », vous vous troublez. Ça vous parle.

De quoi ? D'où ?

Un des fils a eu son heure de gloire, est-il mentionné, mais son nom de vedette, Pol Sim, ne vous évoque rien. Vous le googlez. Sa tête non plus. Froid, froid, froid. Vous revenez à l'article, aux Simart-Duteil, un picotement de nouveau, un frémissement nostalgique, vous pourriez le jurer. La génération médiane, trois enfants nés dans les années soixante-dix, est la vôtre. L'un d'entre eux a peut-être fréquenté la même classe que vous. Vous tapez « Simart-Duteil » dans le moteur de recherche, vous trouvez un ou deux avis de décès, un arbre généalogique qui ne correspond pas, et des liens comme autant d'impasses, dont plusieurs vers le site d'une clinique de chirurgie esthétique. Vous proposez « famille enfermée dans sa maison + Normandie » à la sagacité de Google, qui choisit d'ignorer le dernier mot et de vous servir des femmes et des enfants séquestrés à la pelle, surtout en Hollande ou en Autriche. Vous apprenez que Natascha Kampusch est devenue l'heureuse propriétaire de son ancienne geôle. Vous suivez la sortie de l'enfer du petit peuple de la cave, jouet de l'ogre Josef Fritzl. Vous vous égarez sur les traces des reclus de Monflanquin, cloîtrés pendant huit ans dans leur château près de Bergerac. *Des gens bien qui avaient mis leur intelligence en jachère.*

Vous achoppez là-dessus. Sur la jachère, sur les gens bien. Vous n'écoutez plus. L'expression du journaliste tourne en boucle. Vous chauffez. Vous y êtes presque.

Et soudain, ça vous revient : des murs surmontés de tessons de bouteilles qui ceignent une bâtisse imposante, son toit pointu, aux tuiles orange, une girouette, de la végétation luxuriante et surtout, comme dans les contes, une tourelle. En somme, une fantaisie architecturale un peu floue, tels les lieux rêvés ou souvenus, qu'une promenade sur Street View ne rendra pas plus nette. Elle confirme néanmoins que la maison en pierre tranche avec le reste du cadre urbain, enduit de crépi : elle est exceptionnelle.

Vous êtes à Créteil, le Vieux Créteil, dans la zone résidentielle : des pavillons Bouygues au jardin carré, quelques résidences fleuries et leur court de tennis, des immeubles HLM à taille humaine, dont le vôtre à l'époque, beige, avec parking à l'entrée, rue de Bonne. Une rue que vous descendiez jusqu'à celle de l'Espérance pour vous rendre à l'école, quinze minutes à pied, un peu moins en passant par la rue du Cap. Et, sur votre chemin, la maison à la tourelle, dont s'ouvrait tous les matins, à huit heures quinze précises, le portail électrifié, pour laisser sortir dans une berline chic une fillette de huit ans qui ne vous ressemblait pas. Parfois, vous aperceviez ses frères, habillés comme elle en bleu marine. Un ado, un peu gros, et l'autre, tout juste collégien, pensiez-vous, l'air grave et les traits parfaits. Ils allaient à l'école privée, en voiture donc. Avec leur père, tiré à quatre épingles, qui devait sentir l'eau de Cologne et la lessive propre. Parfois, c'était leur mère, une beauté à l'allure d'actrice de cinéma. Et ils se sont gravés à jamais dans votre imaginaire d'enfant né·e ailleurs pour y former une catégorie à part, qui nourrissait tous vos fantasmes : celle des « gens bien ». Vous les appeliez comme ça : « les gens bien de la rue du Cap ». Alors que vous connaissiez leur nom, inscrit sur une boîte aux lettres au style anglais. Un patronyme si français à votre oreille, enfoui au fond de votre mémoire qui émerge à cet instant, intact et toujours aussi chic : Simart-Duteil (car, oui, c'était eux).

Et vous vous rappelez le prénom de la fillette, Clothilde, et que l'un de ses frères (le beau) avait joué dans une pub Benco (comment l'aviez-vous su ?) que vous retrouvez en ligne.

Les Simart-Duteil, un horizon inatteignable, une énigme depuis toujours, désormais à portée de main. Tout ce que vous avez voulu connaître, toucher, enfermé dans une résidence secondaire à Yerville. Et leurs vies d'avant, traçables. Ici et là. Il suffit de glaner.

Imaginez, il y a de quoi frissonner.

1.

D'abord Paul.

Alias Pol Sim, le plus populaire des Simart-Duteil, avec sept cent soixante-quinze mille occurrences sur Google. Il s'agite sur l'écran dans différentes émissions de Thierry Ardisson (site de l'INA), veste en similicuir collée à son torse nu, jouant la provoc, rires à sa gauche, rires à sa droite, tout le monde en parle, tout le monde applaudit, et plus tard, vieilli d'une quinzaine d'années, seul contre tous sur sa chaîne YouTube (Pol'pot), portant beau en costard cravate. Plus classique, crâne impeccablement chauve – lustré – et toujours en verve, à bas le politiquement correct ! Entre les deux, pas grand-chose, quelques articles poussifs, deux ou trois interviews dans des magazines de seconde zone qui fleurent bon le zèle d'un attaché de presse et des tags d'ordre privé sur les murs des autres.

Il a décidé que cette année serait celle de son come-back : il en rêve, quelque temps qu'il trépigne en observant tous ceux qui émergent grâce à une vidéo merdique, qu'il cherche l'idée qui fera mouche, le concept qui tue. Et le bon moment. Tout se joue sur le timing. Et les relations.

Sans le réseau, on n'est rien.

C'est pourquoi Paul sourit (intérieurement) en franchissant la grille du Lagardère Paris Racing, ancien Racing Club de France, dont il a toujours scrupuleusement payé l'adhésion même en période de vaches maigres, même quand chaque silhouette croisée dans les allées du parc lui rappelait qu'il ne connaissait plus personne, qu'on l'avait oublié, qu'il n'était plus rien. Il ne boude pas son plaisir : après deux mois à l'affût, il a décroché le Graal, un rendez-vous pour un double avec Hugo de Saint-Mars. Énorme.

C'est arrivé la veille en salle de muscu. Entre deux allers-retours sur son rameur, Paul a échangé quelques blagues avec son voisin, sa cible number one, le grand manitou de la presse néo-réac qui, on ne va pas se mentir, est la seule à tirer son épingle du jeu. Qu'est-ce qu'on ne ferait pas pour rivaliser avec la ligne de notre cher président ? a-t-il lancé, goguenard. Je ne l'ai pas attendu, celui-là, pour tester le régime Dukan, a rétorqué Saint-Mars en accélérant imperceptiblement ses mouvements. Confidence pour confidence, moi je ne l'ai pas attendu du tout, a renchéri Paul. Et je ne l'attends toujours pas. Merci pour ce moment et bon vent ! Saint-Mars a ri. Gagné. À la fin de sa session, il s'est tourné vers Paul : je vous connais, non ? C'est quoi votre nom déjà ? Pol Sim. Oui, c'est ça… Pol Sim… On peut se tutoyer, non ? Pardi, entre collègues ! Pol, tu joues au tennis ? Le partenaire de Saint-Mars était blessé, Paul pourrait le remplacer. Le lendemain matin, un petit double avec deux copains très fréquentables.

Voilà une affaire rondement menée. Le rendez-vous est fixé à dix heures cinquante-cinq devant le court numéro sept.

Paul arrive largement en avance pour enchaîner les trente longueurs auxquelles il aime s'astreindre. Il lui reste même du temps pour une orange pressée au Bar Anglais. Il fait défiler les infos du jour sur son iPhone. Pendant la nuit, il a lu *Le Suicide français* – Saint-Mars est un intime de Zemmour. Il s'est fait une liste de bons mots qu'il trouvait implacables il y a encore une heure mais, à présent, il doute de tout, craint de ne pas être drôle, pas mordant, à côté de la plaque. Il ne faut pas qu'il se loupe. Avec des mecs comme ça, t'as pas le droit à l'erreur, il n'y a pas de seconde chance. Ils sont impitoyables. Après le match, ils iront déjeuner ensemble. Les quatre mousquetaires. Et c'est là qu'il veut amener, entre la poire et le fromage, son bébé. Pol'pot. Il a préparé une formule de présentation qui claque. Il doit la caser avec détachement : Pol'pot, c'est la fusion assumée de *Voici* et de *L'Express*, version Pure Player. Les potins de Pol : les dessous de la politique. Les liens secrets entre les puissants : le cul, le fric, la famille. Ils voudront en savoir plus. C'est sûr. Saint-Mars flairera le coup fumant. Et s'il en est, les investisseurs suivront. Pour un lancement correct, Paul a besoin d'argent et de soutien.

Et de lui-même. Ne pas faillir. Se faire confiance. S'autoriser à réussir.

Comme il ne veut pas arriver en avance, il se présente avec trois minutes de retard devant le numéro sept. Il est quand même le premier. La réservation précédente occupe toujours le court. Paul patiente en observant quelques gamins, seize, dix-sept ans à peine, qui jouent au volley sur le terrain voisin. Il n'y a pas à dire, c'est un sport qui allonge les corps. Les adolescents, c'est quitte ou double : minces, ils le fascinent ; sinon, ils le dégoûtent.

À onze heures cinq, Paul poireaute et s'inquiète. Les deux joueuses se foutent de déborder sur son créneau. Les autres manquent toujours à l'appel. Il vérifie ses messages, consulte son répondeur, hésite à écrire à Saint-Mars. Il ne veut pas paraître oppressant, à cheval sur les horaires comme un pécore. Les grognasses le saoulent à jouer en l'ignorant. À onze heures douze, d'un pas déterminé, entre deux balles, Paul traverse le court. Les squatteuses de terre battue s'arrêtent, surprises. Un goujat ? Un étourdi ? Je vais m'échauffer avant l'arrivée de mes amis si vous permettez, mesdames. Il accentue « amis » avec emphase. Plus tard il y repensera, humilié ; plus tard, quand il connaîtra le fin mot de l'histoire, qu'il fera surgir de sa mémoire, comme un diable de sa boîte, cette petite phrase fanfaronne et ridicule, elle achèvera de le torturer. Il pourrait avoir l'amabilité d'attendre qu'elles aient terminé, s'offusque la coupe au carré. Il leur reste quarante-cinq minutes, elles ont bien l'intention de les utiliser. La queue-de-cheval a une voix nasillarde, insupportable. Étonnant que personne ne l'ait encore égorgée. Je pense qu'il y a malentendu. Paul a les mains qui tremblent. Mes partenaires et moi avons réservé depuis cinq jours, au moins. Elles en doutent, elles bloquent le créneau d'une semaine sur l'autre. Vous n'avez qu'à vérifier. Vous nous faites perdre notre temps, monsieur. Paul ressort. Scrute son portable pour se donner une contenance. Salopes, il jure, entre ses dents croit-il, mais la coupe au carré lui adresse un je vous en prie éclatant. Tandis que l'autre l'interpelle : c'est quoi votre nom ? Prends-le en photo, c'est un intrus. Il ne fait pas partie de nous.

Toujours personne et pas de message, aucune excuse. *Nada.* Saint-Mars se fout de sa gueule ou quoi ? Paul se poste devant le tableau des réservations. *Saint-Mars, court n° 7 de 11 h à 12 h.* Elles vont l'entendre les pouffiasses – tu dois t'affirmer, ne pas t'écraser. Paul accélère, échauffé par la perspective de les virer manu militari. Ses oreilles bourdonnent. Il n'entend pas que devant le Club-House on le hèle. Une fois, deux fois : Pol Sim ! Des rires. Enfin, il se retourne. Hugo de Saint-Mars, au centre d'un petit groupe animé dont font certainement partie Mathieu Brison (animateur radio, né le 26 février 1973 dans le 15e arrondissement de Paris), et Laurent Mayol (personnalité du monde des affaires, né le 7 mai 1967 à Poitiers). Paul s'approche. Avec eux, un quatrième larron, au visage de poupon. T'avais peur qu'ils nous mettent la pâtée, hein ? T'avais peur qu'ils nous mettent la pâtée ! Je vous présente Pol Sim, qui nous a lâchés ce matin. Vous le connaissez, n'est-ce pas ? Essayiste, polémiste, journaliste, arrêtez-moi, Pol, hein, si je me trompe. Et sacré fêtard, hein, c'est peut-être encore ce qui te définit le mieux ! Bien sûr, on le connaît, confirme Mayol sans grande conviction. Hein Pol ? Comment c'était déjà le titre de ton livre ? Une citation… c'est ça, non ? *Tu seras un homme, mon fils*. Paul peine à avaler sa salive. Kipling, non ? C'est ça ? Kipling ? Paul opine. Brison cherche : une autobiographie, je ne me trompe pas ? Oui, tranche Saint-Mars qui revient à son mouton noir : tu nous as lâchés, Pol. T'es pas du matin, toi ! Heureusement qu'il y avait Guillaume – l'homme qui tombe à pic ! Parce que je déteste perdre, hein, et encore plus déclarer forfait. Hugo saisit familièrement l'inconnu par les épaules – qui c'est ce roux ? –, Guillaume Lepetit, qui sait manier la raquette presque aussi bien que Twitter… Un tueur. Saint-Mars ne plaisante pas : Guillaume est le meilleur journaliste actuel. Je le dis tout net. Un fleuret en guise de plume. En cent quarante caractères, il te cloue au pilori. Ses tweets sont suivis par plus de… Combien de followers, déjà ? se délecte-t-il, la bouche gourmande. Oh je ne sais plus… C'est très volatil tout ça, tempère modestement Lepetit. Il vaut mieux l'avoir de son côté, celui-là, je peux te le dire Pol. Paul acquiesce machinalement, de plus en plus perdu. Justement, à propos de réseaux sociaux, lance-t-il comme un piolet dans la glace, pour se hisser à leur niveau, ne pas perdre de vue les premiers de cordée. On ne l'écoute pas. Brison propose de se faire la revanche le lendemain. Paul peut se libérer mais personne ne relève. On l'ignore. Il tente d'élucider le malentendu : le rendez-vous était à onze heures, non ? Il ne comprend pas : il était au Racing à neuf heures, pour nager. Il avait piscine ! se gausse Brison, la bouche ouverte. Il se plie en avant pour expulser son hilarité silencieuse. Paul oscille : le mieux serait de rire avec eux, mais il n'y arrive pas. Il reste là, les bras ballants, hors sujet. Le problème, c'est toujours les autres. Dans un souffle : c'était à quelle heure le rendez-vous ? C'est pas qu'ils s'emmerdent mais Mayol et Saint-Mars doivent rejoindre leurs moitiés sur le court sept. Puis on déjeune rapidement tous ensemble ? Paul ne pipe mot, interdit : leurs moitiés ? Le court numéro sept ? Coupe-au-carré et Queue-de-cheval. Il est fichu. Il sort son portable de sa poche, le déverrouille pour lire, encore une fois, le message de Saint-Mars.

Neuf heures, putain. Blanc sur bleu, c'est marqué neuf heures. Depuis toujours neuf heures. Distribué et lu. Comment s'est-il débrouillé pour lire onze ?

C'est plus prudent de quitter le Lagardère. S'il croise les deux connasses, elles le reconnaîtront. On ne le retient pas d'ailleurs et il choisit de contourner le self-service où disparaît Lepetit qui, lui, va déjeuner avec la bande. Il porte bien son nom. Un nabot. Paul vérifie ses mails et consulte la météo de l'iPhone pour se donner une contenance en marchant. Temps couvert.

À l'automne, même la Croix-Catelan, c'est triste. Inhospitalier. Dire qu'il raque deux mille boules pour avoir envie de se tirer une balle en pleine tête dans leur putain de parc de dix hectares, jonché de feuilles mortes. C'était un très-au vent d'octobre paysage. Des vers – de qui ? – surgissent à la surface de sa rage tandis qu'il franchit, sans un regard pour le vigile, la sortie du club. Dans ce monde, si on veut réussir, il ne faut pas avoir d'états d'âme. Pas d'âme du tout, comme ce pisse-froid de Lepetit. Que découpe, aujourd'hui dimanche, la fenêtre : c'est quoi, déjà, la suite ? Il ne s'en souvient plus. Il inscrit le début du poème dans son moteur de recherche. Ah voilà : Jules Laforgue. Avec sa jalousie en travers, hors d'usage… Il tape « Guillaume Lepetit », voit apparaître quatre cent quatre-vingt-sept mille résultats, un portrait de lui dans *Libération*, des articles récents à foison, des signes de gloire. Lepetit, nouvelle coqueluche de la droite. Lepetit, hussard de la plume. Trente ans et un avenir prometteur. Un garçon plein de valeurs, aux aguets, prêt à prendre sa place.

Paul efface d'un geste désabusé le patronyme du journaliste et rentre « Pol Sim » à la place. Il guette, terrifié, les signes de sa disparition à venir, de son inéluctable chute dans les limbes de l'anonymat. Là où jamais Saint-Mars ni aucun autre ne songeront à le repêcher. Ouf, le nain a moins d'occurrences que lui. Ça le console un peu. Il faudra qu'il s'en souvienne, demain, quand il ira à l'anniversaire de sa mère et que chacun des invités lui demandera par politesse, par sadisme ou par ennui – ce qui dans le fond revient au même – ce qu'il fait en ce moment, où il en est, comment ça va, quoi, toi.

Bien. Très bien. Au mieux. Je reviens. De loin mais je suis là. Comptez sur moi. Je ne suis pas mort. C'est mon moment. My time. À vos marques.

Feu.

2.

Irrésistible Isabella, sur cette photo, postée sur Instagram le 12 octobre 2014. C'est une journée particulière – une journée d'anniversaire, avec un mois d'avance parce que le 14 novembre, c'est barbant, il fait toujours froid. Isabella a mis sa robe mauve, en soie légère, pour découvrir ses épaules, sans frissonner d'autre chose que du plaisir de se sentir jolie. Elle penche la tête sur le côté, vers le bouquet d'asters blancs serré dans sa main gauche. On ne voit pas la droite, ni ses jambes, c'est un plan américain, mais on imagine facilement qu'elle porte des sandales à semelles compensées beiges. Pratiques et glamour.

Elle destine les fleurs à la décoration du buffet et va les lancer, une par une, sur la nappe, pour créer une atmosphère primesautière et un effet de savant négligé. Elle ne veut pas d'une cérémonie trop formelle, surtout pas. Juste bucolique. On est à la campagne après tout. À Yerville, où elle habite désormais à mi-temps. Au Clos plus précisément, que dans la famille on appelle le Cottage, avec l'accent anglais, en allongeant exagérément le a, pour se moquer un peu de soi-même. La maîtresse des lieux aime rire. La légèreté. Elle a lâché ses cheveux – pourquoi pas ? –, elle pensait mettre un chapeau toscan mais elle ne le trouve plus. Aucune importance, ses boucles noires lui chatouillent le dos, libres, sauvages. Avec son teint hâlé de l'été, c'est extra.

Elle hésite devant la grande table dressée : les assiettes, les verres et les couverts ont été disposés de façon maussade, en rangs ordonnés, des deux côtés de la table, comme alignés pour une bataille. Il faut chambouler tout ça. De la fantaisie avant toute chose ! Isabella dissémine la vaisselle çà et là, par petites piles, idem pour les couverts. Voilà qui donne du mouvement à l'ensemble, de la joie. On aurait pu mettre davantage de couleurs encore mais… Elle songe aux reflets bleutés des fleurs de lin et regrette de ne pas être née au printemps. Enfin, il n'y a pas de quoi se plaindre, la journée s'annonce MA-GNI-FI-QUE. La fête pourra se dérouler à l'extérieur. Chacun aura le loisir d'admirer le parc : sa fierté. Tout pousse. 2014 a été une année particulièrement chaude, ce qui ne l'inquiète pas ; elle est de nature optimiste, pas comme Clothilde qui imagine tout de suite des catastrophes en série, et tiens, tant qu'on y est, l'apocalypse. Qu'elle regarde plutôt le magnolia ! Un prodige, un miracle : il fleurit de nouveau, en plein mois d'octobre ! Du moins Isabella l'espère – elle n'a pas pensé à vérifier depuis la veille. Elle sait la nature capricieuse : tout peut faner en une seule nuit.

Clothilde pose sur le buffet un plateau de coupelles garnies de crabe spicy spicy, façon street food thaïe. Le prend en photo. En commentaire sur Facebook, elle précisera qu'elle s'est fait envoyer des boîtes de conserve de fruits de jacquier de Bangkok pour retrouver le goût de là-bas. Pas très écolo mais délicieux, clin d'œil. La cuisine thaïe, c'est sa marotte. Clothilde a tenu à s'investir personnellement dans le catering. Tout prendre chez le traiteur, elle trouve ça sinistre. C'est la raison principale de son arrivée précoce au Cottage, avec son mari et leurs trois enfants.

Pendant que Clothilde s'affaire, Isabella goûte un dernier instant de solitude, à l'autre bout du jardin, devant le magnolia paré de fleurs d'un élégant rose poudré. Elle ferme les yeux pour se concentrer sur leur parfum. Elle inspire, fronce les sourcils, recommence. Rien. Peut-être que les phéromones ne dégagent plus d'odeur à l'automne. Elle frissonne. À l'ombre, il fait froid.

Elle ne veut pas avoir à se changer. Sa tenue lui va à merveille – une vraie jeune fille, a susurré Marco en l'embrassant dans la nuque.

Soixante-dix ans. Elle hume l'air aux senteurs mêlées de sous-bois. La Normandie est humide, même quand il fait beau.

Elle en paraît dix de moins, si ce n'est vingt.

Les invités ne vont pas tarder à arriver. Elle observe le ciel avec inquiétude. Rien ne doit gâcher la fête. La clef, elle le répète encore et encore, c'est de s'amuser.

Elle entend le cliquetis et le grincement qui suivent l'ouverture du vieux portail en fer forgé. Déjà ? Elle ne porte jamais de montre. Sur le seuil, elle tombe sur son gendre Antoine, la benjamine dans les bras. Elle passe une main tendre dans les cheveux ensommeillés de sa petite-fille. A-t-il entendu sonner à la porte ? Antoine acquiesce : c'est ce qui a réveillé Emma. Mais il ne s'agit pas encore des vrais invités. Ce n'est que Paul, de retour de son footing sans ses clefs. Arrivé la veille au Cottage avec un nouveau projet, encore un. Il a passé la soirée à expliquer de quoi il s'agissait mais Isabella n'a toujours pas compris. Ça se passe sur Internet, et elle, ce qu'elle aime, c'est la vraie vie. La chair et l'os. Enfin, la bonne nouvelle, c'est que Paul voudrait aménager la Bergerie pour venir plus souvent au Clos. Avec l'informatique, on peut tout faire à distance. Isabella préfère avoir Paul près d'elle, à l'œil. Il y a fatalement un enfant pour lequel on s'inquiète plus que pour les autres. Un plus fragile, sensible. Imprévisible. Cinquante ans qu'il se cherche, soupire Isabella avec agacement, et son deuxième, qui n'est pas encore là. Qu'est-ce qu'il fiche ?

Samuel, le cadet en question, sort juste de l'autoroute quand il reçoit un message de sa mère qui voudrait tous les siens auprès d'elle à l'arrivée des premiers convives.

Monika l'observe, inquiète. Nous sommes en retard ? Le retard, ce n'est rien. Samuel aurait souhaité qu'Aurélien se joigne à eux au lieu de prétexter une grippe et de cuver sa gueule de bois chez sa mère. Samuel ment. Ce n'est pas l'absence de son fils qui le contrarie mais la perspective de présenter sa nouvelle fiancée à la famille. Il ne veut ni de leurs questions ni de leurs commentaires. Il n'a besoin de l'assentiment de personne.

Il l'aime comme il n'a jamais aimé auparavant.

Ça a commencé par un coup de foudre, lors du tournage d'un court film publicitaire, consultable en ligne sur le site de la Clinique Claude Simart-Duteil. Samuel y présente les mérites d'une machine de photoréjuvénation par lumière intense pulsée IPL. Malgré son indéniable cinégénie, il déteste la caméra et jouer au marchand de tapis. Sa mauvaise humeur se ressent à l'image. Promouvoir des appareils de rajeunissement, à la portée de la première esthéticienne venue, l'humilie. Il est professeur à l'ISAPS (International Society of Aesthetic Plastic Surgery), que diable ! Il forme tous les mois des spécialistes aux techniques les plus pointues. Il publie régulièrement des articles scientifiques. La sculpture des nez représente pour lui un véritable sacerdoce, une passion. Comme Samuel n'en éprouve pour rien ni personne.

Sauf maintenant pour Monika.

Il ne lui a pas prêté d'abord plus d'attention qu'à un mannequin de cire. Il s'est approché, le nouvel appareil à la main, de la table où elle était allongée. Il s'est penché au-dessus d'elle, conformément aux instructions du réalisateur. Elle portait des lunettes de protection laser. Ses cheveux formaient une couronne blonde autour de sa tête qui reposait sur une serviette mauve marquée du logo Simart-Duteil. La première chose qu'il a remarquée, son nez, lui a semblé d'une beauté incomparable, une ligne parfaite partiellement recouverte par les lunettes qui dissimulaient une zone secrète essentielle, supérieure, dans tous les sens du terme, celle de l'os propre. Un endroit qu'il a aussitôt eu envie de connaître.

Pour des raisons obscures, le moment incongru où Samuel soulève le masque de Monika n'a pas été coupé au montage. Le trouble du chirurgien est manifeste. Il a du mal à se concentrer. Il bafouille.

La séance a duré plus longtemps que prévu. Il s'en fichait. Il se sentait foudroyé, conquis, ferré, à jamais.

Depuis, c'est l'idylle. Ils s'accordent sur tout. Deux jours avant l'anniversaire de sa mère, Samuel a demandé sa beauté slave en mariage. Il a fait ça à l'ancienne, genou à terre, solitaire Cartier que Monika triture nerveusement tandis que la voiture se rapproche d'Yerville.

Dans l'allée, ils croisent Mathilde Pritulin. Sa maison se trouve à quelque cinq cents mètres du Clos. Samuel ne l'a pas vue depuis une bonne vingtaine d'années mais reconnaît sa démarche adolescente, et ses vêtements, il jurerait que ce sont les mêmes qu'alors : un jean noir serré sur ses mollets ronds, un perfecto et des Creepers. Quand il freine, elle se retourne et éclate de rire. Samuel ! Toujours aussi beau gosse ! Chic ! Tu n'as pas bougé ! Il note les rides autour de ses yeux, un début, léger, de relâchement de l'ovale du visage, des cernes prononcés. Pourtant, quelque chose de frais se dégage d'elle. Samuel se sent vieux en baissant la vitre de sa voiture. Depuis l'enfance, en présence de Mathilde, il a l'impression d'être lourd, poussiéreux, pas dans le coup. Elle l'impressionne avec son rapport au monde dépourvu de gêne. Lui, face aux autres, s'absente, pense à autre chose qu'à la conversation en cours, pas par indifférence, au contraire, par timidité, comme pour se garder une porte dérobée.

Mathilde s'accoude à la portière et passe sa tête à l'intérieur de l'habitacle tel un enfant envahissant. Elle le fixe. Y a de la bagnole ! Et y a de la meuf… Samuel rougit, cherche le bon mot, ne le trouve pas, se tourne vers Monika, interrogateur. Mathilde est drôle, non, quand même ? Gonflée. Monika tend la main avec une raideur hiératique : Monika Ogurska, la fiancée de Samuel. Mathilde ! Ils conviennent de se retrouver plus tard, autour d'une coupette, que propose Samuel avant sa marche arrière pour se garer en bataille impeccable. Il tient la portière de Monika, et les deux avancent vers les invités massés à distance respectable du buffet, aux aguets.

Samuel devine sa mère au milieu d'un groupe très bien conservé du troisième âge, qui s'extasie devant la tenue exceptionnelle du jardin. Il dispose de cinq minutes de répit pour boire un verre, se donner du courage. Il attrape une flûte, demande à un serveur un jus de pamplemousse pour Monika, puis l'escorte jusqu'à sa sœur qui vient de répartir les différents indices de la chasse aux trésors organisée pour les enfants.

Je ne savais pas que tu avais une nouvelle amoureuse, glisse Clothilde à l'oreille de son frère. *I'm so happy for you.* Elle tend sa joue à la chérie, tu as un léger accent… Je suis polonaise. Ah, c'est sympa ! Elle s'étonne : Monika est arrivée cinq ans auparavant en France ? Elle parle incroyablement bien ! Quasiment sans fautes. Sans fautes même, carrément. Les gens de l'Est sont forts en langue. Une question de palette des sons ou quelque chose comme ça. Clothilde prend une voix nasillarde de personnage de dessin animé : moi, je suis nulle. J'ai un accent français à couper au couteau même en anglais alors que j'ai habité trois ans en Thaïlande, deux à Hong Kong. Il m'arrive de rêver en anglais depuis que j'ai quitté Shanghai en juin. Les enfants ont fait leur première rentrée en France. Elle soupire : entre la qualité de vie en Asie et en France, y a pas photo. Shanghai, quand on est expat, c'est le bonheur. Mais la famille vous manque. Les repères. *Home sweet home.* Et puis, elle n'est pas à plaindre. Loin de là. Antoine et elle ont trouvé une jolie maison à Clamart. Entièrement refaite. Une école bilingue Montessori. Nous sommes gâtés. Et toi ? demande-t-elle soudain, craignant d'avoir trop parlé. Sa bienveillance se lit sur son visage ouvert, les yeux plissés, le museau à l'écoute, et toi ? elle répète en articulant. En guise de réponse, Monika lève la main droite et agite son annulaire couronné d'un diamant. Clothilde louche vers son frère, interloquée. Nous allons nous marier, traduit-il avec embarras. Tu es la première au courant. Ah d'accord ! C'est une bague de fiançailles ! *Fabulous !* En France, on la porte à la main gauche. Félicitations ! Je suis tellement contente pour vous. Maman ne le sait pas encore ? Ni Paul ?

D'ailleurs où est-il ?

Maman arrive, justement. Elle vient de quitter le groupe de ses amis. Ses bracelets cliquettent tandis qu'elle fond sur son fils les ailes déployées. De loin, on pourrait croire qu'elle danse ou qu'elle se livre à une étonnante parade amoureuse.

Samuel entraîne Monika à la rencontre de l'oiseau de paradis.

Paul se change dans la Bergerie où il a stocké deux valises, la veille, en guise d'installation symbolique. Enfant, il aimait dormir là, à même le sol. À l'époque, c'était un mélange de graviers et de terre. Dans les années quatre-vingt-dix, on l'a remplacé par un dallage en pierres reconstituées. Ça a enlevé tout le charme. Paul mettra de la tommette. C'est très important pour lui de se réapproprier les choses. Sa maison, son destin.

Sa nièce Drisana apparaît sur le seuil. Il faut que Paul se dépêche, le film sur Mamisa va commencer. Paul ignorait qu'il y avait quelque chose d'organisé, Clothilde ne l'a pas prévenu. Maman ne le savait pas non plus, c'est une surprise de Fanny, précise l'adolescente en haussant les épaules.

Fidèle à sa réputation de meilleure amie rigolote, l'instigatrice de la projection se tord devant la première photo. L'image rendue floue par l'agrandissement laisse deviner deux fillettes d'une dizaine d'années, l'une blonde et l'autre brune, se livrant à un concours de grimaces. Quoique l'expression des enfants soit à peine perceptible, Fanny n'en peut plus. C'est nerveux. Elle est émue. À l'époque, on copinait depuis deux ans déjà, hein ma Zaza ? C'était hier. Chaque fois le cliché produit le même effet sur Fanny. Je ris, je pleure. Elle a l'émotion contagieuse. Isabella, au premier rang, lui envoie des baisers du bout des doigts, les yeux brillants. Le public (une quinzaine d'invités) glousse en attendant la suite. La photo d'après, un portrait d'enfant dodue, se révèle encore plus bouleversante. Apprêtée, en robe à smocks de couleur claire, col à dentelle et nœud démesuré au sommet de sa tête, le modèle paraît surpris, hésitant, comme si la petite fille se demandait ce qu'elle fait là. Nous la connaissons tous, sans avoir malheureusement pu la rencontrer, intervient Fanny, la gorge serrée. L'adorable Sofia, la jumelle adulée, partie trop tôt. Il n'y a pas un jour sans que tu ne penses à elle, ma Zaza chérie, et comme tu le fais remarquer chaque année, c'est aussi, aujourd'hui, son anniversaire. Il y a un silence dans la salle, bientôt rompu par Solal, le fils de Clothilde, qui veut savoir exactement comment est morte sa grand-tante et si elle était plus grande, égale, ou plus petite que lui aujourd'hui.

Vite, Fanny relance le diaporama : Isabella en tenue de soirée, à un dîner, un bal masqué, une garden-party. Une beauté renversante, nul ne peut le nier. Élégante et radieuse. Parfois éméchée. Toujours souriante. Boute-en-train. Qu'est-ce qu'on a rigolé, toutes les deux, hein Zaza ? Chaque fois qu'il y avait un coup dur, tu me répétais : la joie est une politesse rendue aux morts. « La joie est une politesse rendue aux morts » : c'est tout Zaza ! La Zaza qu'on aime. Et qui, en plus d'être une femme sublime, a été, enfin est, une mère et une grand-mère épatante. Après Zaza, Mamisa ! Aussitôt succèdent à la Femme du monde la Mère et la Grand-Mère. Qui donne le biberon à Samuel, apprend à lire à Drisana, et replace, émue, une épingle dans le chignon de Clothilde avant son entrée dans l'église, le jour de son mariage.

Fanny a beaucoup réfléchi à la manière de faire défiler les photos. Par ordre chronologique, trop barbant. Et c'est désolant, malgré tout, une femme qui vieillit. Elle a choisi le pêle-mêle thématique, qui correspond mieux à la personnalité d'Isabella. Elle n'a pas prévu que la superposition kaléidoscopique, et sans transition, d'une Isabella de quinze ans, puis de soixante, et à nouveau gamine, puis telle qu'elle est à présent, certes rajeunie mais néanmoins mûre, aurait une conséquence plus cruelle encore : celle de montrer le passage du temps comme une conquête sauvage, procédant par assauts inéluctables et ravageurs. Plus fâcheux, dans ce défilement aléatoire, le visage récent d'Isabella, à plusieurs reprises rafraîchi par la chirurgie esthétique, surgit à intervalles réguliers comme un masque mortuaire posé sur les traits enjoués et animés de sa jeunesse perdue. Un memento mori ou un visage-écran, comme il y a des souvenirs-écrans, qui cachent la dégradation insupportable de la jeunesse.

Et maintenant, musique ! Isabella se lève sitôt la projection terminée, merci, merci pour cette initiative merveilleuse absolument délicieuse mais maintenant ça suffit, il faut ouvrir les rideaux, de la lumière, de la vie ! De la vie par pitié ! Toute cette obscurité rend claustrophobe. Ces souvenirs, ça ressuscite trop de… C'est normal qu'il n'y ait aucune photo de moi ? lance Paul à la cantonade. De l'air, de la musique, de la gaieté, il n'y a que ça qui compte. Le passé chagrine. Marco, devançant les désirs, a déjà pris place au piano. Il sait comment relancer l'ambiance. Tu vois le mal partout, il y en avait au moins une, celle du baptême de Solal ! Marco officie comme pianiste pour le *Princesse Danae* ou MSC Croisières. Que du haut de gamme. Sur son site (marcopianiste.com) il se félicite de sa profession très enrichissante artistiquement parlant. Ce n'est pas donné au premier venu de manier tous les styles pour satisfaire un maximum de personnes dans un cadre unique. Comme ici, ajoute-t-il en improvisant un morceau entraînant et léger.

Demande à Fanny, c'est elle qui a choisi les photos. Les serveurs apportent flûtes et champagne, sur les recommandations de Clothilde qui s'est réfugiée dans la cuisine pour échapper au sentiment d'injustice permanent de Paul, et allumer les bougies de sa somptueuse pavlova à quatre étages, un exploit.

Parfaitement synchrone avec l'arrivée du gâteau, le musicien (qui a introduit en amont quelques accords festifs) entame un *Happy birthday to you* jazzy et endiablé. Les plus audacieux des invités l'accompagnent en fredonnant. Les autres se contentent de secouer la tête en rythme et d'apprécier par des soupirs d'aise le passage de la montagne de meringue recouverte de crème chantilly et de framboises. Il paraît que tu détestais te faire photographier, alors je n'avais pas grand-chose, reconnaît Fanny. En plus ta sœur m'a conseillé d'éliminer celles où tu es, disons, rondouillard. Mais tu ne vas pas te rendre malade avec ça maintenant. Maintenant qu'Isabella souffle avec succès (presque avec colère, comme le note Drisana) ses soixante-dix bougies. Les soixante-dix merveilleuses années qui viennent de s'écouler, crie-t-elle pour couvrir le chant devenu collectif. MER-VEIL-LEUSES, et encore, elle pèse ses mots. Elle a toujours été comblée par les siens, par ses enfants, par ses petits-enfants, choyée par Claude jusqu'à sa mort, survenue trop tôt, et entourée par ses amis fidèles. Elle n'a vraiment pas à se plaindre. Elle est née sous une bonne étoile. Et, elle touche du bois (sa main sur le piano), son bonheur se poursuit jusqu'aujourd'hui. Elle le doit aussi à sa rencontre avec Marco (sa main sur le pianiste). Elle ajoute, espiègle, que certains n'ont pas parié spontanément sur leur amour. Ils trouvaient Marco beaucoup trop sérieux pour elle. Un rire unanime traverse l'auditoire, ravi de mettre à distance à peu de frais les médisances auxquelles il s'est livré quand Isabella a entamé une romance avec un type sorti de nulle part et de quinze ans son cadet. Sur ces paroles, elle se penche et embrasse son homme comme une amoureuse de vingt ans. Avec la langue, remarque Solal aux premières loges d'un spectacle dégueu, à la limite du porno.

Bientôt les invités se pressent autour du couple pour les cadeaux. Clothilde s'évertue à découper la pavlova, qui s'émiette impitoyablement. Sur les assiettes, son dessert ne ressemble plus à rien. Antoine la rassure : tout le monde est pété. Personne ne remarque, tu connais ta famille. Antoine dépose un baiser sur le front de Clothilde. Pas la peine de se mettre dans un état pareil. En plus, Samuel est en train d'annoncer son mariage. Regarde la tête de ta mère.

Isabella pâlit sous l'effet de la surprise. Samuel aurait pu le lui dire en privé. Elle observe le couple. À quarante-deux ans, son fils a la beauté du diable. Il ressemble à Gregory Peck. En plus mat, et les cheveux bouclés, un Gregory Peck méditerranéen. La silhouette fine, élégante et virile de Claude. Monika ne démérite pas non plus. Une créature, dans son genre scandinave un peu froid. Un peu triste. Pas la sensualité italienne mais si ça convient à Samuel… Isabella devra s'en accommoder. Que peut-elle faire d'autre ?

La chenille ! La chenille ! lance Fanny.

La farandole se déroule jusqu'à la véranda et chemine bondissante et irrégulière dans les allées de la propriété, en avalant un par un les invités plus timorés, dont Monika et Samuel. Ce dernier, malgré son aversion pour ce genre d'élan collectif, en profite pour se libérer de son frère qui ne comprend pas, putain, qu'on n'ait pas pensé à mettre une photo un peu valorisante de sa gueule. Ce n'est pas trop en demander quand même. Il y en a des dizaines sur Internet. Fanny en a bien trouvé deux de toi avec ta blouse blanche de toubib.

Devant les vestiges de la pavlova, la rage de Paul monte soudain. Un instant, il projette un grand coup d'éclat. Les verres brisés, les assiettes en morceaux, les meubles renversés. Devenir fou, une bonne fois pour toutes. De manière spectaculaire. Mais il ne sait pas, n'a jamais su, se laisser aller à une colère chaude. Saine. La fureur le glace. En lui, tout se fige. Au loin, il entend les rires, qui se rapprochent. Bientôt, ils seront tous dans le salon. Tu n'es pas venu avec nous, Paul ?

Il faut fuir, en cet instant où il les hait. Ça lui passera.

À l'arrière de la maison, dont personne ne se soucie, la végétation a connu un foisonnement formidable, anarchique. Sous les pieds de Paul, l'herbe pousse drue et sombre comme dans les zones marécageuses et hostiles de la Louisiane. Quant à la façade oubliée du Clos, elle s'est drapée, à l'abri des regards, dans une majestueuse tapisserie de roses sauvages. C'est beau et Paul reste là, un long moment, absorbé par la contemplation du déchaînement de la nature. Ému, presque. Au moment où il s'apprête à repartir, il aperçoit un reflet métallique dans le terreau humide où s'enfoncent les racines gorgées de sève de l'arbuste. Il se penche et découvre un sécateur par miracle préservé de la rouille. Il coupe la première branche de rosier juste pour vérifier si les lames sont encore tranchantes. Satisfait de la taille, franche et nette, il recommence. Le bruit que font les tiges fleuries en tombant par terre l'excite. Il continue, encore et encore. Avec application d'abord puis avec un enthousiasme frénétique, à la lisière de sa fureur passée. Il s'arrête lorsqu'un tapis de pétales carnés recouvre le sol. Ne subsistent alors des roses que des moignons végétaux s'accrochant désespérément à la pierre.

Paul peut regagner la fête. Voltaire et les apôtres de l'hortithérapie ont raison : il n'y a rien de tel, pour trouver le bonheur et la paix intérieure, que de cultiver son jardin.

3.

S'il y passe, mettons, trois week-ends sur quatre, du jeudi ou du vendredi au dimanche, ce qui représente somme toute trois jours pleins, mais en réalité plutôt deux jours et demi (il y a toujours des moments perdus), en six mois Paul aura rendu la Bergerie largement habitable. Si, chaque fois, il réussit à louer son appartement (perspective réaliste vu le nombre de demandes qu'il a reçues pour le week-end test) deux cent trente euros la nuit ou six cents les trois jours (avantageux) il se fera quand même onze mille cinq cents euros et des brouettes pour le rafraîchissement de la maison. Et encore, le calcul est modeste. Le plus gros budget ira aux fenêtres, qu'il faut remplacer par des doubles vitrages, en bois évidemment et avec une fermeture gueule-de-loup, sinon le cachet se perd. Et des belles portes, ouvragées. Le diable est dans les détails. Paul aspire à de la tommette et il ne pourra pas la poser tout seul. Un budget conséquent, qui attendra. Pour le reste, avec des tutos, il devrait s'en tirer, d'autant que sa mère a proposé de s'occuper du toit. Tant mieux. Vu ce qu'il a gagné cette année, il n'aurait pas eu les moyens de toute façon. À ce propos, il ne comprend pas pourquoi les revenus de la clinique sont aussi bas.

Paul balaie la pièce et les affaires qui s'y accumulent depuis des années d'un regard désabusé. Il hésite à tout balancer. Il y a trois cartons de factures de plus de dix ans. Des dossiers entiers gavés de papiers qui ne servent qu'aux vivants et qu'on aurait largement pu virer à la mort de leur père. Feuilles de sécu, assurances, banque, les relevés mensuels du Crédit Lyonnais, les impôts, les feuilles de soins, des radios des genoux et des IRM crâniennes : à quoi bon ? Paul fait une pile dans un coin, il brûlera tout dans la cheminée, ce sera moins chiant et plus beau que d'aller à la déchetterie. Il se tâte devant l'autre pile, les cinq cartons d'archives professionnelles de Simart-Duteil et Fils : des plans, des factures, des photocopies jaunies, quelques relevés topographiques. À jeter. Paul met de côté la vingtaine de carnets de travail de monsieur le directeur, l'homme son père, classés par projets, années et régions (principalement au Moyen-Orient – Liban et Syrie –, mais également en Belgique et au Liechtenstein). Il en prend un au hasard, le feuillette distraitement en se demandant qui se faderait ça : des comptes-rendus de rendez-vous, des notes au jour le jour sur l'avancée des chantiers, des croquis, des clichés documentaires, les images d'un désert voué à la modernité et au bitume. L'écriture de son père, impénétrable, régulière et dense, avec les boucles des l et des f fines, étirées, ascendantes – celle d'un homme droit dans ses bottes –, a toujours fasciné Paul. Aux autres les vicissitudes rampantes, le diable, les serpents. Paul a passé des heures, enfant, à imiter cet envol des lettres, cette parfaite et virile verticalité. Peine perdue, songe-t-il en enfonçant avec agacement son doigt au milieu du cahier pour séparer des pages collées les unes aux autres, et découvrir des paysages quelconques, disparus depuis sous les striures des autoroutes.

Et parmi ces photos sans âme, une se détache, sur laquelle Paul s'arrête comme sur une curiosité, un cliché ethnographique pense-t-il, le portrait d'habitants d'une maison qu'on détruira bientôt. L'intérieur lui apparaît modeste mais certains détails dont il se repaîtra inlassablement (les coussins brodés et deux tableaux en arrière-plan dont une peinture sur laquelle il reconnaît la grande place de la mosquée des Omeyyades) lui font supposer qu'il s'agit plutôt d'un salon cossu appartenant à la bourgeoisie damascène. Au centre de la photo, un canapé aux teintes orangées où se tient assis un couple. C'est la femme d'abord qui attire l'œil avec son pull criard à motifs géométriques et un pantalon bleu pétrole. Il se dégage de son allure, de ses cheveux bruns bouclés maintenus en arrière par un bandeau clair, de sa frange droite, de sa mâchoire carrée, de sa peau mate, et de son sourire triomphant, arrogant, irrésistible, une modernité qui détonne avec le cadre et face à laquelle, bizarrement, Paul se sent vieux. Il avise la date imprimée en bas à droite en chiffres jaunes : 25 octobre 1988, il venait d'avoir dix-huit ans. La femme au bandeau doit être à peine plus âgée. Le bébé repose sur les genoux de l'homme, en costume gris, une cigarette éteinte à la main. Paul remarque le paquet de Dunhill, au bordeaux hiératique, sur l'accoudoir et il songe, amusé, que ce sont les mêmes cigarettes que celles que fumait son père. Sont-ce les siennes abandonnées là pendant qu'il prend la photo ? Peut-être était-il proche de l'homme au costume gris, un Européen visiblement, marié à une Syrienne ou une Libanaise. Paul ne voit pas bien son visage penché au-dessus de l'enfant, tout entier tendu vers lui, comme s'il s'apprêtait à l'embrasser, la bouche émerveillée, un geste plein de tendresse. L'homme a enlevé sa veste, il pose en chemise, l'air ému, la femme à la mâchoire triomphante caresse son dos, heureuse elle aussi. Il est bien plus vieux qu'elle, presque chauve.

À son poignet, une montre au cadran doré et bracelet en cuir marron foncé.

À son poignet, une Baume & Mercier avec complications, la même que celle offerte par Isabella à Claude, son mari, le Père, pour ses cinquante ans.

À son poignet, au bout duquel, entre deux doigts, l'attend une Dunhill éteinte.

Au poignet de l'inconnu qui fume des Dunhill, tout son corps dirigé vers l'enfant – impossible de le voir aussi bien qu'on le voudrait –, la montre fétiche, héritée du Père, dont Paul ne se sépare jamais.

Se peut-il ?

C'est grotesque.

25 octobre 1988. Personne ne se souciait de l'aîné des Simart-Duteil, évaporé du jour au lendemain. Au moment du clic, le petit oiseau va sortir, Paul tapinait sûrement au bois de Boulogne, et pompait un pauvre type dans sa bagnole de merde pour cinquante francs tout ronds. Dans l'indifférence générale. Tandis qu'à des milliers de kilomètres, sur un canapé moyen-oriental kitsch, dégueulasse, l'homme-son père – c'est grotesque et irréversible –, qui n'a jamais cherché son fils, s'ébahissait d'un autre, tout entier tendu vers lui. Plein de tendresse. Dans sa main gauche, celle à la montre, une Dunhill éteinte, probablement achetée en France par Clothilde ou Samuel (il envoyait toujours ses enfants lui chercher des cigarettes), tandis que de la droite il berce, affectueusement, un enfant dont on ignore si c'est une fille ou un garçon. Un enfant langé de blanc et blotti dans le coude paternel.

Dans le coude de.

Malgré l'hébétude sur son visage, malgré son ravissement insupportable, malgré le geste protecteur, enveloppant – un geste que Paul ne lui connaît pas, d'amour –, ça ne peut être que lui, son père, Claude Simart-Duteil.

Au dos de la photo, quelques mots, au crayon à papier : *Ma Chadia et Feras, Damas, automne 88.*

4.

Les cheveux ramassés dans une charlotte violette qu'elle a ajustée elle-même devant la glace, Isabella demande d'une voix de néophyte s'il lui faut ôter ou non sa chemise. Elle écoute à peine la réponse. Elle n'a posé la question que pour détendre l'atmosphère, particulièrement contractée. Elle a l'impression de déranger et c'est injuste. D'autant qu'elle a proposé de payer, comme une patiente lambda. Et, malgré tout, Samuel lui reproche sa présence. Il lui a même proposé de se faire piquer par son nouveau poulain, c'est le pompon ! Le soutien-gorge, ce n'est pas la peine, tu baisses simplement les bretelles, bougonne-t-il sans se retourner, tout au dosage de ses préparations. Le docteur François Rilcy travaille très bien, la prochaine fois tu essaieras. Isabella se tait et s'allonge, contrariée, sur la table. Observer son fils la radoucit : appliqué, entièrement absorbé par son labeur, inatteignable. Elle connaît la bête : il a la concentration désagréable. Virile. Comme feu Claude. De grands professionnels tous les deux, dévolus à leurs tâches. Pas le genre à s'encombrer des chichis amicaux ou, pire, familiaux quand il en va pour l'un des infrastructures des transports routiers et pour l'autre de la chirurgie plastique. Deux manières de viser un même objectif : l'harmonie et la beauté du monde – oui, beauté, car, quand Claude pensait autoroute, il ne l'envisageait pas uniquement d'un point de vue pratique, il s'intéressait à son inscription esthétique dans le paysage.

Cette rigueur et cette exigence toutes masculines fascinent Isabella. Les femmes aussi, bien entendu, peuvent exceller dans leur domaine (Isabella citerait facilement quelques exemples) mais elles ne s'y abandonnent jamais totalement. Une part de leur cerveau reste tournée vers les autres. Elles sont plus généreuses, plus réceptives, plus instinctives, plus distraites, et moins performantes. Sinon, pourquoi ne parviendraient-elles pas à se hisser – comme les hommes – en haut de l'échelle ? Isabella, qui a abandonné en deuxième année ses études de médecine, de son plein gré, après avoir rencontré Claude et malgré d'excellents résultats, n'a jamais mis sa décision sur le compte d'un déterminisme socioculturel – des foutaises, des excuses –, plutôt sur son propre manque, naturel, de persévérance et, somme toute, de talent. Au début de leur mariage, il lui est arrivé, c'est vrai, de regretter ses ambitions d'étudiante – des sanglots qui lui venaient du ventre, un océan à évacuer –, mais toujours Claude a su la rassurer avec des mots simples : elle avait fait ses preuves. Ce n'est pas donné à tout le monde de passer l'écrémage de la première année. Ça devait suffire à lui donner confiance pour le restant de ses jours, dans tous les domaines. Elle aurait pu être médecin. Elle avait choisi autre chose. Être épouse, pleinement. C'était ça aussi la liberté. Les hommes ne pouvaient pas décider de rester à la maison, ça ne se faisait pas. Même s'ils en avaient envie. Alors où était l'inégalité ? Où était l'injustice ?

Isabella s'était construite sur la conviction que, contrairement aux apparences et aux préjugés, elle était bien plus indépendante, libre de corps et d'esprit que beaucoup de ses congénères et, en particulier, celles qui se revendiquaient féministes et qui ne connaissaient rien de la complexité et des paradoxes de la relation homme/femme.

Samuel se penche au-dessus de sa mère. Il a fixé sur ses lunettes des loupes binoculaires qui lui donnent l'air d'un savant fou. Isabella ébouriffe ses cheveux d'une main tendre : mon docteur Folamour. Samuel soupire. Maman, arrête… Il ne va pas y arriver si elle bouge tout le temps. S'il se loupe, elle va ressembler à quoi ? Il lui pince la peau juste au-dessus de la clavicule droite et tire légèrement, idem de l'autre côté, avant de marquer un point au feutre, à un centimètre de l'os. Je commence à avoir un goitre, confesse Isabella, parce qu'elle le redoute et par coquetterie, pour qu'il proteste. Tu as des problèmes de thyroïde ? Elle s'insurge, vexée. Alors pourquoi veux-tu un goitre ?

Elle ne veut pas. Justement. C'est bien pour ça qu'elle le conjure de faire quelque chose pour son ovale. Elle le supplie d'agir, même s'il rechigne, Dieu sait pourquoi. Il n'a pas de temps pour elle.

Sans répondre, Samuel procède à la première injection de toxine botulique. Paul est toujours au Clos ? il demande mécaniquement pour détourner son attention de l'aiguille. Elle ne répond pas. De toute façon, elle ne sent rien, ou si peu, un picotement délectable. Elle ferme les yeux. Elle se réveillera dans cent ans, fraîche et intacte. À l'écart du temps. Pique, pique, pique, rouet magique, pique-moi, encore. À chaque intervention de Samuel, elle récite mentalement sa petite comptine pour que le miracle, de nouveau, advienne. Pour qu'elle se réveille en ce qu'elle fut un jour : une rose, rien de moins.

Un coup d'aiguille plus douloureux que les autres, sous la mandibule droite, là où, peut-être, elle n'a pas appliqué assez de crème anesthésiante, la ramène à elle. Ton frère ? Oui. Il vide la Bergerie.

Ta peau est délicate comme du papier crépon. Elle le corrige : du papier de soie. Le papier crépon, c'est épais. Il secoue la tête : bien entendu, de soie, et même plus fine encore : du papier à cigarettes. D'une fragilité extrême.

Il caresse sa joue. J'ai une bonne nouvelle. L'aiguille pénètre dans le muscle orbiculaire droit. Pique, pique, pique. Les paupières closes, la princesse savoure son répit loin du monde. Elle flotte dans les interstices de la réalité.

Bercée, immortelle. Encore quelques cures de jouvence et auront disparu ses traits d'antan. Tant mieux : une autre – un avatar – vieillira à sa place. C'est moins douloureux que d'assister à la lente destruction de son propre visage. Monika est enceinte. Monika ? Quelle Monika ? Samuel se penche, tourne le visage de sa mère vers la droite, pose un doigt sur la joue gauche, nous allons avoir un enfant. Qu'elle ne s'agite pas, il s'occupe de la ligne mandibulaire. Et après, fini. Déjà ? Je n'ai jamais été aussi sûr de moi. Tu ne veux pas regarder au niveau des pattes-d'oie ? Une micro-injection ? Ça s'est relâché depuis la dernière fois. Il refuse, il l'a prévenue : l'excès est contre-productif. Le vieillissement travaille par en dessous, sournois. Comme une taupe. Malgré les produits, le temps ronge les visages. On le voit quand l'acide hyaluronique se résorbe – et il se résorbe inexorablement. Alors les signes d'usure apparaissent deux fois plus importants. Isabella murmure : comme les crevasses recouvertes par la neige immaculée… Samuel range ses seringues. Je suis heureux. Isabella se relève, s'affole : comme les crevasses, vraiment ? Il la rassure. Elle insiste : qu'est-ce que ça peut lui faire de la piquer un peu plus que prévu ? Il s'agace. Elle ne renonce pas pour autant. Cherche l'argument qui fera mouche. Je veux être belle à Noël, ne pas effrayer les enfants, la future mère de ton enfant. J'ai toujours eu une belle peau quand j'étais enceinte. Samuel soupire. Il s'était promis de ne pas céder.

Isabella s'allonge, soulagée. Bientôt son minois de jeune femme aura totalement disparu sous un masque de peau tendue, comblée, remodelée. Samuel croit qu'elle s'illusionne, qu'elle cherche à conserver sa beauté d'autrefois. Mais elle est lucide. Elle ruse. Elle se métamorphose en pleine conscience. Et c'est l'autre, la femme refaite, qui subira à sa place les attentats commis par le temps, cette brute.

5.

Souvent, celui qui découvre le pot aux roses, descelle le placard aux cadavres, soulève les draps incestueux, confesse avoir éprouvé, en dehors de la stupeur prévisible, une délivrance, la confirmation du fait qu'il n'était pas fou, que tout ce qu'il pressentait, imaginait – savait –, était bel et bien, un jour, advenu.

Paul n'échappe pas à la règle. *Ma Chadia et Feras, Damas, automne 88* et tout s'illumine, s'explique, s'ordonne de manière limpide. À l'automne 88, cela faisait un peu plus d'un an qu'il était parti de chez lui. Le 5 mai 1986, la nuit de son coming out. Comment l'avait-il annoncé ? Quelle phrase avait initié le psychodrame ? Il ne s'en souvient plus. Lui reviennent les mots de sa mère : *mi si gela il cuore.*

Juste après le choc était venu le déni : il s'était inventé une identité par caprice, pour se distinguer, faire l'original. Puis elle lui avait demandé s'il avait commencé ces cochonneries. Il n'avait d'abord pas compris la question, et l'avait priée, la voix tremblante, de répéter. Elle s'était exécutée. Elle avait enchéri. Tu es actif ou passif ? Il avait pâli et bégayé des explications naïves sur sa vie sexuelle. Elle avait poursuivi sur sa lancée. Elle ne se contenterait pas de demi-aveux. Elle voulait qu'il parle franchement, qu'il crache. Une fois qu'on était passé à la casserole, c'était irréversible. On ne pouvait plus redevenir un homme, un vrai. On restait un *finocchio* à vie. Il était demeuré coi, paralysé. À un moment, elle avait attrapé la chair qui dépassait de son pantalon au niveau de la taille, ce qu'on appelle les poignées d'amour, et elle avait éructé que les hommes n'en voudraient pas de toute façon, qu'il était trop gras. Comment elle avait réussi à le dégoûter des femmes ? Et son père ? Il avait pensé à son père ? Non, il ne pensait qu'à lui, c'était un égoïste, un *frocio*, rien de plus qu'un *culattone*. Les insultes taries, Isabella avait éclaté en sanglots.

Tandis que sa mère hoquetait (Paul se tenait immobile, la poignée du frigidaire enfoncée dans son dos comme un poignard), son père avait surgi dans la cuisine. Il rentrait tout juste de l'aéroport – de Damas ? Il s'était précipité vers la Mater dolorosa. Que se passe-t-il, ma chérie ?

La panique dans sa voix, le tremblement de ses mains, le soulagement que Paul avait cru déceler chez son père quand elle lui avait vomi l'homosexualité de leur fils, il n'en comprenait que maintenant la cause profonde. Claude s'était tourné vers lui, le front gonflé de reproches : laisse-nous. Et Paul avait obéi. Il était monté dans sa chambre. Il avait fermé la porte à clef et s'était mis à ranger, avec frénésie. Il n'était pas descendu dîner.

Sans le savoir, il entamait une longue période de jeûne. Pendant des mois, jusqu'à devenir un jeune homme frêle, il se contenterait de ce qui le maintenait debout, souvent au bord de l'évanouissement, funambule qui trouvait son ivresse dans la faim.

Toute la nuit, Paul avait nettoyé de sa présence la pièce dans laquelle il avait grandi. Il avait retiré un à un les livres de sa bibliothèque. Il les avait essuyés avec une chaussette qu'il humidifiait de sa salive. Il avait lavé les vitres à l'aide d'un papier journal. Il avait retiré les draps de son lit et les rideaux de ses fenêtres. À trois heures du matin, il avait fait tourner une machine. Une heure plus tard, il finissait de passer l'aspirateur. Ses parents l'avaient-ils entendu ? Clothilde avait toqué à sa porte. Il ne l'avait pas laissée entrer, redoutant sa réaction à la découverte des deux valises remplies à ras bord et des étagères vides. Il avait passé sa tête à travers la porte entrouverte et l'avait assurée que tout allait bien. Le jour de leurs retrouvailles neuf ans plus tard, Clothilde lui confiera qu'il avait les lèvres blanches comme une statue de sel. Mais, contrairement à la femme de Loth, il ne fuyait pas Sodome, il avait résolu de s'y établir définitivement. Loin des siens.

Quand toute sa famille avait quitté la maison (Isabella avait son rendez-vous hebdomadaire chez le coiffeur) il avait écrit à ses parents et il était parti. De cette fameuse lettre qui avait déterminé tout le reste de sa vie, Paul ne se rappelle que le papier. Une feuille jaune à petits carreaux qu'il avait posée telle quelle sur le lit de Claude et Isabella, entre les oreillers.

Personne ne l'avait cherché.

Avec hargne – personne ne l'avait cherché – il vide maintenant le reste des cartons par terre ; quand on y pense, un gosse de dix-huit ans, à peine majeur, encore la veille dans les jupes de sa mère parce qu'ils étaient proches, limite fusionnels, et soudain seul, un vilain canard paumé, dans les rues de la ville, dans le temps divisé, peu importe où il va, peu importe car il ne connaît rien à part en rêve le Marais et ses bars. Il imagine une rencontre, de l'alcool, un monde de semblables pour l'accueillir, du sexe pourquoi pas, un lit pour la nuit, il est prêt. Il a peur aussi, avec ses six cents francs en poche il tiendra trois jours, puisque de toute façon, à chaque angle d'immeuble, il pense croiser ses parents aux aguets, et, de rage, il jette, un à un, les radios des poumons, du genou, des orbites, les scans du cerveau, toutes les vieilles ordonnances, les comptes-rendus médicaux, les mauvaises analyses, tous les signes de la mort qui vient, exhumés du carton *Claude santé*.

Il envoie au diable les médailles, les trophées du paternel toujours svelte, sportif, dynamique même avant de crever, qui n'a pas bougé son cul, ni le 5 mai ni les jours suivants, de cette année 86, pour retrouver son gamin déviant. Les papiers valsent, éventrés, déchirés, vaincus sous les coups de pied furieux du fils ayant passé, trente ans auparavant, sa première nuit d'indépendance douloureuse à caresser les couilles d'un vieux prof de français aux mains moites qui l'a foutu dehors avant l'aube. Et quand enfin la colère s'épuise, du monceau de reliques profanées de la famille émerge, triomphante (par un de ces hasards redoutables de l'existence ou selon ce qu'on appelle la loi des séries), une enveloppe en papier kraft qu'il reconnaît immédiatement. *Projet confidentiel de Paul Simart-Duteil pour la gestion de la fortune familiale*. Et lui reviennent comme de la veille la sensation sucrée sur sa langue quand il avait léché la colle du rabat et son excitation avant de porter solennellement sa proposition à celui qui avait mis en concurrence ses deux fils, en les soumettant à un appel d'offres familial, pour qu'il n'y ait pas d'injustice : le Père.

Il observe maintenant, hébété, l'enveloppe cachetée, se demandant par où elle a été ouverte. Sûrement par le haut, d'un geste sec, professionnel, ce geste si propre à son père qui tranchait son courrier à l'ancienne, avec un coupe-papier au manche en ivoire, que Paul a récupéré, avec la montre. Il tourne l'enveloppe dans tous les sens, passe son doigt sur les côtés, avant de se rendre à l'évidence : elle s'offre à lui scellée comme au premier jour. Vierge. Nul ne s'est intéressé à elle. Personne n'en a voulu.

Des taches dans les yeux de Paul et de nouveau le disque blanc, la sensation d'être projeté au milieu d'un monde qui s'écroule.

Personne ne l'a cherché, jamais.

Il ramasse les archives indolores disséminées aux quatre coins de la pièce comme un tas de feuilles mortes. Et les lance – une pelletée de terre sur un cercueil – dans un carton vide. Se dirige vers sa voiture, l'enveloppe en papier kraft et la photo de Chadia, Claude et Feras sous le bras. La boucle est bouclée, songe-t-il en démarrant sa voiture, bouclée encore sur la départementale, bouclée toujours sur l'A13 et l'A14, maudites autoroutes.

Chez lui, il enfonce la lame du couteau paternel dans l'enveloppe couleur sable que l'autre a dédaignée. Un mouvement sec de la main. Quand il était à la maison, papa ne faisait que couper, classer, ranger, il aimait l'ordre, alors comment a-t-il pu laisser ce document-là intact ? Paul se souvient des mots du père et imite son geste mais le papier résiste, vicieux. Il n'a pas la bonne technique. Il manque d'expérience. Le métal a rouillé. J'ai tranché en bon père de famille : ce sera la Clinique Claude Simart-Duteil. L'enveloppe se déchire douloureusement, sans grâce ni panache. À l'intérieur, les rêves de Paul pliés en quatre et, depuis la nuit des temps, inutiles.

6.

Sa secrétaire, Nathalie, peut rentrer chez elle : Samuel n'a plus de rendez-vous et ne souhaite pas être dérangé. Il doit revoir rapidement ses interventions du lendemain, et consacrer au moins une demi-heure à son projet, un instrument ultrasonique qu'il peaufine depuis deux ans, outil révolutionnaire qui permettra d'opérer en découvrant l'os, sans risque d'écroulement de la pyramide nasale. Dans son métier, où chaque millimètre compte, le travail à l'aveugle est une hérésie. Son invention changerait franchement la donne, mais il manque de temps pour s'y atteler autant qu'il le voudrait. Le poste de directeur de clinique le bouffe. Il est obligé de déléguer tout ce qui l'intéresse à des médecins moins expérimentés que lui, même s'ils sont prometteurs comme François, pour tenir l'épicerie.

Il chasse les pensées sombres, la colère pollue, son téléphone sonne – Paul –, il hésite, laisse se tarir les sonneries, sort ses notes, parcourt le premier dossier, qu'il a bien en tête. Le téléphone se manifeste de nouveau, Paul encore, il s'est peut-être passé quelque chose de grave. Il se résout à décrocher. Tu l'as reçue ? Son frère bouillonne. Je t'ai envoyé une photo, ou plus exactement la photo d'une photo. Regarde dans tes messages.

Alors ? trépigne Paul. Salon, canapé orange, un homme, une femme, un bébé. C'est papa ? Oui ! Précisément… Samuel ne voit pas le problème. Y a rien qui te dérange ? Une seule opération prévue, heureusement. Une rhinoplastie ethnique sur un nez large et épaté, peau épaisse. Non. Tu la connais, elle ? Non. Je devrais ? Rien ne te paraît bizarre ? Samuel écarte ses doigts sur l'écran, zoome sur le mur au fond de la pièce où est accroché un tableau de paysage (une place ?), agrandit la tête du bébé. C'est Clothilde ? Qui ? Le bébé, c'est Clothilde ? Pas du tout ! La photo a été prise en 88. Clothilde avait dix ans. Non. C'est papa avec une bonne femme et un enfant. OK, acquiesce Samuel distraitement. Il est pressé de raccrocher. Opération classique : affinement avec greffon costal, réduction des ailes du nez et de la base narinaire. Il faut se méfier en chirurgie, comme sur la route : c'est en empruntant le même chemin, celui de tous les jours, qu'on se plante. Une Syrienne – la photo a été prise à Damas, c'est marqué au dos : *Ma Chadia et Feras, Damas, automne 88* –, papa et LEUR bébé. Prélèvement de fascia sous le cuir chevelu. Tu es sûr ? demande Samuel sans s'émouvoir. Paul monte sur ses grands chevaux, c'est pourtant très clair, non ? La position du corps, et elle, à côté, sa mâchoire carrée, un air de triomphe, comme si elle venait de gagner une médaille aux Jeux olympiques, elle a une tronche de patineuse artistique, tu ne trouves pas, avec son bandeau dans les cheveux ? C'est en Syrie, tu dis ? demande Samuel en cliquant sur le dossier du patient Arnaud Ferdinand. Il suggère mollement : c'est peut-être la femme d'un collaborateur de papa. Il ne nous en a jamais parlé de ce bébé. Paul explose, évidemment que non, évidemment que leur père n'en a jamais parlé : c'est un enfant caché. Comme Mazarine Pingeot. Ce connard menait une double vie, ça paraît évident, non ? Non, se contente de répondre Samuel. Tu l'as trouvée où la photo ? Paul est sidéré. Non ? Samuel persiste : la photo ne prouve rien. La souris accouche d'une montagne. J'ai des opérations à préparer, je dois raccrocher. Ce qu'il fait, plus ou moins au nez de Paul. Tant pis, il le rappellera plus tard. Dans vingt minutes, Samuel doit partir. Déjà. Il soupire. C'est fichu maintenant, il n'aura le temps de rien. La prochaine fois, il ne décrochera pas, la prochaine fois, il dira à Paul d'aller se faire foutre, avec ses histoires à dormir debout.

7.

Chaque fois que l'interphone sonne, Clothilde dévale l'escalier, ouvre la porte, demande au livreur (qui ne manque pas de lui faire remarquer qu'il est pressé et mal garé) s'il veut bien monter le paquet à l'étage. Et, le cas échéant, lui laisse cinq euros de pourboire. Elle s'est crue maligne en programmant toutes les livraisons pour le même jour. Elle est dépassée. L'acmé de son débordement est atteinte à l'arrivée de l'arbre de Noël (un Pungens aux reflets bleutés pour garantir une touche d'originalité à la décoration) pendant qu'elle est en ligne avec Paul qui lui a demandé de s'asseoir. Il en a une bonne à lui raconter. Elle peut tout sauf s'asseoir, là, s'il savait, l'énorme camion du livreur ne rentre pas dans l'impasse. Elle doit aller chercher le sapin parce que le livreur en question – un horrible bonhomme – n'a pas l'intention de bousiller son outil de travail. Sinon il repart et l'arbre avec, l'a-t-il prévenue. *Welcome to France !* Je te rappelle dans cinq minutes, Paul.

À peine le sapin à bon port, l'interphone retentit de nouveau. UPS, dix-huit ans à peine, très aimable, charmant même, avec l'iPod pour Drisana, il y a de l'espoir, certains ont encore le goût du travail bien fait. Clothilde signe de son doigt sur l'écran l'accusé de réception, s'y reprend à deux fois. UPS vibre et l'iPhone rit. C'est Paul, deux messages qui enjoignent à Clothilde de regarder ses courriels. Quand elle verra, elle comprendra l'urgence. Mais il ne pourra pas lui parler tout de suite. Il a un rendez-vous important. Tant pis pour elle. À son tour d'attendre.

À treize heures, elle a réceptionné toutes ses commandes et une photo : l'envoi urgent de Paul. *Papa, une femme, un enfant*, comme seul commentaire. Où ? Pourquoi ? Elle n'en sait rien et là, tout de suite, elle a d'autres chats à fouetter. Encore une lubie de son frère.

Elle dispose au milieu du salon, en une pile harmonieuse, les boîtes de boules, entrouvre celle placée au sommet, avec les motifs floraux des pays de l'Est, prend une photo, secoue la tête – *it sucks* –, grimpe sur un tabouret pour un changement de cadre, #magiedeNoël. Elle repousse les cartons du pied jusqu'au coin du salon, à côté du sapin. Ils le décoreront, en famille, le soir même, quand Antoine sera rentré du travail. Elle rassemble les cadeaux et se demande où Paul a déniché cette vieille photo. Elle pense photo de famille et se dit que c'est idiot, sinon elle les connaîtrait. La femme et l'enfant, s'il s'agissait d'une cousine. Elle vérifie sa liste. *Check, check, check.* Elle souffle. Elle n'a oublié personne. *Perfect.*

Rassurée, elle transporte les paquets dans le dressing et les cache dans la penderie, derrière ses vêtements. Elle écarte les cintres auxquels sont suspendues ses robes. Elle recule de trois pas, ouvre la porte du placard pour se refléter dans le miroir intérieur. Elle cherche le cadre idéal. Au premier plan, les tissus bigarrés forment un rideau derrière lequel apparaissent les présents multicolores ; dans l'angle de la photo, on la distingue, tenue décontractée et simple, queue-de-cheval haute, une jolie fille, silhouette dynamique, qu'elle aurait voulue plus mince, surtout du bas, les fesses et les cuisses, alors que ses seins ont diminué à chaque grossesse – c'est injuste vraiment. Elle clique sur le bouton latéral de son iPhone. Elle examine le cliché : peut mieux faire. Elle recommence. La prise suivante lui convient davantage, et récolte soixante-quatre likes et quatorze commentaires.

Pour la photo du salon, elle court chercher des guirlandes lumineuses dans l'entrée, les jette au milieu de la pièce, à côté des cartons vides, s'empare de deux boules qu'elle fait rouler à quelques centimètres de son installation. Elle choisit le filtre chaleureux sur son téléphone, clique, vérifie, déchante. Tout est dans les mêmes tons, c'est morose ! Il faut de la couleur. Du rouge ! Elle fouille un autre carton dont elle extirpe un déguisement de Père Noël destiné à Antoine. Cette année, c'est son tour, il faudra bien qu'il joue le jeu. À bas les esprits chagrins ! Clothilde ne lâchera pas là-dessus.

Elle sème les différentes pièces du costume : le bonnet puis le pantalon et la veste, #leperenoelseprepare. Clic. Raté : c'est morbide, limite scabreux. Les vêtements éparpillés donnent l'impression que quelqu'un a fui, après un meurtre ou un viol. *Disgusting.* Bizarre quand elle y pense, l'attitude de son père avec ce nourrisson. Un air qu'elle ne lui connaît pas. Clothilde croit se souvenir qu'il avait un filleul, perdu de vue. C'est peut-être ça. Le Père Noël : victime ou coupable ? Elle tente un post drôle, décalé. Elle est déjà tombée sur un film de cul avec un Père Noël qui offre son sexe en cadeau à des mères au foyer siliconées à la panoplie de dame patronnesse.

Clothilde ressent un picotement de la gorge au nombril. Ce genre de porno s'adresse aux mecs. Est-ce qu'elle aurait envie, elle, d'avaler fissa, en guise de préambule, la bite démesurée d'un type à fausse barbe blanche qui sonne chez elle la veille de Noël ? Non. Bien sûr que non. Clothilde retourne à son ordinateur pour vérifier si des réalisatrices de films pornos, des femmes donc, ont seulement envisagé le Père Noël comme source potentielle d'excitation. Elle tape « réalisatrice porno femme père noël ». Ça ne donne rien. Elle s'en doutait. Elle clique sur les liens qui s'affichent, par acquit de conscience. La plupart mènent à des articles, des interviews. Conclusion : les femmes jouissent de façon plus cérébrale. Sans trop savoir comment, Clothilde se retrouve sur une plate-forme de cul qui permet de visionner des extraits explicites. Elle hésite. Elle veut juste jeter un coup d'œil, par curiosité, sans se laisser aspirer comme la dernière fois : deux heures en un claquement de doigts. Aujourd'hui, elle n'a pas le temps. Il faut qu'elle aille chercher les enfants à l'école. Qu'elle prépare Noël. Ne pas oublier d'effacer son historique. Elle se lève pour vérifier que la porte d'entrée est bien verrouillée. En chemin, le désir monte. Elle préfère ne pas y penser. Elle se souvient du chatouillement de peur et de plaisir qu'elle ressentait, petite, quand elle regardait la télévision de manière clandestine. Elle lance une première vidéo. Deux femmes marchent dans un champ. Elles rient, la poitrine dénudée, et échangent leurs points de vue sur le cunnilingus. L'une confesse qu'elle n'a pas la langue dans sa poche, et qu'elle aime s'en servir. Elles commencent à s'embrasser. La plus audacieuse – la brune qui a initié le mouvement – ne tarde pas à descendre vers le sexe de sa partenaire, en léchant soigneusement les seins, le ventre, le nombril et l'aine. Elle chuchote, dans un sourire, qu'elle ne pratique pas la langue de bois avant de baisser d'un geste volontaire la culotte en coton de son amie. Elle écarte ses lèvres et s'en rapproche, la bouche avide. Clothilde met sur pause : elle n'aime pas voir le sexe des femmes. Ça la gêne. Elle ne trouve pas ça beau. Son désir disparaît instantanément. Reste un sentiment de déception, un désarroi. Il ne faut pas se masturber en plein après-midi, ça lui apprendra. Elle ferme la fenêtre des ébats lesbiens. Surgit à la place un catalogue de sextoys. Il y a des promotions sur les godes pour les fêtes. Elle propose à Paul de le retrouver au café le lendemain, là elle est dans le jus. Désolée, chou. Quelle blague, une bite en plastique sous le sapin pour un merveilleux Noël en famille. Sa mère la trouve coincée, ça lui fera les pieds. Le soir, Antoine la traitera de traînée et voudra la punir. Clothilde appuie sur « ajouter au panier ». Alors il l'attachera au lit, les jambes écartées. Salope. Il glissera sa langue sur sa peau, s'attardera sur son abdomen. Elle gémira : quand il enfoncera son doigt dans sa chatte, et qu'il voudra la lécher. Non, je n'aime pas ça. Elle dira je n'aime pas ça mais il ne la croira pas tellement elle mouillera. Sa bouche la dévorera comme celle de la brune. Payer. Clothilde fouille nerveusement dans son sac à main. Elle fait tomber ses gants en sortant son portefeuille. Comme la brune. Un frémissement intérieur. Une chaleur diffuse. Elle tape son numéro de Carte Bleue. Attend le SMS de vérification de la banque. Elle déboutonne sa chemise et passe une main sous son soutien-gorge. Elle presse son mamelon entre ses doigts. Elle soupire. Elle doit s'y reprendre à trois fois avant de retranscrire le bon code dans la case du certificat d'autorisation. Elle balance sans s'en rendre compte son bassin d'avant en arrière. Comme la brune. Elle doit lâcher son clavier. Ses deux mains à présent malaxent sa poitrine, petite mais ferme encore. Si ferme. Le Père Noël bande avant même que la mère au foyer ne l'ait laissé pénétrer dans sa maison. C'est insensé. Clothilde halète. Comme la brune. Elle plonge sa main droite en direction de la braguette de son jean, la gauche toujours occupée à triturer son sein. Elle va jouir sans avoir eu à se caresser. Soudain, elle s'arrête. Son rythme cardiaque s'accélère encore. Sa main droite se fige. La gauche continue de s'activer sur son téton mais le mouvement maintenant diffère, le geste devient inquisiteur. La caresse se transforme en palpation.

Là, sur le côté du sein droit, dans la zone axillaire qui s'étend jusqu'au sternum, là où les ganglions sont nombreux, une région délicate, cruciale, à surveiller. LÀ. Elle sent une boule. À la forme oblongue et au moins de la taille d'une amande. Elle la fait rouler entre ses doigts. Est-ce possible qu'elle n'ait surgi qu'à cet instant, de montée du plaisir ? Clothilde s'auto-examine régulièrement sous la douche et elle n'a jamais remarqué de masse suspecte, de nodule sournois : jusqu'à présent, pas la moindre protubérance alarmante. Elle attend une dizaine de minutes, immobile, pétrifiée. Une fois certaine que l'excitation a déserté toutes les parties de son corps, elle porte de nouveau sa main sur son sein droit. Elle tâte, angoissée.

La boule lui paraît plus grosse encore. Un abricot funeste. Elle va mourir bientôt, c'est certain.

Pas avant Noël, espère-t-elle. Elle ne veut pas s'être donné tout ce mal pour rien.

8.

De vraies autruches. Malgré l'évidence, ils ne voient pas, ne croient pas, la tête enfoncée dans le sable, ils creusent un trou où s'enterrer vivants. Son frère et sa sœur. Vivants et cons. Pas un pour rattraper l'autre. Paul est atterré par la puissance du déni. Ils sont emblématiques d'ailleurs, entre parenthèses, de notre société abêtie, léthargique, qui a mis son intelligence en jachère pour se contenter de faux-semblants, de vérités idéologiques, qui refuse de regarder la réalité telle qu'elle est. Tu leur craches dessus et ils lèvent les yeux au ciel pour vérifier s'il pleut. Samuel, encore, c'était attendu. Pas touche au Padre, l'idole, saint Claude, au-dessus de tout soupçon. Mais que Clothilde réagisse avec autant de résistance, et, soyons franc, de bêtise, il ne comprend pas. Ce n'est pas le genre de papa, elle dit. Ni d'aller baiser ailleurs. Ni de déroger à ses responsabilités. Paul a plaqué ses fantasmes sur une photo, voilà tout. Ça t'arrange que papa apparaisse aux yeux de tous comme un salaud. Enfin, de toute manière, c'est le cadet de mes soucis. J'ai probablement une tumeur au sein. Paul s'est montré catégorique et rassurant. Les cancers du sein se soignent très bien de nos jours. Et puis, il a ajouté après un Google rapide, quatre-vingt-dix pour cent des boules trouvées à la palpation se révèlent bénignes. Il n'était pas inquiet. Non. Nos antécédents familiaux ne sont pas propices à des cancers gynécologiques. À des enfants naturels, peut-être davantage.

Après avoir déposé sa sœur chez le médecin, Paul s'engouffre dans la station Rennes, saute dans la rame, se trompe de sens, décide par conséquent de continuer jusqu'à Saint-Lazare et de prendre le premier train pour Yvetot pour rejoindre sa mère au Cottage. Isabella a emmené Fanny avec elle. Tant mieux, les deux femmes raffolent des surprises.

Quand il surgit dans la maison, à dix-sept heures, elles boivent l'apéritif. Elles profitent de l'accalmie avant la tempête des fêtes : Clothilde et les enfants débarquent dans trois jours pour les vacances de Noël. Il y aura des horaires à respecter, des menus, de la contrainte. Alors elles se détendent. Le fils prodige ! s'écrie Fanny à son arrivée. Prodigue, corrige-t-il, prodigue. D'accord, admet Fanny, mais prodige c'est mieux, non ? Et puis elle n'a jamais bien compris cette parabole. Prodigue ou prodige, elle est ravie, ravie, ravie de le voir. Aujourd'hui tu es à nous, les vieilles, tu nous tiens compagnie, tu nous racontes. Je veux tout savoir. Hein Zaza ? Je ne le vois pas assez, ton fils. Elle rit. Fanny est toute en dents. Au Jeu des animaux – Isabella adore le Jeu des animaux – elle classe sa vieille copine dans la catégorie des rongeurs, mais pas des petits rongeurs, des gros comme le castor.

Tu travailles sur quoi en ce moment ? Ta mère m'a dit que tu avais un nouveau projet, sur l'Internet. Paul confirme. Ça s'appellera Pol'pot. Comme potins politiques, ou les potins de Pol. C'est une plate-forme participative qui permettra à n'importe qui de poster des photos ou des infos croustillantes sur les hommes politiques – du président de la République à un dir' cab. Avec pour slogan « Tous paparazzis ! ». Ça en jette, pas vrai ? Évidemment, il faut se blinder sur le plan juridique. Mais Paul fait le pari qu'il n'y aura pas tant de procès que ça. Je vais même te dire, les politicards seront les premiers à partager leurs photos de vacances, ou à riposter cliché contre cliché à ce qu'on aura révélé sur eux… En tout cas, pour l'instant, ça sent bon, se réjouit-il en allumant une cigarette. Une grosse pointure du monde des médias, Saint-Mars, l'a contacté récemment. Il a entendu parler de lui par un ami commun. Il veut le financer. Paul réfléchit, hésite. Est-ce qu'il a vraiment envie d'être pris en main ? Est-ce qu'il ne devrait pas tracer son sillon tout seul ? Souvent, le risque en s'associant avec des gros, c'est de se faire bouffer. Ils te filent plein de blé – c'est l'avantage – mais ils t'écrasent. Et puis ils pourraient dévoyer son idée pour des raisons commerciales. S'approprier le concept. C'est des gens qui aiment qu'on courbe l'échine. Très peu pour lui. Pol'pot, c'est une idée diablement géniale, lui a dit Hugo. Vous voyez qui c'est, Saint-Mars ? Hugo de Saint-Mars ? Isabella et Fanny secouent la tête, de conserve. Le mec le plus important dans l'audiovisuel aujourd'hui. Dans l'information, j'entends. Et quand des gars comme lui s'intéressent à ce que tu fais, c'est de bon augure.

La soirée file. Paul tient le crachoir, en rajoute sur ses succès passés, futurs, dézingue les journalistes, glane les potins, dans sa mémoire, dans ce qu'il a entendu à droite à gauche, va chercher les dernières Yahoo News, brode au besoin. Fanny se gondole, Isabella aussi. Ils dînent dehors. C'est exceptionnel, en cette saison, en Normandie, c'est exceptionnel. Le réchauffement climatique tu crois ? Paul hausse les épaules. On en met à toutes les sauces, du réchauffement climatique. Mais peut-être, peut-être après tout. Moi, si ça devient la Côte d'Azur ici, je ne dis pas non ! s'exclame Isabella. Trois degrés de plus, cinq même, ça aurait du bon. On ne va pas se plaindre, quand même. Tu imagines ? On pourrait faire pousser des palmiers dans le jardin ! La *dolce vita.* Pour une Italienne, c'est parfait. Même si, avec l'âge, je crains la chaleur, de plus en plus. Comme Claude qui fuyait le Sud. Pour lui, le repos, c'était l'air frais.

La brèche, enfin. Paul s'engouffre : pourtant papa passait sa vie dans les pays chauds, le Liban, la Syrie. C'était une autre époque, hein, quand on y pense, commente Fanny, aujourd'hui, qui partirait en Syrie ? Papa y est allé en quelle année pour la dernière fois ? demande Paul. Isabella ne sait plus. Dans les années quatre-vingt-dix avant de tomber malade, croit-elle. Mais c'était pour le business, pas par plaisir. Jamais. Et il avait des amis, là-bas ? Des amis, non, des connaissances plutôt. Ce n'était pas le genre d'homme à avoir des amis. Un ours. Léché, comme on dit, ou pas léché. Il fallait toujours le forcer à sortir, à voir du monde. Paul, qui ouvre une troisième bouteille – la tête tourne à Isabella, c'est exquis –, se rappelle très bien le jour où ses parents étaient invités à un cocktail dans un endroit hyper chic, par une bonne femme que sa mère avait harponnée à la seule sortie scolaire à laquelle elle l'ait jamais accompagné – une mondaine, la mère d'une certaine Ariane. Tu avais acheté sur tes deniers personnels un ensemble tailleur-pantalon, à la mode, avec des épaulettes, genre femme libérée. Papa avait promis de rentrer à dix-neuf heures. J'attendais avec toi, dans la cuisine qui embaumait *Samsara*, tu étais belle. Tu avais mis des clips. Papa est arrivé à vingt et une heures trente, de mauvaise humeur. Il se sentait fatigué, épuisé même, il était tard, il avait eu une journée difficile. Il a décrété que tu pouvais y aller toute seule. Isabella secoue la tête. Elle ne s'en souvient pas du tout. Tu as pleuré toute la soirée, dans mes bras. Paul exagère, comme d'habitude. Claude détestait quand les gens venaient à la maison. Il préférait inviter au restaurant, dans un endroit neutre. C'était lié à la guerre. On connaît la chanson, maman. Les Allemands au Clos, en 41, à cette table, servis, rincés, torchés, dans leurs lits. Mais polis. Les nazis étaient bien élevés. Tu te moques, Paul, tu te moques, mais c'était une période épouvantable, qui a marqué profondément ton père. Qui l'a traumatisé. Tu as vu, Fanny, comme elle l'excuse toujours ? Elle ne veut surtout pas déboulonner la grande statue du Commandeur. Je ne l'excuse de rien. Il n'en a pas besoin : Claude était irréprochable. Ah, tu crois ? Même quand il disparaissait pendant des semaines ? Tu ne t'es jamais posé de questions sur ce qu'il faisait, au Liban, en Syrie ? À son enterrement, l'église était bondée. Les gens ne s'y trompent pas. Malgré la froideur, sa froideur, c'était un homme bien. Quand il rentrait de voyage professionnel, il avait envie de vivre sa vraie vie. Tu n'étais pas curieuse ? Si, mais pas de ça. Quoi, ça ? Fais voir, intervient Fanny en saisissant la main d'Isabella. Depuis quand tu te ronges les ongles, Zaza ?

Alors là, c'en est trop ! Isabella se lève. Elle n'a pas envie de continuer à discuter avec eux s'ils l'agressent, s'ils la houspillent, s'ils commentent chacune des parties de son corps. Ils cherchent un poil dans un œuf, *il pelo nell'uovo*. Est-ce qu'elle leur fait des remarques, elle ? Parce que des choses à dire il y en aurait, et pas qu'un peu, pas des histoires d'ongles ratiboisés. Elle les plante là. Ils n'ont qu'à se débrouiller. Elle n'est pas venue au Cottage pour se faire insulter. Elle est chez elle, quand même ! Elle fait ce qu'elle veut avec ses ongles. Tu veux que je te raccompagne jusqu'à ta chambre ? demande Paul avec douceur. Sa mère refuse. Il la prend pour quoi ? Une infirme ? Tu as bu c'est tout, fait Paul, et il l'escorte, sans la toucher mais il l'escorte, jusqu'à son lit, où elle s'écrase tout habillée. Paul ne sait plus si elle dort sur le ventre habituellement. Tu vas te débrouiller seule, ça va aller ? Il hésite à appeler Fanny. Je vais bien dormir, au contraire, je vais bien dormir. Sors, maintenant. Va-t'en ! Toujours à me faire chier, à *rompere il cazzo*. La porte fermée ! Fous-moi la paix, tu m'entends !

9.

Tandis que les femmes dorment de leur gueule de bois, Paul erre en ligne, un coup sur son ordinateur, un coup sur son portable. Il tergiverse. Mail ou SMS ? Par texto, c'est plus direct, amical, pas de tralala. Pas de temps perdu. De l'audace. Paul fixe l'écran de son iPhone : *Salut Hugo, un déjeuner au Club bientôt ? Pol.* Concis. Peut-être un peu sec. *J'ai deux ou trois choses dont je voudrais te parler.* C'est lourd et il ne sait plus s'il tutoie, s'il vouvoie. Il efface. En plus il y a, dans le fil de leur conversation, comme une tache, ce dernier message bleu de Paul, daté de la semaine précédente, une proposition de training commun marquée *lu* et ignorée. Avec un mail au moins, Saint-Mars ne saura pas que Pol Sim fait partie de ceux qu'on peut dédaigner sans qu'ils s'en offusquent, qui s'acharnent, qui demandent l'aumône d'un rendez-vous, des yeux de cocker, un loser, un type qui n'y arrive pas et rampe.

Va pour le mail ! Paul se lance, la carte du sérieux, professionnel, pas de copain-copain qui tienne : légitimité, puissance, avenir. Peu importe ses choix, dans le fond on s'en fout de prendre le chemin de gauche ou celui de droite, le tout c'est de marcher avec assurance. C'est la clef. Il faut sortir de la spirale du doute. Paul ne flanche pas, attache sa plaquette de présentation de Pol'pot. Il envoie. « You are worth what you are going to do in the future, not what you've done », c'est de Richard Branson ou d'un autre gars de la Silicon Valley. Paul y croit.

Un envol et, ailleurs, sur une recette de terrine de foie gras au sel, un atterrissage. Notification, son de cloche. Clothilde vient de déveiner l'organe malade, qui gît dans un saladier rempli de glaçons. Elle l'observe, dubitative, se demandant si cette étape est toujours aussi peu photogénique ou si elle a raté quelque chose, se penche sur le clavier de son ordinateur pour vérifier, recueillir quelques témoignages de néophytes, découvre trois nouveaux mails, efface Air France, efface AlloCiné, et pour le dernier, son doigt se suspend au-dessus du trackpad, *Mail important de Syrie à la famille Simart-Duteil*, expéditeur ferasashour@gmail.com. Son index se souvient de la photo exhumée par Paul, s'éloigne de la poubelle, choisit d'ouvrir.

Mes chers frères Paul et Samuel et ma sœur Clothilde, Pardon pour la sincérité : je suis Feras, le fils de votre père et de Chadia Ashour qu'il avait mariée ici à Damas en septembre 1984 (j'ai les papiers). Depuis l'âge le plus jeune je vous connais, par les histoires et par le sang. Je suis toujours resté dans le silence car c'est comme ça que ma mère, paix à son âme, m'avait demandé, et mon père aussi, dans le respect de leur amour et de sa vie française. Mais maintenant, avec les conditions de la vie si difficiles, et le temps qui passe, j'ai besoin de la famille. Il ne me reste pas beaucoup ici : les cousins sont partis avec la situation, qui en Suède, qui en Allemagne. Et moi je suis tenu bon pour les combats mais maintenant la ruine est complète, partout même Damas. Ils ont détruit les hôpitaux. Quand la guerre commence, moi je termine les études de docteur comme Claude m'avait toujours conseillé pour ressembler à Samuel, le fils qu'il était très fier. Je m'appelle Feras et le deuxième prénom Samuel. Me parlait aussi de Paul, bien sûr, le journaliste et Clothilde, sa fille bien chérie. C'était le père qui aime, chacun de ses enfants avec moi aussi. Et même si, je le sais, la situation ne serait pas la plus facile, et pour vous, c'est le choc. Chaque fois qu'il venait à Damas, il nous rendait visite, et toujours il montrait les photos de vous et racontait des anecdotes. Il apportait des cadeaux de Paris, les chocolats Mon Chéri pour ma mère et pour moi des GI Joe. Mais le plus précieux c'était les discussions toujours passionnantes ! Et maintenant j'écris à sa famille aussi la mienne, avec respect et la prière. J'ai besoin de l'aide et d'une lettre d'invitation pour venir en France dans la dignité et quitter ce qui est devenu ici sans espoir.

Suivent des liens pour la constitution d'une demande de visa et d'asile. En pièce jointe, une photo, un type d'une petite trentaine d'années aux yeux noirs, habillé à la mode, lunettes de soleil sur la tête, chemise grise sur un T-shirt marron, jean, baskets de ville. Un beau mec brun sans rien de particulier qui sourit, l'air affable, devant un monument que Clothilde ne connaît pas.

Samuel non plus. Il n'est allé à Damas qu'une fois, avec son ex-femme. Hortense se passionnait pour le Moyen-Orient. Lui n'a jamais compris l'engouement généralisé pour le tourisme. L'exotisme ne l'attire pas. Au contraire, il le détache du monde, le rapproche de la mort, l'effraie, comme un miroir tendu à l'absurdité de sa vie. Il a toujours fait bonne figure et les albums de sa première famille regorgent de clichés de lui, ravi de la crèche, en chemisette et pantalon en lin devant le Taj Mahal, Angkor, les chutes du Niagara, le Machu Picchu, à l'intérieur d'une gondole, en haut du World Trade Center, dans un quatre-quatre en pleine brousse. Et à Damas, Alep, Palmyre en 1996. Il avait demandé des conseils à son père qui connaissait la région par cœur et n'en avait obtenu que le nom d'un guide dont il se souvient encore, Fouad Neme. Rien de plus. Claude n'avait laissé filtrer aucune émotion. Il n'était pas le genre à s'épancher. Cette sécheresse de la parole, qui se devait d'être utile, informative, constituait l'un des points de rencontre (nombreux) de Samuel et de son père. Ils se définissaient tous les deux comme taiseux, contrairement aux trois autres.

Alors ce qui frappe Samuel dans le mail de Feras, qu'il découvre à la clinique, au même moment, à quelques minutes près, que Clothilde, entre deux opérations, ce n'est pas tant la confirmation de son existence, ni même le fait que Claude ait été marié à Chadia Ashour (deux informations qu'il juge tellement aberrantes qu'il les recale immédiatement dans un coin peu fréquenté de sa conscience), mais qu'ils aient partagé des « conversations passionnantes ». Papa ne parlait pas. Absurde, maugrée-t-il en se rendant au bloc, après un texto de Paul qui lui demande s'il a reçu, lui aussi, le mail du Syrien.

Clothilde, elle, téléphone fissa à Paul. Elle n'en revient pas. Elle ne sait pas si elle doit rire ou pleurer. Elle est soufflée. Et mea culpa qu'elle annonce d'entrée de jeu et répétera à plusieurs reprises au cours de la conversation : il avait raison pour la photo. Pour la boule aussi, la gynécologue se veut rassurante mais a prescrit une écho. En plus papa était marié. Marié ! Tu te rends compte ? Paul marque un temps : de quoi tu parles ? Non, il n'est pas devant son ordinateur, il bouquine. Il y va tout de suite. Allume l'engin, vérifie sa boîte, se racle la gorge. Je l'ai aussi. Tu te rends compte : j'étais en train de dénerver un foie gras et là, bam !, le mail qui arrive. *Incredible.* À la première lecture, elle a cru qu'elle allait tomber dans les pommes. Il ressemble un peu à papa, tu ne trouves pas ? On lui répond quoi ? Paul corrige : est-ce qu'on lui répond ? Parce que lui, depuis qu'il a trouvé la fameuse photo, il a eu le temps d'y penser, à ce que ça voulait dire d'avoir un demi-frère quelque part. Aux conséquences concrètes de ce que ça implique. Psychologiquement et matériellement. Et, chaque fois, il se disait : heureusement, le mec vit loin. Et s'il ne s'est pas manifesté jusque-là, il n'y a pas de raison que ça change. Et vlan dans notre gueule ! Avec un père bigame en prime. Marié là-bas. La totale.

Nouveau son de cloche : le mail attendu, hugostmars@gmail.com *Formidable ce projet mais pas pour moi. On s'en parle à l'occasion, pour l'instant la période est chargée. Hugo.*

Autour de Paul qui sitôt raccroche – il veut être seul avec sa déception –, le vide. Projeté au centre d'un cercle, un disque vinyle blanc, il tourne lentement dans l'espace. Il a mal à la tête. Il devrait s'allonger un peu. Poubelle, poubelle, en vain ses doigts pressent le trackpad, unique contact avec le monde avant l'évanouissement. Et rien ne marche, constate-t-il, il me faudrait de l'eau. Ou une vodka. Et m'allonger au milieu de nulle part.

« Les discussions toujours passionnantes » : bien trouvé. D'une ironie cinglante. Combien de mots Paul et son père ont-ils échangés au cours de leur vie ?

Papa n'était pas un homme de paroles. Il n'était proche de personne. Ni ici ni ailleurs.

Un GI Joe poseur de bombes.

10.

Malgré les statistiques, les paroles rassurantes, l'oracle algorithmique, Clothilde vit en suspens. Une main sur sa poitrine, et son squelette menace. Elle n'y tient plus. Le 6 décembre 2014, elle ouvre une discussion sur le forum de Doctissimo.

Elle pratique très régulièrement l'autopalpation. Elle a découvert quelques jours auparavant sur le côté du sein droit une boule assez grosse (entre deux et quatre centimètres au toucher), oblongue, non douloureuse et qui roule sous les doigts. Elle a vu sa généraliste le lendemain, pas alarmiste, qui l'a envoyée chez sa gynéco (face jaune qui serre les dents). Depuis, la boule a presque doublé de volume. Dois-je m'inquiéter ? Les cancers agressifs sont ceux où les tumeurs prennent du volume rapidement… Aidez-moi ! Sha58jv s'enquiert de ses douleurs. Clothilde répond instantanément. Elle ne souffre pas. La plupart des cancers restent indolores pendant des mois. Un cancer du sein c'est plus grave avant quarante ans. Face jaune affolée. Kikmoon, doctinaute hors compétition, prend le relais. Cloth78sissi ne doit pas s'inquiéter. Suit un lien vers un article de passeportsante.net que Clothilde connaît déjà. Sha58jbv enquête : des crabes dans ta famille ? Sa question est suivie de doigts croisés. Cloth78sissi mitraille : mon père, cancer primaire de l'œil. Est-ce un facteur d'hérédité aggravant ? Sha58jbv assure que les cancers de l'œil et du sein sont sans liens décelés jusqu'à présent. Ça revient à Cloth78sissi : sa grand-mère aussi, un cancer du ventre. Face jaune qui sue. Les gènes, c'est fondamental, assène Sha58jbv qui s'y connaît un peu, elle a une mutation du BRCA1. Une doctinaute de bronze lance : soyons fortes ! Kikmoon répond d'un bras musclé, poing serré noir. Superkangourmum, doctinaute de diamant sous-marine la ligne depuis le début et souhaite dire merde à Cloth78sissi. Elle a déjà eu des fibroadénomes au sein et un kyste à l'ovaire. Sous son message, en petits caractères et dans une police différente, un faire-part annonce la naissance de sa tite Fleur de printemps le 03 avril 2006. Puis un lien vers son blog http://superkangourmum.canalblog.com/. Sans transition Cloth78sissi détaille son rendez-vous chez la gygy qui a palpé ses seins. Verdict : écho et mammo indispensables. RDV le 15 décembre. Trèfle à quatre feuilles. Superkangourmum ajoute une petite dizaine de s à ses bisous et seize points d'exclamation à ses meilleurs vœux. À la veille de son échographie, Cloth78sissi confesse des pensées macabres. Elle imagine son propre enterrement. Ça la soulage. Au moins, si elle meurt, elle arrêtera d'avoir peur de mourir, forcément. Mais si on lui annonce qu'elle est malade, c'est horrible. L'attente. Elle préfère qu'on la tue tout de suite. Être morte avant de mourir.

Le jour J, après la bataille, Clothilde rentre chez elle. Paul est venu la chercher au centre d'imagerie, quelle crème ! Des baisers aux loupiots, des embrassades voraces de rescapée – et elle se précipite sur son ordinateur. Elle doit des nouvelles aux filles qui l'ont épaulée. Cœurs à profusion. Soulagement, elle est CANCER FREE, en lettres majuscules sur son post. Rien d'inquiétant même si elle est une véritable usine à kystes, dixit la radiologue. L'usine a ri, soulagée. Elle les remercie toutes pour leur bienveillance, quitte la discussion à jamais, pour ne pas attirer le mauvais œil. Pas par superstition, plutôt par instinct de survie, non, de vie.

Rien de tel que la peur pour se sentir vivant.

Des bises à toutes.

11.

Le Clos se remplit. Clothilde a tout organisé. Nous avons, plus que jamais, cette année, besoin de nous retrouver. Aurélien est arrivé avec Paul, son parrain, pour soulager Samuel qui se plaint beaucoup de son aîné. Il est odieux avec Monika, ne nous adresse pas la parole. Sa mère d'ailleurs ne s'en sort pas mieux. Elle ne le supporte plus. Les études ne l'intéressent pas. Il veut être influenceur mais de quoi, on serait bien en peine de le dire. Tout le temps derrière son portable. Paul a proposé de gérer. Il a eu sa phase de conneries, d'addictions. Il se reconnaît dans le désarroi d'Aurélien. À cet âge, il faut de l'écoute et du cadre. Pas de jugement mais de la discipline. Il faut se méfier des écrans. Des réseaux. Avant on fuguait, on se droguait, on tapinait. Aujourd'hui, on fait le djihad. Et on appelle papa maman, en direct de l'État islamique pour leur annoncer qu'on ne rentrera jamais. Vous avez vu les vidéos des gamins qui brûlent leur passeport dans le désert syrien ? Il ne faut pas perdre le lien, surtout pas.

Sitôt au Cottage, Clothilde prend les commandes. Chacun se met à la tâche. C'est l'esprit de la fête. La préparation compte autant que le dîner. Tout est affaire de temps et de patience. De toute façon, il pleut, il fait nuit tôt, à part une promenade digestive d'une demi-heure personne ne songe à mettre le nez dehors. Ce n'est pas le moment. Il faut confire, tous ensemble à l'intérieur, ça fait partie du jeu.

Drisana et Aurélien ont pour mission de s'occuper de la dinde en suivant une recette dénichée par Clothilde sur un blog américain. Ils l'enrobent de mayonnaise et la recouvrent d'un mélange d'herbes et d'épices, avant de la laisser reposer au frais pendant une trentaine d'heures. Un petit secret pour que la volaille ne se dessèche pas. Clothilde a imposé son deuxième, Solal, en cuisine avec eux – ce n'est pas facile la place du milieu. Il supervise la confection des biscuits : étoiles, sablés à la cannelle, bredele au cacao, il varie les formes et les couleurs. Paul est préposé à la cave et au vin chaud, Fanny à la bûche, et Antoine fait des allers-retours entre Leclerc et le Clos.

Isabella passe de l'un à l'autre, commente, plaisante, observe. Sa fille a le sens de l'ordre, l'étoffe d'une cheffe scoute ou d'une Kapo. C'est épatant. Clothilde feint de ne pas entendre. Il n'y aura pas de conflit cette année.

À deux heures du réveillon, enfin, Samuel et Monika rejoignent Yerville. La bru annonce d'emblée qu'elle n'aura pas la force d'assister à tout le dîner. L'estomac brûle quand elle mange. Elle avale les aliments tout ronds. Si elle mâche, elle a des haut-le-cœur.

À dix-neuf heures, ils sont rassemblés autour du sapin et de Clothilde qui regrette de ne pas avoir accroché de vraies bougies à l'arbre. Elle a commandé des porte-bougies à pinces – Baumkerzenhalter – qui ne sont pas arrivés à temps. Rupture provisoire de stock. La standardiste n'avait jamais vu un tel engouement. Les gens cherchent à renouer avec leurs racines, la tradition, commente Paul. Plus on s'éloigne de ce qu'on est réellement, dans le fond – des Allemands, glisse Antoine, narquois –, plus les gens vont avoir besoin de se retrouver. Clothilde n'a pas d'avis là-dessus mais elle reconnaît que tout l'attirait sur klausboutik.com. Elle a préparé une playlist de cantiques, la plupart inconnus au bataillon mais ma-gni-fiques. Tu les chantais quand tu étais petite, maman, en Alsace ? Absolument pas, tu penses ! s'exclame Isabella. Clothilde pointe les cadeaux accumulés sous l'arbre. Il faut donner un sens à tout ça. Le sens, c'est la joie, le partage ! s'enthousiasme Fanny, émue. C'est merveilleux d'être une famille comme vous.

Jusqu'au fromage, le dîner se déroule sans encombre. Personne ne commente la fuite de Monika, réfugiée dans sa chambre sitôt l'entrée débarrassée. Chacun congratule Paul pour ses nouveaux projets, décrits par le menu. On ne se coupe pas la parole. On s'écoute. On marche sur des œufs. Noël, c'est touchy, comme chacun sait. L'ennui assoupit les émotions. Tout de même, on s'anime lorsque Isabella évoque Créteil, la maison familiale, désormais trop grande pour elle, trop d'entretien. Et la tourelle qui menace de tomber si on ne la consolide pas. La belle cage ne nourrit pas l'oiseau. Clothilde suggère de louer sur Airbnb, c'est une propriété exceptionnelle avec beaucoup de cachet. Au moins les week-ends ou pendant les vacances. Créteil, joli port de pêche, ironise Paul. Isabella insiste : elle ne se sent plus très bien là-bas, avec tous les souvenirs, les fantômes. *Home sweet home*, la coupe Clothilde aussitôt taclée par Paul : parle pour toi. Est-ce qu'il y a vraiment besoin de garder ? amorce Isabella. Sa phrase reste suspendue au-dessus du silence – une seconde, deux, trois, et elle lance un faussement léger : on pourrait vendre, les enfants ! Et plus doucement : Paul pense comme moi. Clothilde peine à avaler la volaille, trop sèche malgré la marinade. C'est dommage. L'année prochaine, ils mangeront du chapon. Et pour Créteil aussi. Ça lui fait un choc. Toute leur enfance. Elle garde ses réflexions pour elle et puise une cuillère de purée de marrons. Samuel sort de sa réserve, tendu. Sans s'en rendre compte, il cadence ses paroles d'un martèlement du couteau contre l'assiette. Il ne faut pas se précipiter : entre les dividendes de la clinique, qui ne sont pas rien, et la rente de papa, Isabella devrait s'en sortir. Une maison pareille, exceptionnelle, doit rester dans la famille.

Paul rebondit sur les dividendes, justement, parlons-en, mais Clothilde vient d'augmenter le volume des cantiques, vous avez entendu celui-ci ? Il est incroyable. Drisana et

Aurélien s'esclaffent. Paul trouve qu'ils ont les yeux rouges. Vous fumez du shit ? demande-t-il, un aparté complice que Samuel fait semblant de ne pas entendre et que les ados recouvrent d'un ricanement idiot. Tu n'as qu'à te la payer, toi qui gagnes tellement bien ta vie, glisse Paul. Personne ne relève parce que Fanny donne du chut ! tandis que Samuel fait tinter sa flûte en cristal : j'ai une belle nouvelle à vous annoncer. Nous avons choisi une date pour notre mariage, le 21 mars prochain, et un lieu, Sopot, à côté de Gdańsk en Pologne, alors *save the date* comme on dit.

À peine les autres ont-ils le temps de lever leur verre et Paul ses yeux au ciel que le toast tourne à la confusion. Drisana crie en pointant du doigt sa petite sœur Emma, devenue livide et raide comme une statue de cire. Samuel comprend plus vite que les autres, jette sa coupe, se précipite, soulève l'enfant, et d'un geste ferme lui presse l'estomac, une fois, deux fois. Enfin vient l'éructation salvatrice, la gerbe de vomi qui expulse le cartilage de dinde avalé de travers. On était à moins une d'une tragédie absolue, souffle Samuel. À moins une.

Chacun s'émeut. Drisana fond en larmes. Clothilde et Antoine embrassent leur benjamine sonnée. Fanny répète qu'elle a rarement eu autant d'émotions un soir de Noël. Les montagnes russes, je vous jure, les montagnes russes.

Plus tard, devant la farandole de desserts – quelle abondance, quel délice –, on se réjouit du bonheur de ceux qui ont échappé à la catastrophe. On est bien quand même, répète Clothilde. On ne se le dit pas assez. On est vraiment gâtés. On a de la chance. Chacun acquiesce à qui mieux mieux. L'instant fatal ne cesse d'être mâché, commenté, l'héroïsme de Samuel et son mariage à venir félicités dans un même élan. Antoine tempère et emmène les enfants au lit sitôt le dessert fini. Fanny souffle, personne n'a remarqué qu'elle avait remplacé la bûche maison exigée par Clothilde par une pâtisserie parfaitement industrielle, achetée au supermarché. Très vite, elle monte se coucher : les montagnes russes, ça casse, et elle veut laisser Isabella et les trois enfants entre eux.

Quelque vingt minutes plus tard, elle redescend chercher un verre d'eau. Ils sont debout dans la cuisine, Isabella au milieu de ses enfants, si petite. Ils la serrent comme une noisette, c'est cette image qui vient à Fanny, celle de la noisette. C'est amusant parce que Isabella lui a toujours fait penser à un écureuil noir avec son petit visage de rongeur et sa chevelure brillante. Et la tendresse entre eux quatre, une tendresse dont elle n'avait jamais été le témoin jusque-là (elle n'ose pas les déranger et repart discrètement, boire au robinet de la salle de bains), est de celles qui excluent le reste du monde.

12.

Entre septembre 2014 et janvier 2015, sur son compte musical.ly (depuis devenu TikTok), Aurélien a posté une centaine de courtes vidéos, à tendance comique. Il bouge les lèvres sur des répliques de films et parfois sur des extraits devenus cultes d'émissions de téléréalité. La plus likée a totalisé huit cents cœurs. Il s'agit d'un lip-sync de Nabila et de son incontournable « Allô ? T'es une fille et t'as pas de shampooing ? ». Il se dégage du contraste entre la mine grave, triste, d'Aurélien et la futilité des propos de la starlette une impression étrange dont on ne sait pas si elle prête au rire ou aux larmes. À la suite d'un visionnage, l'appli propose une multitude de variations sur la même scène, ce qu'on appelle des mèmes. On peut sauter de moue en déhanchement, de danse en parodie, d'un visage à un corps, chacun son petit numéro, chacun dans son espace, parfois seul, parfois en groupe, des vidéos montées, découpées, morcelées par souci de ne pas trop s'attarder, ne pas s'étaler, surtout ne pas ennuyer. Une manière encadrée et fragmentée d'être au monde. À chacun sa case.

Les Simart ont-ils regardé ces vidéos d'Aurélien ? Les ont-elles rassurés sur ses aspirations ?

13.

La sprezzatura, songe Paul en lustrant son sac de voyage, un vieux Keepall Vuitton, bleu uni, vestige de ses années de bombance. Du cuir craquelé mais toujours beau, un bagage comme on n'en fait plus – tant mieux puisque maintenant il ne peut plus s'en payer –, la marque ne drague que les Russes rutilantes, les cheiks monogrammés LV sous leurs quamis, pas les types comme lui, des élégants véritables, des dandys qui connaissent la valeur des choses et pas seulement leur prix. Qui ne jurent que par la classe à l'italienne. Il répète le mot distinctement, syllabe après syllabe, *spre-zza-tu-ra*, rebondit sur les z gémellaires, glisse sur le a central, bute sur le t, referme ses lèvres, une bouche en cul-de-poule, ura, hourra. Quand Paul a besoin de réfléchir, il cire tout ce qui lui tombe sous la main. Ça lui donne l'impression d'être quelqu'un de bien, d'ordonné, avec une morale, des valeurs. Il passe et repasse le chiffon imbibé de cirage prune sur la peau de la bête morte il y a longtemps, une forme surannée de méditation, à rebours des modes actuelles, et écume sa bile. Il prend soin de ses affaires avec mépris pour le monde et revendication. Par amour propre.

Il vient de subir une nuit cauchemardesque d'errance sur YouTube qui a connu son apothéose au petit matin avec l'apparition simultanée sur sa boîte mail et sur celle de ses chers frères et sœur d'un nouveau courrier du Syrien.

Je vous souhaite tout le meilleur pour l'année 2015 que j'espère nous nous verrons ensemble. Noël c'est le partage, la générosité, la famille, c'est ce que notre père me l'a appris, à moi. J'ai besoin de votre aide pour les papiers que je mets dans la pièce jointe. Ce n'est pas beaucoup le demander et pour vous qu'est-ce que c'est ? Je vous souhaite le meilleur Paul, Samuel et ta fiancée Monika que j'apprends les fiançailles sur le Facebook, Clothilde et le mari Antoine. Et tous les enfants que je suis l'oncle aussi : Emma, Drisana, Solal et Aurélien. Toujours la lumière. Votre frère de Syrie, Feras.

À situation exceptionnelle, remède exceptionnel, Paul a sorti toutes ses chaussures de son placard et exhumé quatre vieilles valises en cuir de sa cave.

Dans son esprit tournent son père et le Syrien, ses-vœux-qui-m'ont-touchée-il-faudrait-lui-répondre-cette-fois dixit Clothilde qui ne sait pas lire. Cette bécassine n'a pas compris qu'il nous traitait d'égoïstes bonnement et simplement, ne s'inquiète pas qu'il connaisse ses enfants, son mari. Tous ces noms qu'il égrène comme un chapelet. Je t'ai déjà dit d'arrêter de poster le moindre bâillement sur Facebook. Tu lui donnes des cartouches. Et le jour où il voudra dégainer, il aura toutes les munitions à portée de main. Sous la prière suinte une menace, pour une fois Samuel est exactement sur la même longueur d'onde que Paul. Il n'a pas aimé, mais alors pas du tout, que l'autre mentionne sa fiancée, son mariage et tout le reste. De quel droit ?

Heureusement que Paul gère : il tarde peut-être à réagir quand un enfant s'étouffe mais il ne laissera pas sa famille se faire plumer.

Son père, Feras, et maintenant Lepetit, le protégé roux de Saint-Mars : un monstre à trois têtes qui règne sur ses nuits.

La veille, il a découvert que le nabot qui avait pris sa place au Lagardère s'était lancé sur YouTube avec une première vidéo, un buzz, vu plus de cent cinquante mille fois en dix heures. Un billet d'humeur hebdomadaire sur les dessous de nos politiques. Pincez-moi si je rêve. « Les dessous de nos politiques. » Tu m'étonnes que je ne réussisse pas à me rendormir. Ce sont les mêmes mots, ses mots. Les chiens ! qu'il hurle, seul dans son lit tandis qu'assis sur une méridienne blanc écru, Guillaume Lepetit, l'œil gourmand et les lèvres mouillées, devant un ficus ridicule pour donner l'illusion qu'il se trouve chez lui, répète que dorénavant « Vous ne serez plus le dernier informé », variation minable du slogan putatif de Pol'pot « Vous aurez toujours une longueur d'avance ». C'était sur la page de garde, la page de garde du dossier que j'ai envoyé à ce salaud de Saint-Mars.

Paul n'en revient pas. On lui a tout volé. Le monde est petit (le nom de la chaîne de l'imposteur), c'est Pol'pot en moins bien. Tout est pompé, de A à Z. Les chacals.

La sprezzatura.

Rester classe, malgré l'adversité. Cirer ses valises, ses chaussures, son portefeuille. Ne pas s'ébrouer dans la fange. Rassembler tranquillement les preuves de plagiat. Ne pas agir sur un coup de tête. Ne pas paraître fragile. Riposter sans dévoiler sa blessure. Ne surtout pas envoyer de mail d'insultes : là-dessus il est formel. Imaginer une réponse indirecte. Par le succès. Pas l'amertume. Sur son bureau gît éventrée l'enveloppe en papier kraft boudée par son père comme un appel au combat.

Paul entend résonner en lui les premières phrases de sa harangue, car dans le fond c'est de cela qu'il s'agit, d'une harangue. Il caresse le cuir de son Keepall comme un cow-boy le dos de son cheval. Il n'a jamais aimé ses mains, trop épaisses, ses doigts puissants qui l'empêchent de porter des bagues. Pourtant, aujourd'hui, il apprécie leur nudité brutale. Elles lui donnent du caractère, un pouvoir, de l'aplomb.

Il parlera avec les mains.

Il tire sa bergère Louis XVI au milieu de la pièce, détermine plusieurs points d'éclairage – les gens ne font pas assez attention à la lumière –, surélève son téléphone pour un plan en légère contre-plongée. Derrière lui, au centre du cadre, une belle lithographie de Bram Van Velde. Il choisit son costard pourpre. L'ensemble fait bourgeois mais désinvolte – *la sprezzatura* – et c'est tant mieux : il ne cédera pas comme Lepetit, et d'autres polémistes à l'haleine de Babybel, à la tentation du commun. Il a toujours préféré se distinguer quitte à prendre le risque de l'isolement. C'est souvent le cas quand on a un coup d'avance. Ça aura de la gueule. Une gueule d'esclandre, une gueule qui ne fait pas dans la demi-mesure.

Une tronche à deux cent mille vues. Plus que Lepetit.

Le surlendemain de la première vidéo postée par Paul, les photos de profil Facebook de sa sœur, son beau-frère et de ses deux neveux, Drisana et Aurélien, sont remplacées par des fenêtres noires barrées d'un slogan blanc : JE SUIS CHARLIE. Dans un mail bref (que Clothilde trouve touchant et digne), Feras présente ses condoléances à ses frères et sœur français qui vivent aussi maintenant la guerre chez eux, et connaissent la peur et la douleur, comme lui et tous les Syriens depuis presque quatre ans dans les yeux fermés du monde. Aucun des enfants Simart-Duteil ne répond, sur recommandation expresse de Paul, choqué, il le dit tout net, par sa comparaison déplacée et qui semble à tout le moins idéologiquement tendancieuse puisqu'elle reprend, pour leur gouverne, les arguments des djihadistes justifiant les attentats sur le sol français par la situation en Syrie. Comme quoi les discours bien-pensants alimentent les pires dégueulasseries. Et vice versa. Paul est en train de préparer une vidéo à ce sujet. Il va frapper un grand coup. Sa précédente, noyée dans l'émoi mondial post-Charlie, n'a récolté qu'une trentaine de likes, essentiellement des amis de sa mère et de Clothilde. Et un mail de Saint-Mars, ce faux-cul qui préfère miser sur deux chevaux plutôt qu'un. On verra lequel franchit la ligne d'arrivée. Il conseillait à Paul d'être plus direct, simple, efficace. *Mets tes tripes sur la table. Les gens ne comprennent pas les métaphores, ça ne les intéresse pas. Tu dois apprendre à parler vrai.*

Une ou deux semaines après les attaques, Paul poste une nouvelle vidéo. Il invective les hypocrites qui changent leur photo de profil au gré des événements et n'en tirent aucune conclusion réelle ni aucun engagement. La clique des bienveillants et autres béni-oui-oui qui veulent qu'on soit tous Charlie et signent un blanc-seing, un permis de tuer, aux Kouachi, aux Coulibaly, aux Merah et à tous les autres.

Ça prend. En tout cas Paul sent un frémissement.

Il paraît que le succès commence de cette façon, par une légère agitation de l'eau à la surface, puis viennent les clapotis, et ensuite les bouillonnements, de plus en plus excités, la vague se lève, et soudain le geyser. Peu à peu, il trouve son ton, sa voix. Dans un commentaire, un fan le qualifie de *ruminant du réel.* Mais qu'on ne se méprenne pas sur son inscription politique : il n'est ni facho ni gogo. Ni Soral ni Cohn-Bendit. Aucune prétention, pas de point de vue surplombant, une manière de mâcher l'actualité et de la recracher, à sa propre sauce. Sans langue de bois. *A small change can cause a large effect.* Pas comme Lepetit qui sert la soupe populaire maintenant qu'il s'est institutionnalisé sur Direct 8 ou Canal. On s'en fout de toute manière, c'est la même bouillasse culturo-mondano-médiatique.

Peu à peu, Pol'pot s'affirme.

14.

Pas d'hésitation, un regard rapide, professionnel et Samuel s'adresse en anglais à sa première patiente de la journée. On ne parle pas français ici ? Voix rauque de fumeuse. La petite vingtaine, visage carré, légère prognathie. Pardon. Samuel se racle la gorge. Front volontaire barré par un hidjab sombre. Yasmine Khoury, c'est bien ça ? Il a bêtement cru qu'elle faisait partie de sa patientèle en provenance de la péninsule arabique. Il a régulièrement des clientes du Koweït et du Qatar. Ou encore du Liban, mais celles-là parlent français. Les Libanaises. Pas les autres. D'où l'anglais sorti spontanément quand. Samuel n'est pas dans son assiette. Une migraine le torture depuis deux jours. Il a pris un Rhinadvil au réveil, il n'aurait pas dû, ça l'a cassé. Et puis, avec ce qui s'est passé, Charlie, je ne m'attendais pas à. Nez de type moyen-oriental, avec bosse et pointe tombante. Donc vous venez pour une rhinoplastie ? avance-t-il. Non. Pour les seins. Je les veux énormes. Un blanc suit qu'elle fait éclater d'un rire de gorge. Je plaisante. Bien sûr que oui, elle vient pour ça, elle pointe son nez du doigt. C'est la première fois que vous consultez ? Non, elle a vu une femme il y a trois mois. Son nom ? Matthieu. Karine ou Céline Matthieu. Ça ne dit rien à Samuel. Elle opère où ? Chez elle. Comment ça, chez elle ? Dans sa clinique ? Non, pas une clinique. Chez elle. Aux Pavillons-sous-Bois, un bled, pas loin de Roissy et de Livry-Gargan où vit Yasmine depuis toujours. Celle qui refait les nez n'est pas vraiment médecin, mais esthéticienne. Elle a bonne réputation, elle fait des injections de Botox pour les rides et le pif. Yasmine connaît plein de filles qui ont été opérées et, franchement, ça va. Mais elle, elle aime quand c'est carré. Elle n'a pas trouvé l'esthéticienne suffisamment pro pendant le rendez-vous. Et comme son corps c'est son business, elle ne peut pas se permettre de faire n'importe quoi. Elle est blogueuse beauté. Un trait marron épais remplace ses sourcils. Elle a des grands yeux noirs, de longs cils. Cent mille abonnés à sa chaîne et ça augmente tous les jours. À ce propos, elle préfère prévenir tout de suite : elle ne fait pas de partenariat avec les prestataires ni les marques. Elle veut être cent pour cent honnête dans ses vidéos. Irréprochable. Bouche charnue, teint pâle. Tous les produits dont elle parle, elle les a testés. Elle n'est liée à personne. Donc elle paie comme tout le monde, le même prix. Par contre, elle va tout documenter sur sa chaîne, de A à Z. Avant et après. Par souci de transparence.

Si je suis contente, c'est clair que ça va vous faire de la pub, docteur. C'est quoi vos tarifs déjà ?

Samuel explique que tout dépend du projet. Il n'est pas marchand de tapis. Là, c'est une prise de contact. Une rhinoplastie se prépare. On y réfléchit. Le nez, c'est l'essence même du visage, il faut prendre son temps. Déterminer exactement ce qu'on veut et se mettre d'accord. C'est un échange. Yasmine acquiesce. Elle y pense depuis longtemps. Elle a bien analysé la situation. Elle a comparé les chirurgiens de Paris les plus réputés. Elle a lu les avis. Elle a même regardé chez les Américains, par curiosité. La Clinique Simart-Duteil c'est le top. Le site claque, j'avoue. Les images avant/après avec le curseur qui révèle progressivement le nouveau visage, ça l'a bluffée. Le résultat des opérations l'impressionne beaucoup. Samuel se détend. C'est surprenant, vraiment, une fille comme ça – très jeune – avec de la personnalité. Si atypique pour une blogueuse beauté. Il n'en revient pas.

Avec le voile, un nez marqué ça ne pardonne pas. Tous les défauts apparaissent au centuple : la peau, les sourcils, la bouche, le nez. Elle ne peut plus se regarder dans le miroir, sérieusement. Elle a l'impression d'avoir un nez de juive. C'est le comble, non ? De deux choses l'une, soit elle en change soit elle se couvre intégralement avec le niqab des salafs. Vu le contexte, elle penche pour l'opération.

Vous voyez Miley Cyrus ? Samuel secoue la tête. Vaguement. On a la même bouche. La forme des yeux. On se ressemble, tout le monde me le dit. Sauf le nez. Le sien, c'est la perfection : pas trop petit, pas trop gros. Samuel secoue la tête en découvrant les photos de Miley Cyrus stockées sur le téléphone de la jeune femme. De face, profil, de trois quarts. La plupart du temps quasi nue. Nez légèrement épaté, lèvres pulpeuses, menton équilibré. Une vague ressemblance avec Yasmine. Seulement, au niveau du bas du visage les deux jeunes femmes n'ont rien à voir. Or, pour que l'opération soit réussie, il faut que le résultat soit naturel. Samuel doit aller dans le sens des traits, pas contre eux. Ce qui séduit chez l'autre risque de se révéler insupportable sur soi. Un nouveau nez ne peut pas être en conflit avec le reste. Il faut viser l'harmonie, l'équilibre général. Quel âge avez-vous ? Je viens d'avoir dix-huit. C'est jeune. Dix-huit ans, c'est tôt. Il faut une certaine maturité pour se lancer. Elle a pris cette décision toute seule ? C'est important de prendre la décision seule. Pas sous l'influence de quelqu'un. Il faut que ce soit une décision libre, d'une femme libre. Elle lui répète : déjà avant le hidjab, elle détestait son nez, mais depuis, c'est sûr, elle veut s'en débarrasser. Elle a des longs cils, étoffés, en bas et en haut, le regard caressant. La brutalité dans la voix, des manières masculines mais des yeux de biche. En contraste avec le reste. Toute cette disgrâce.

Samuel invite Yasmine à s'allonger sur la table de consultation. Le tissu coupe votre front, il m'empêche de voir les proportions de votre visage. Allez-y, enlevez, elle répond, et lui, la main timide, fait glisser l'étoffe sous sa nuque. Se découvrent les cheveux de Yasmine, courts et blond platine. Il bredouille : je ne m'attendais pas à ça. Elle pouffe. Tous les mêmes. Avec des préjugés. Il se sent troublé, c'est idiot. Les actes qui suivent, habituels, routiniers (les relevés morphologiques, les photos sous tous les angles, les marquages du visage au Bic), se teintent d'une intensité qui le surprend. Déplacée, presque érotique. Pourvu qu'elle ne sente pas la moiteur de ses mains. Qu'elle n'entende pas son souffle bruyant, animal. Qu'elle ne perçoive rien de son excitation. Parce qu'il est excité. Sexuellement, constate-t-il, incrédule. C'est indéniable pourtant. Idiot. Incompréhensible. Il pensait s'accommoder de l'abstinence que Monika lui impose depuis qu'elle est enceinte. Ça l'arrangeait même. Il ne s'est jamais défini comme un être sensuel. Une libido juste comme il faut, mention bien, sans débordement. Jusqu'à ce moment incongru, hors de propos, avec une fille voilée qui n'est pas son genre, et dont il devra en plus raboter le menton. Il imagine l'os mandibulaire mis à nu, l'ivoire sous la chair rouge, sous la peau irriguée, mate, pleine de vie de Yasmine. Sous sa bouche joueuse, sa langue qui gouaille, ses seins qu'il n'ose pas regarder.

Il faut que ça s'arrête.

Il se force à penser à Monika, si parfaite jusqu'à son ventre comme un ballon, en avant, pointu, ce sera un garçon parie-t-on, sa pâleur de sainte, ses jambes qu'il masse tous les soirs. Sa beauté blanche. Petit à petit, il se calme. Respire.

Alors vous pouvez m'opérer tout ça quand ? Après mon mariage, répond-il comme si elle en connaissait la date. Elle va repartir du cabinet avec les morphings. Elle prendra le temps nécessaire pour réfléchir, comparer, se projeter dans un nouveau visage. Et revenir pour qu'ils se mettent d'accord sur tous les détails. La tête froide.

15.

Il y a cette photo sur le compte Instagram de Drisana. On y voit sa mère, assise sur un fauteuil SNCF vert menthe strié de rayures d'un rose sale, repose-tête et accoudoir en skaï d'une teinte semblable, un gris éléphant des années quatre-vingt. Les paupières closes, la bouche entrouverte, elle penche la tête vers son voisin de droite, qui a les yeux fermés lui aussi. Drisana commente, émoticônes à l'appui, *LOL la honte, quand ma mère ronfle dans le train à côté d'un présentateur télé.* Sans surprise, suivent des pelletées de commentaires, des rires et des remarques goguenardes qui concernent toutes l'homme brun à côté de Clothilde. Personne pour remarquer que quelque chose sonne faux dans la position des deux voyageurs : une certaine crispation du haut de leurs corps, le flou qui nimbe leurs mollets collés et témoigne du mouvement de leurs jambes, les veines saillantes de la main de Clothilde qui ne repose pas sur la cuisse mais qui la saisit, une concentration douloureuse sur le front de son compagnon de compartiment. Ceux-là ne dorment pas. Ils sont transportés.

16.

Vacances de février : Clothilde se sentait trop nerveuse pour prendre la voiture avec les enfants. Elle a choisi le train.

Une fois installée dans un compartiment vide, elle sort l'iPad qu'Antoine lui a offert pour son anniversaire et un casque, fait fi de ses principes éducatifs, elle veut la paix avant tout et neutraliser sa benjamine pendant une heure trente.

Chacun son écran, sauf elle, qui s'est promis de ne pas y toucher pendant vingt-quatre heures. Elle ne parvient pas à penser à autre chose qu'à elle-même. Sa peur de mourir, d'un cancer de la peau en attente de diagnostic, transforme son corps en une abstraction toute-puissante. Son mélanome – le résultat des analyses attendu d'un jour à l'autre ne fait, à ce stade de son angoisse, aucun doute pour elle – annonce le pourrissement inévitable de tout son être. Même ses enfants ne la détournent pas de ses pensées funestes.

Le monde qui l'entoure, celui des vivants, la renvoie tout entière à son déclin. Quand elle embrasse les bras potelés d'Emma, leur chaleur brûle ses lèvres froides et blanches. Je suis déjà un cadavre. Elle réfrène ses élans de tendresse pour se laisser engourdir par la mélancolie. Immobile, elle observe l'enfant, en se demandant quelle image la petite fille gardera d'elle plus tard.

Elle veut laisser des souvenirs à ses orphelins et multiplie les selfies. Comme une artiste dont elle a oublié le nom, à moins que ce ne soit Sophie Calle, elle a envisagé de tenir un journal vidéo quotidien de ses derniers mois. Finalement elle a renoncé, jugeant l'idée morbide.

Depuis que la dermatologue a effectué l'incision salvatrice après avoir découvert le nævus suspect, trop noir, irrégulier, elle n'aimait pas ça – si j'étais vous, je me le ferais enlever tout de suite –, Clothilde inspecte son pied plusieurs fois par jour, par heure, s'assure que le grain de beauté incriminé n'est pas réapparu, comme une vilaine tache qui persisterait malgré les lavages. Rien. La peau a cicatrisé en trois jours. Une rapidité suspecte.

Dorénavant Clothilde scrute chaque centimètre de son épiderme pour juguler une éventuelle propagation de la maladie. Sitôt repéré sur sa jambe, au-dessus de la clavicule ou dans le dos, un point plus sombre que dans son souvenir ou, pire, nouvellement survenu. Elle s'arrête, se précipite sous la première lampe à sa portée et en détaille les contours. Elle vérifie la symétrie, la couleur et le diamètre de ses lésions cutanées. Elle, qui affectionne depuis l'adolescence la mouche naturelle au-dessus de sa bouche, examine, à la règle, avec frayeur et dégoût, sa potentielle dégénérescence.

Par la fenêtre, le paysage se transforme à chaque instant, Clothilde y cherche du répit, une forme d'hypnose. Elle manque de sommeil, voudrait s'éteindre quelques instants, se débrancher. La nature, ça calme, dit-on. Après les immeubles, des champs, de l'herbe, quelques vaches. Une ou deux maisons. Parfois un village aperçu au loin. Et de nouveau des champs. Les animaux qui paissent. Du lin en pleine floraison. Clothilde sursaute. Du lin mais. Un monticule. Marron. Parmi les ondoiements bleu argenté, inattendue et menaçante, une tache marron à la forme oblongue et aux bords virant vers le rouge. Qu'est-ce que ça peut bien être ? Irrégularité. Couleurs incertaines. Asymétrie. Mélanome qui envahit la quiétude grasse du bocage.

Clothilde ne s'endormira pas.

Le train vient de s'arrêter à Rouen. Un homme d'une petite soixantaine d'années, calvitieux et maigre, s'installe à côté d'elle, face à Drisana. Il aurait pu s'asseoir ailleurs, les laisser en famille. J'espère qu'on ne vous dérangera pas, les petits peuvent se montrer bruyants, glisse Clothilde, espérant lui faire rebrousser chemin. Ne vous inquiétez pas, j'ai trois enfants, répond-il, et Clothilde trouve ses yeux perçants. C'est rare les familles nombreuses aujourd'hui. Je dis bravo aux mamans ! Il faut qu'on se reproduise, nous aussi. Il faut résister. Vous savez qu'il y a sept millions d'enfants étrangers de moins de quatre ans en France, c'est quand même beaucoup, non, sept millions ? Clothilde ne sait pas, acquiesce vaguement, elle ne s'intéresse pas aux chiffres. Elle n'est pas en état de parler malgré sa belle voix, posée, rassurante. Il comprend et sort un gros livre de son sac, un crayon à papier et des lunettes. Il sent bon, un parfum aux agrumes, recherché, raffiné. Il y a en lui quelque chose de magnétique. Peut-être qu'il est connu. Elle l'a déjà vu quelque part. Pas un acteur. Un homme politique ? Clothilde se trouble. Il l'observe dans le reflet de la vitre de son œil vif, curieux, inquisiteur, puis il prend des notes dans un carnet. Un écrivain ? Un intellectuel en tout cas. Houellebecq ? Non. Houellebecq ne sent pas le cédrat. Celui-là embaume. Sur son cou, à quelque deux centimètres du lobe de son oreille, un grain de beauté d'une insolente perfection : rond, uniformément marron, sans aspérité.

Elle sort son miroir de poche, jauge le sien, au-dessus de la lèvre. Il n'a pas bougé. Il faudrait qu'elle réussisse à penser à autre chose. Elle devrait lire, elle aussi, ou essayer de dormir un peu. Consulter ses mails ? Si elle sort son téléphone, elle ne pourra pas s'empêcher d'aller sur Doctissimo.

Une pression contre sa cuisse. Elle croit d'abord en un geste fortuit provoqué par les secousses du train. Elle éloigne sa jambe mais celle du voisin vient de nouveau rejoindre la sienne. Clothilde se raidit, sa cuisse à l'affût. Elle ne bouge pas, guette un mouvement. Il attend lui aussi. Pendant quelques minutes, leurs genoux collés l'un à l'autre, ils évaluent la situation. Clothilde ferme les yeux, pose sa tête sur le dossier. L'homme s'absorbe, tourne les pages à intervalles réguliers. Comme s'il lisait. Il donne le change. Elle aussi. Une accélération légère de leur souffle parce qu'à présent elle cale sa respiration sur la sienne. Le talon droit de Clothilde se soulève. Et se baisse. Un frottement silencieux. L'autre ne réagit pas. Une fois encore : pointe et flex. L'homme pose son livre. Ferme les yeux à son tour. Pointe et flex. Quand l'un monte l'autre descend. En présence de ses enfants, il ne peut rien lui arriver. C'est un jeu innocent, un trompe-l'ennui sans danger. Il ne va pas la violer, là, devant les mômes. C'est impossible. Pointe et flex. Elle halète. Crispe sa main sur la cuisse pour ne pas crier. Heureusement que les enfants ont un casque et qu'ils sont hypnotisés par leurs écrans. Pointe et flex. Depuis un quart d'heure, Clothilde ne pense plus à la mort. Un apaisement qui justifie à lui seul de ne pas avoir pris la voiture. Pointe et flex. À travers ses paupières rabattues, elle discerne l'irréprochable tache sur le cou de son partenaire. Elle pousse un râle de plaisir. Elle n'a pas le temps du dernier pointe et flex que son voisin déjà se lève, saisit sa mallette et se précipite hors de la voiture. Elle remarque alors seulement que le train est à quai. Une seconde plus tard des sifflements annoncent le départ. Les oreilles de Clothilde bourdonnent. Elle a comme un vertige.

Hébétée, elle regarde s'éloigner la pancarte YVETOT et croit reconnaître son frère devant le distributeur rouge de boissons au milieu du perron. Un éclair de lucidité la transperce : elle vient de rater sa station.

Quand Paul viendra la chercher une demi-heure plus tard à la gare de Breauté, il lui dira qu'il l'a aperçue lui aussi, au dernier moment. Elle avait l'expression hagarde de quelqu'un qui se réveille d'un coma éthylique. Mais ce n'est pas ça le plus fou. Le plus dingue, c'est qu'Éric Zemmour est descendu à Yvetot, de la même voiture qu'elle. Paul en a profité pour le héler, lui témoigner toute son admiration, a réussi à glisser qu'il était proche de Saint-Mars, tu sais le gars qui fait la pluie et le beau temps dans la presse aujourd'hui, et lui a donné sa carte de visite. Marrant non ? En tout cas, de bon augure.

17.

Rien ne peut affecter la bonne humeur de Clothilde, qui a reçu le résultat de son analyse épidermique. Pas même Paul, un lion en cage à cause du dernier mail de Feras Ashour : il a réussi à quitter la Syrie – tant mieux pour lui, non ? Comme il promet à Clothilde, au détour d'une phrase, de lui rapporter – s'il arrive jusqu'en France *inch'Allah* – un mélange d'épices typiquement libanais (elle a mis en ligne la semaine précédente une photo de houmous de courge avec comme commentaire : *oups, je manque de zaatar*) Paul assaille sa sœur de remarques incessantes sur ce qu'elle poste sur les réseaux. On sait tout de toi, où tu habites, ce que tu manges, ce que tu lis, la taille de ta petite culotte, le métier de ton mari. Tu laisses ta maison grande ouverte, aux quatre vents. *Welcome to the world.* Pour qu'il lui fiche la paix, elle a cédé, elle ne mettra plus rien sur ses enfants. Mais en ce qui la concerne, elle fait bien ce qu'elle veut. D'ailleurs, elle a immédiatement informé ses mille trente-six amis Facebook que son vilain grain de beauté n'avait rien de malin. Il s'agit d'un tatouage, c'est-à-dire d'une simple marque de l'extérieur, peut-être de la terre qui s'est incrustée là, a imprimé la chair de façon inoffensive, bénigne, un non-sujet – pas un SOS du dedans. Ni un stigmate de pourrissement. La nouvelle a été reçue par sa communauté virtuelle avec davantage d'enthousiasme que par son propre mari. Antoine a haussé les épaules : c'était évident, évident, elle les enterrera tous. Les femmes vivent plus longtemps que les hommes, même aujourd'hui. Regarde ta mère.

Ta fiancée pourrait faire un effort, au moins pour l'apéritif, glisse Isabella en portant une coupe de champagne à ses lèvres. Depuis que vous êtes arrivés au Cottage, c'est simple, elle est enfermée dans sa chambre. Samuel s'agace. Monika est épuisée, pas dans son élément. Les premiers mois sont les plus difficiles, ça ira mieux après. Clothilde acquiesce. Les nausées, elle connaît. Elle a apporté des biscottes à sa belle-sœur. Et du gingembre confit : un remède miracle. Ça me ferait plaisir de voir un peu ma bru, c'est tout. Arrête de l'appeler ta « bru », c'est moche. Isabella ne voit pas en quoi. Ça évite la confusion avec « belle-fille », qu'on utilise pour désigner deux situations bien différentes. De toute façon, aujourd'hui, on ne peut plus rien dire, il y a toujours quelqu'un pour se froisser. Vous êtes d'une génération très sérieuse. Alors que nous on aimait rigoler ! Hein ma Fanny ? Celle-ci, justement, sans transition et pour changer de sujet, se renseigne auprès de Drisana et Aurélien sur les jeunes et la drogue. Elle a lu un article affolant sur les gosses des beaux quartiers qui sniffent dès la cinquième. Ils prennent aussi… comment ça s'appelle ?… avec un K. De la kétamine. C'est un anesthésiant pour chevaux, élucide Samuel. Mon Dieu, quelle horreur ! Mais qui peut bien avoir l'idée de prendre des médicaments pour les animaux ? Il faut vraiment être fou ! s'insurge l'amie de la famille. C'est vrai ça, qui peut bien se défoncer à la ké ? fait Paul en lançant un regard entendu à Clothilde.

La première fois qu'il a revu sa sœur après avoir coupé les ponts avec les siens, c'était en pleine nuit. Parmi les fêtards qui attendaient sous le porche du Gibus, une fille au visage très pâle coiffé d'une perruque rose, soutenue par deux copines qui ne demandaient qu'à se débarrasser d'elle pour décrocher un droit d'entrée. Vous devriez la raccompagner faire dodo, avait maugréé Paul avant de leur tourner le dos. C'est alors qu'il avait croisé la pupille défoncée et familière de la môme. On se connaît, non ? Comment tu t'appelles ? Clothilde. Clothilde comment ? Clothilde Simart-Duteil ? avait soufflé Paul. Tu la connais d'où ? avait demandé, suspicieuse, l'amie qui l'accompagnait.

C'est ma sœur.

Clothilde sourit en avalant une gorgée de riesling. Elle est loin l'époque du Gibus, de la fête et du grand n'importe quoi. Solal, ce serait bien que tu ailles te brosser les dents et au lit. Le garçon mendie un film, on est samedi soir. Isabella précède Clothilde : va donc ! Il ne faut pas être trop dur avec les enfants. Ils ont besoin de souplesse. Paul allume une cigarette et d'un ton narquois : content de te l'entendre dire, maman. Nous avons tous besoin de souplesse. À ce propos, se sert un verre de rouge. Cling. Cling. Cling. La fourchette contre le verre.

Cette fois, c'est *Festen*.

Maman, papa avait une autre famille, en Syrie. Et de sortir de la poche intérieure de sa veste la photo du couple à l'enfant. Il lit, théâtral, ce qui est griffonné au dos : *Ma Chadia et Feras, Damas, automne 88*. Précise, triomphant : c'était collé dans un des carnets de notes de papa. Caché entre des documents de travail. Caché ou collé ? Maman, tu la connais toi ? Isabella regarde à peine la photo. Quelque chose en elle s'est absenté déjà, a regagné la chambre. Le corps ne va pas tarder. Ses lèvres s'ouvrent pourtant et articulent distinctement, avec assurance, que non, elle ne connaît pas cette dame. Mais la photo, elle l'a déjà vue, Claude la lui a montrée. Il n'en faisait pas mystère. Le mari était un de ses proches collaborateurs. Voilà, c'est tout. Qu'est-ce que tu es encore allé chercher, Paul ? Tu as trop d'imagination. « Ma Chadia. » Ça lui revient d'ailleurs : il y avait une histoire d'enfant malade. « Ma Chadia. » Le petit était né avec un handicap, Claude compatissait. Votre père avait du cœur. Qui l'eût cru ? raille Paul. Fanny prend la photo et la retourne : tu es sûr qu'il y a écrit « ma ».

Ce n'est pas ce que je lis. Je lis « mme », madame, pas « ma ». « Madame Chadia ». Mais si, « ma » ! crie Paul exaspéré en arrachant le cliché des mains de Fanny. De toute façon, ce n'est pas une hypothèse, on a reçu des mails. Papa était marié à cette Chadia. Dites-le à maman, vous. Quoi ? demande Clothilde qui s'agite, hésitant à ramasser les assiettes, à se rasseoir ou à se saisir d'une cigarette dans le paquet de Paul. Samuel a besoin de riz pour Monika et se lève précipitamment pour faire bouillir de l'eau dans la cuisine, je reviens.

Et tu veux la cerise sur le gâteau, vous voulez tous la cerise sur le gâteau ? Papa était musulman. Il s'est converti à l'islam pour épouser cette Chadia. Isabella éclate de rire. Quel cinéma ! Paul a toujours eu le sens du drame. Fanny fait diversion : ce qui se passe en Syrie aujourd'hui, c'est affreux quand on y pense. Mais c'est maman qui joue la comédie, le je-n'y-comprends-rien, petit oiseau tombé du nid, léger et inconsistant. La voix de Paul se brise. Elle le couvre ! Et l'écume aux lèvres : pourquoi tu nous mens, putain ? Ne sois pas insultant, s'oppose Clothilde. Isabella ne tient plus, trop de fatigue, de tout ce séjour. Elle aurait aimé que ça se termine bien, par un dîner sympathique, chaleureux. Mais Paul, il lui faut sa dose de scandale, de provocation. Ça suffit. Elle se sent trop vieille pour supporter ça. Que son propre fils vienne la traiter de cocue. Et insulter son mari. Leur couple. Dès qu'il a un coup dans le nez, elle en prend pour son grade. Il ne peut pas savoir ce que c'est, évidemment, il n'a pas d'enfants, c'est plus simple. Un égoïste, alors je vais me coucher. Je ne serai pas le *zimbello della compagnia.*

Idem pour Samuel, qui pose le bol de riz sur la table de chevet de sa fiancée endormie et s'allonge à ses côtés pour digérer cette soirée, son nouveau père musulman. De dos, on ne voit pas que Monika attend un enfant. Tout est dans le ventre, qu'il n'ose pas caresser de peur de la réveiller. Il enfouit sa main dans sa chevelure. Lors de sa deuxième visite, Yasmine a refusé d'enlever son voile. De quelle couleur sont ses vrais cheveux ?

Dieu soit loué, elle a renoncé au nez de Miley Cyrus. Ils se sont mis d'accord. Il y avait un soupir dans la voix de Samuel, comme une douleur. Elle lui a dit de ne pas se perturber comme ça puis, comme il se renfrognait, qu'elle rigolait. Est-ce qu'il aurait pu se passer quelque chose entre eux ? Il regarde, hébété, la blondeur parfaite de Monika. Une place s'est libérée pour Yasmine la semaine suivante. Elle tient à se faire opérer au plus vite. Qu'on en finisse, et qu'il ne la revoie plus. Après l'opération, ça ira mieux. Il l'aura domestiquée. Le maléfice se brisera dans la douceur et l'équilibre de son nouveau visage. Plus joli. Un minois qu'on oublie. Auquel on ne pense pas sans cesse. De façon obsessionnelle, alors qu'on a chez soi une femme enviable, véritablement belle, un trophée d'albâtre.

18.

Elle a toujours su.

Dès le début.

Ça a commencé peu de temps après la naissance de Clothilde, quelques mois peut-être, une période compliquée pour une femme, même pour elle qui avait retrouvé sa ligne, les gars se retournaient dans la rue. Elle poussait le landau, Paul à ses côtés, et sentait, dans le regard des hommes, le désir. Elle ne ressemblait pas à une mère, aucun laisser-aller. Impeccable. Elle ne se plaignait jamais. Claude ne manquait d'ailleurs aucune occasion de la complimenter, ma chérie, tu es plus belle, plus belle encore. Il rentrait de ses voyages, au Liban, en Syrie, toujours avec un cadeau, pour elle et les garçons. Et des loukoums. Elle détestait les loukoums. Seul Paul les mangeait. Alors il peut bien s'insurger maintenant.

Les aveux de Claude s'étaient d'abord résumés à un prénom.

Depuis la naissance de Clothilde, ils n'avaient pas fait l'amour. Isabella ne s'inquiétait pas. Neuf mois pour le faire, neuf mois pour se refaire. Et Claude n'était pas un sensuel. Au bout d'un certain temps elle avait décidé de se forcer un peu. L'appétit vient en mangeant. Elle avait enfilé des bas, un porte-jarretelles. Elle s'était glissée tout apprêtée à côté de lui, dans le lit. Ce n'est pas le moment, avait-il murmuré. Elle ne s'était pas découragée et, parce que les saletés excitaient Claude, elle avait demandé : tu en baises une autre, mon gros cochon ?

Oui.

Elle n'avait d'abord pas compris. Avait cru qu'il répondait par l'affirmative, d'une voix fébrile, à ses sollicitations.

Oui. Elle s'appelle Chadia.

Che bastardo ! Il avait chuchoté Chadia, et ce prénom, gorgé d'une tendresse impitoyable, avait éclaté à la figure d'Isabella, comme un ballon de baudruche rempli de crachats.

Elle ne se souvient plus de cette nuit-là. Elle avait hurlé, pleuré, aboyé. Elle le suppliait, le menaçant du pire. Elle tuerait leurs enfants, s'il la quittait. Jamais elle ne l'avait aimé avec autant de rage. Au matin, le naufrage de leur couple était tel que Claude avait prononcé le mot « divorce ». Isabella ne se rappelle pas bien la suite. Il était sûrement parti travailler. Il emmenait Paul à l'école le matin. Elle était restée là, d'abord hagarde, puis elle s'était ressaisie. Isabella ne se laissait jamais aller longtemps. Elle ne perdrait pas Claude, et tout le reste.

Le soir même, devant des coquilles Saint-Jacques à la normande – Isabella avait mis une jupe crayon à motif pied-de-poule, un chemisier crème, et un soutien-gorge d'un blanc vierge –, il lui avait annoncé qu'il repartait à Damas, pour trois semaines. Il avait du travail et il ne pouvait pas se passer de Chadia. Isabella était restée parfaitement droite sur sa chaise. Elle voyait son propre reflet, de demi-profil, dans le miroir au-dessus de la cheminée. Si je trébuche, il m'écrase. Elle lui avait répondu par une formule aussi froide qu'incompréhensible. Je veux conserver l'intégrité de ma maison. Et elle avait ajouté qu'une idylle dont on ignorait la viabilité ne pouvait pas mettre en danger tout l'édifice familial.

Qu'est-ce que tu proposes ? Lui ne pouvait pas renoncer. Il y avait pensé des centaines de fois, il ne voulait pas quitter Chadia.

Isabella n'avait pas l'âme étriquée. Elle était moderne. Un esprit rationnel. Je suis une femme libre. Elle avait argumenté – des grands gestes, sûre d'elle, pour se convaincre. Si ça ne se passait pas sous son nez mais à des milliers de kilomètres, ça ne la dérangeait pas. Il avait accepté sa propre bigamie, comme un cadeau qu'elle lui offrait.

Elle s'était confiée à Fanny, qui était montée sur ses grands chevaux. Isabella devait quitter Claude, ce Tartuffe, vu la situation le divorce serait à son avantage. Isabella l'avait fait taire et jurer de ne plus jamais – tu m'entends, plus jamais ! – évoquer le sujet. Elles ne s'étaient pas vues pendant trois bonnes années.

Isabella n'avait pas subi la situation. Au contraire. Elle avait composé avec la créature arabe de Claude, *la troia*. Une partition inattendue. Par liberté d'esprit. Isabella déteste l'idiotie pavlovienne des épouses. Je suis une femme originale. D'avant-garde.

Pendant six ans, ou sept, elle avait supporté les allées et venues de Claude. Ses séjours en Syrie, de plus en plus longs et fréquents. Ses retours nostalgiques à la maison : là l'autre lui manquait, et, par naïveté et muflerie, il n'hésitait pas à se confier à son épouse si ouverte. Elle avait donné le change. Impeccable. Elle avait eu raison : un soir, la veille du coming out de Paul, Claude invite Isabella à la brasserie du centre-ville.

Il commande une bière. Pas elle. Elle ne veut pas d'alcool. Elle préfère garder la tête froide. Il sourit d'un air triste et pour la première fois depuis longtemps il dit son prénom, Isabella, dans un souffle affectueux. Elle croit que c'est la fin. Elle n'a pas peur. Elle est prête à encaisser. Et à répondre coup par coup.

Nous nous sommes séparés avec Chadia.

Isabella n'exprime aucune émotion. Elle écoute Claude à la parole avare lui raconter son amour et sa rupture. Chadia a exigé qu'il choisisse. Elle voulait fonder une famille, s'installer en France. Il a pensé à Isabella, à la dignité qu'elle montrait depuis des années, et il a tranché. Rompu.

Il n'y a jamais eu d'enfant.

L'affaire est close.

19.

Claude Simart-Duteil n'a jamais existé ou à peine : une vingtaine d'occurrences sur Google, la plupart qui ne le concernent pas. Le reste renvoie à la polyclinique esthétique fondée en 2001 par son fils et qui porte son nom. Claude a trois homonymes. L'un, québécois, est commissaire à la déontologie policière. Un autre, négociant en vin de Bourgogne, est né en 1827, sa descendance n'a pas de lien apparent avec les Simart-Duteil du Clos. Le dernier recherche des amis sur Copains d'avant – et des timbres sur Leboncoin. Dans les images répertoriées sur Google se succèdent des bâtiments probablement liés aux activités de sa société, revendue en 1999. Revient également à plusieurs reprises le portrait d'un homme d'une soixantaine d'années, au grand front dégarni, à l'ovale du visage parfait, que rien ne vient troubler, pas même ses oreilles, que bizarrement on ne voit pas, même en zoomant. Sûrement qu'elles sont juste bien collées, et petites, il n'empêche, leur absence rend son visage inquiétant, extraterrestre, bien plus encore que le pansement oculaire sur son œil gauche.

Claude Simart-Duteil, le patriarche cyclope.

20.

Paul applique avec soin une noix de crème hydratante sur ses mains desséchées. Il les frotte l'une contre l'autre pour que le produit pénètre. Il inspecte, l'œil satisfait, les notes de plus en plus nombreuses qui tapissent le tableau en liège au-dessus de son ordinateur. Au centre, les mails de Feras, imprimés et punaisés, annotés par endroits. Au-dessus, la photo de Chadia. À droite du tableau, Paul a scotché une grande carte de l'Europe et du Moyen-Orient. Dessus, il a tracé deux itinéraires de la capitale syrienne à la française. Certaines villes sont surlignées en jaune fluo : Damas, Alep, Beyrouth, Istanbul, Zagreb, Trieste, Venise, Milan, Paris. À côté de Milan, Istanbul, Beyrouth et Alep, un triangle « danger » et des mois griffonnés au stylo Bic rouge : janvier, mai, juin, août, septembre.

Paul accroche le dernier mail de Feras, qui le dit à Beyrouth, logé chez un cousin lointain. Il ne pourra pas y rester longtemps. Il va déposer une demande de visa à l'ambassade française. Il paraît que ça marche mieux du Liban que de Syrie, qu'il a plus de chances. Seulement, sans lettre d'invitation, il n'obtiendra rien. Sans la *bonne* lettre d'invitation. Le plus efficace c'est quand ça vient de la famille. Il a montré toutes les preuves de son origine française, de sa filiation. On lui a dit que ça pourrait lui servir sur place pour faire valoir ses droits mais qu'en ce qui concernait le visa, ce qui compte c'est la lettre de la famille et une garantie sur ses possibilités de subsistance dans le pays d'accueil. Il ne veut pas forcer, s'imposer, mais il a compris maintenant pourquoi on le laissait dans le placard, sans ouvrir la porte. Il a les droits sur l'héritage du père comme les autres selon la justice française – comme vous trois, tout pareil. Il ne va pas réclamer comme le mendiant. Il a trop le respect de la famille et de lui. La seule chose qu'il veut c'est obtenir le visa pour prendre l'avion, et venir comme un homme. Pas comme un chien par la mer. Qu'est-ce que ça vous coûte, l'ami ? Au nom du père. Si l'invitation est envoyée par la famille, il y a plus de chances. Et il faut bien sûr les preuves des revenus, les impôts. La solidité financière qu'il sait en France – chez vous. Et il répète : après je vous laisse tranquilles. Il y a des associations qui aident pour les logements, on lui a dit, il est débrouillard, il s'en sortira. C'est difficile pour tous, cette situation. Ceux qui sont noyés et ceux qui noient.

Resurgit de la mémoire de Paul un prénom : Asmar, et, vaguement, le visage d'un gamin aux yeux verts. Il l'avait rencontré dans un hôtel à Palmyre – la seule fois où il est allé en Syrie, deux ans après Samuel. C'était le fils des propriétaires de la pension, ou alors un employé, jeune, Paul ne sait plus bien. Asmar rêvait de flâner sur les Champs-Élysées. Paul lui avait offert un verre qu'il avait refusé mais il s'était assis à sa table. Les Champs-Élysées c'est pour les touristes, sans aucun intérêt. Si tu viens un jour, je t'emmènerai voir le vrai Paris, by night. Mais l'autre n'en démordait pas, de son rêve de grande avenue, il connaissait la chanson de Joe Dassin, et Paul l'avait fredonnée pour lui faire plaisir, au creux de l'oreille, la main sur la cuisse, un doigt qui traînait vers la fermeture éclair, et le gosse s'était un peu raidi peut-être mais il n'avait pas protesté plus que ça. Paul était sûr qu'il allait l'emmener dans sa chambre, et il l'avait embrassé dans le cou, un baiser mouillé, et l'autre s'était tendu encore, Paul lui avait chuchoté de ne pas être timide. *Don't be shy.* Un peu plus tard, un homme s'était approché de leur table (le propriétaire ? un serveur ? Paul ne sait plus) et il avait dit quelques mots à Asmar en arabe, avec humeur, et le garçon (il était majeur, attention, Paul ne mange pas de cette mie-là) s'était levé, excusé, il devait aller chercher un client à la gare. Paul avait promis qu'il ne bougerait pas. Pendant une heure au moins il avait continué de boire, seul. Il n'avait pas osé s'enquérir de son éphèbe aux pupilles d'émeraude. Ce soir-là il se sentait poète, aventurier. Il aurait bien sauté Asmar en déclamant du Rimbaud.

Aujourd'hui, son fantasme oriental doit avoir, à un ou deux ans près, le même âge que Feras.

Paul appelle son frère, sa sœur pour leur enjoindre de garder le cap : ne pas se laisser attendrir, ne surtout pas répondre. Et même passer à la vitesse supérieure. Il craint que la seule indifférence ne suffise plus. La famille doit se protéger. Feras ne lâchera pas l'affaire. La probabilité qu'il obtienne un visa, même sans leur aide, contrairement à ce qu'il écrit, est loin d'être nulle. La politique migratoire française est une catastrophe. Malgré ses promesses, il y a fort à parier que, une fois en France, le bâtard ne se contentera pas d'une tente porte de La Chapelle. Je sais que je peux paraître dur, surtout à toi Clothilde qui as le cœur naïf, mais si on lui tend la main, on se fait bouffer. Feras a raison : aux yeux de la loi française, s'il prouve sa filiation (et de ce point de vue-là les papiers de mariage et quelques photos devraient largement suffire à convaincre n'importe quel juge), il dispose des mêmes droits que nous sur le patrimoine de papa. D'ailleurs pourquoi tu crois qu'il se manifeste maintenant, en 2015 ? Hein ? C'est simple : en France, un enfant a jusqu'à dix ans après sa majorité pour se faire reconnaître par son père. Et Feras aura vingt-huit ans quand ? En 2016. En octobre 2016. Tu comprends qu'il soit pressé d'arriver. Mais ce n'est pas tout. Combien de temps après l'ouverture d'un testament peut-on contester ? Six ans. Dix ans maximum avec un recours : il lui reste un peu moins de deux ans pour entamer une action en réduction et récupérer sa part, entre guillemets. Il n'a pas une minute à perdre. CQFD.

Paul réfléchit déjà à la parade. Il écume les sites spécialisés en placements, contacte d'anciennes connaissances – avocats fiscalistes rencontrés à ses heures de gloire, banquiers fréquentés aux soirées mousse du Queen, traders qu'il aidait à se remettre en jambes chez Carmen avant de les regarder filer à la Bourse, remontés à bloc. On le conseille. On lui vante la Hollande, le Vanuatu et la Suisse, Guernesey, le Liechtenstein, une arrière-cour du Havre, Monaco, Moscou et les Caïmans. On lui parle fondation, trust, fiducie, equity, family office, VIPP et STAK. Il épargne les détails à Samuel et Clothilde, mais s'il y a une chose à retenir c'est que le seul moyen de ne pas se faire dépouiller, c'est de se dépouiller soi-même. Ce n'est pas une boutade : le truc consiste à ne plus rien avoir – aux yeux des autres, naturellement. On ne possède plus, on se contente de profiter. Et pour rendre ce tour de passe-passe (le plus souvent légal) possible, des cabinets d'experts, partout dans le monde (partout sauf en France, où l'on a, évidemment, un bon train de retard sur les autres), rivalisent d'ingéniosité. La finance m'a toujours fasciné – vous vous souvenez que j'ai pas mal spéculé en Bourse à une époque, et plutôt avec succès d'ailleurs. Je suis en train d'étudier tous les scénarios possibles pour mettre à l'abri ce qui doit l'être en cas de besoin. Pour qu'on se blinde.

Je cherche la solution optimale.

Je veille sur nous, sur maman, sur vous.

Comme un frère.

21.

Isabella hésite à téléphoner à son fils. Parfois, ça marche, elle lui parle, une vingtaine de minutes, il la distrait – Paul sait la faire rire. Pendant la conversation, elle avale un Lexomil, comme ça, sans trop y penser, et en raccrochant elle s'endort.

Sans aucune visite.

Sans entendre la voix sucrée de sa sœur. Et sans les bras inutiles de la vieille enfant qui s'agitent comme des moulins rouillés au-dessus de sa tête. Pour l'empêcher de dormir. À chaque tour, un cliquetis qui rappelle le bruit des osselets métalliques sur la table de la salle à manger à Colmar.

Elle ne doit pas, surtout pas, laisser de place à Sofia. Pas ce soir. Ce soir, elle n'a pas le courage. Pour combler le vide, elle remplit son esprit des croisières de Marco qui l'éloignent d'elle de mai à septembre, de la maison de Créteil où personne n'habite plus – quand Isabella passe quelques jours à Paris, elle dort désormais chez Paul – cette maison qui lui semble morte, un fantôme, comme Sofia – ne pas y songer. Elle ne veut plus y rester seule, jamais. C'est injuste évidemment parce que, malgré la créature arabe, les absences, la froideur, elle a eu une vie de rêve, une existence sur un tapis de roses, qu'on lui jalousait d'ailleurs, en particulier Fanny, la pauvre avec sa solitude. Mais aujourd'hui, tous les souvenirs, même les meilleurs, l'effraient. L'avant-Marco, la vie domestique, maternelle, conjugale, la jeunesse, l'enfance, glace Isabella. Elle ne voudrait recommencer pour rien au monde. Redevenir jeune, oui, mais ailleurs, pas dans ce passé-là.

Et moi, tu crois que j'aurais été une bonne mère ? *Una brava mamma ?*

Ne pas réagir aux chuchotis sirupeux, Isabella a besoin de répit. Elle s'attarde mentalement sur la journée qui s'est écoulée, bâille, bon signe, sur les détails, heure par heure, une technique soufflée par Paul : penser aux choses qui nous ennuient, s'assommer volontairement en attendant que le sommeil vous fauche. Elle a préparé sa valise pour la Pologne. Marco la rejoindra après-demain à l'aéroport. Elle portera une robe verte et lui une cravate assortie. Quelle idée de se marier aussi loin… Est-ce que Claude aurait aimé sa bru ?

Isabella suit le chemin tracé par la question, une question sans réponse, pas une impasse, une échappatoire. Ses yeux se ferment. Tu te souviens, on pinçait notre poignet, entre le pouce et l'index, et on comptait nos futurs enfants.

Toi, ça t'en disait deux et moi quatre. Quatre ! Tu te rends compte ?

Chut.

Claude goûtait les *femmes-femmes* et le whisky tourbé... Pas Isabella. Elle préfère les mojitos de Marco. Quatre, rien que ça ! Et les autoroutes. Claude avait une passion pour ses autoroutes. Il en avait construit combien ? Elle ne sait plus. Elle n'a jamais aimé faire les comptes. Ça n'aurait pas dérangé Claude que Monika ne parle pas beaucoup. Au contraire. Tais-toi, maintenant. Claude déteste les bavardages. J'ai peur de Claude. Alors va-t'en. *Lasciami sola.* Isabella adore les romans mais Claude ne lisait que des histoires vraies, des chroniques ou des biographies. Il attendait des livres qu'ils lui apprennent quelque chose sur le monde.

Isabella, on joue à Ni oui ni non ?

Non ! Claude était un esprit concret. Des pattes longues de cigogne. Il était maigre. Comme Samuel. Quel costume choisit-on pour un second mariage ? Perdu ! Isabella verrouille ses paupières. Elle ne regardera pas à droite de son lit. Je ne jouerai pas avec toi, laisse-moi tranquille. *Lasciami stare.* Passer des semaines en Syrie et au Liban au début des années quatre-vingt, ce n'était pas courant. Dangereux. Il y avait des enlèvements, des prises d'otages. Jean-Paul Kauffmann et les autres. Comment s'appelaient-ils déjà ?

À une époque Isabella a soupçonné son mari d'être un espion. Chadia servait de couverture. Il n'avait le droit de révéler la vérité à personne, pas même à son épouse.

Ça l'a aidée à supporter. Septembre, octobre, novembre, décembre… Elle va compter les mois, c'est une bonne idée… Mars, avril… Zaza ! Claude fournissait des renseignements au gouvernement français, des informations commerciales. Rien de bien héroïque. Isabella grelotte. Elle hait cette période.

S'il n'y avait pas Sofia, qu'elle chérit bien sûr, mais quand même, s'il n'y avait pas Sofia, aujourd'hui son bonheur serait parfait. Sofia aimait les chevaux, surtout celui qui l'a tuée. Isabella saisit le verre d'eau qui se trouve sur sa table de chevet et le Lexomil laissé là, en prévision. Elle avale le comprimé et compte les mois à tue-tête pour recouvrir les miaulements de sa jumelle. Février. Mars. Un cheval, le manger. Carnivore. Juin. Juillet. Août. Le claquement métallique des osselets contre les dents du canasson. Isabella supplie le Lexomil d'agir et répète septembre, elle ne peut quand même pas en prendre un deuxième, avec sa mâchoire énorme de jument à robe fauve, qui la broie depuis tant d'années et de mois. Octobre. Novembre. Ils s'écoulent impitoyablement.

À décembre, enfin, elle dort.

22.

Na zdrowie ! La santé ! s'exclame avec chaleur Marek Ogurski après un long discours de bienvenue à sa nouvelle famille. Il jubile de les accueillir aussi nombreux en Pologne, à Sopot, le Deauville de la Baltique. Il donne du « magnifique » à chaque tournant de phrase ou plutôt c'est sa femme, Ewa, qui traduit et ma-gni-fi-e en quatre syllabes, avec application. La mère de Monika a étudié le français au lycée. Elle a de beaux restes, et surtout beaucoup de volonté : elle met un point d'honneur à s'adresser à ses invités dans leur langue.

On ne boit pas de la vodka en Pologne ? s'étonne Paul. Tous ces Slaves avec leurs flûtes de champagne, ça le désespère, les traditions se perdent. Il prend son voisin à partie, qui le *cheers*, il espérait boire plus local et plus viril. *No vodka ?* lance-t-il au père de Monika, en guise de salut. Apéritif, c'est français, alors champagne. Après, la vodka ! s'écrie l'hôte. Marek lève sa coupe en direction de Paul et ajoute dans un français elliptique : quand le père parti, c'est à l'aîné de faire père. Ah, mais chez nous, c'est Samuel qui remplit depuis longtemps ce rôle, proteste Paul. Lui se contente de celui de mauvais fils. Marek, trop heureux de ne pas comprendre, se contente de grimacer qu'il n'a appris que le russe à l'école. Le silence se creuse entre Paul et lui, entre Paul, ses yeux légèrement exorbités, et lui qui veut que tout se déroule au mieux, que chacun soit content, que les mangeurs de grenouilles ne manquent de rien, qu'ils repartent impressionnés, quelle abondance en Pologne maintenant, c'est le Pérou ! Il entraîne Paul près du bar et commande deux shots qu'ils boivent bras dessus, bras dessous et après on se tutoie. Le Polonais fait signe à Magda, sa cadette, de se joindre à leur conversation tout en onomatopées. Tandis qu'elle s'approche, il précise : elle, c'est la drôle. Monika c'est la belle.

La belle en question se tient en retrait, statufiée par sa longue robe blanche de mariée, enceinte de huit mois. Elle se laisse célébrer (félicitations par-ci, exclamations par-là), extérieure, admirant la fête, qu'elle a orchestrée dans ses moindres détails, sans écouter personne. Sa sœur suggérait un hôtel cinq étoiles à Gdańsk, avec vue sur la Baltique. Son père sa nouvelle maison, grandiose, achevée il y a à peine un an à l'écart de la ville portuaire, trois cents mètres carrés nickel, avec le poêle scandinave, le parquet gris à larges lattes et trois salles de bains. Il y a même eu un reportage dans un magazine de déco. Elle a préféré une villa des années trente, dans le centre de Sopot, rescapée des velléités de rénovation générale et barbare de ses congénères. Selon ses proches, vétuste et totalement inadaptée, par ses volumes, à la réception. D'ailleurs, étant donné l'exiguïté des lieux – on te l'avait bien dit, Monia –, l'essentiel de la fête se déroule sous les tentes blanches plantées dans le jardin. Personne ne profite de l'ambiance Mitteleuropa des intérieurs. Peu importe, le raffinement réside dans ce qui ne se voit pas, où on ne se vautre pas, a-t-elle appris. Ça lui va. Plus tard, d'un mariage ne restent que des images, d'une fête le décor, et un souvenir général d'ivresse.

Justement, son beau-frère, déjà saoul, fonce vers elle pour, enfin, l'embrasser. Il lui fait peur avec son physique d'elfe agité, le corps sec mais les bras qui battent, il occupe l'espace d'un géant. Il n'est pas mal du tout ce foie gras de Hongrie ! Il enfourne un canapé dans sa bouche, prêt à s'en envoyer un autre de la main gauche. Il vient du Périgord, corrige Monika, piquée. On le lui a vivement conseillé. Elle ne l'a pas goûté malheureusement. Ce n'est pas recommandé dans son état. Pas mal, admet Paul, qui aurait préféré (sans vouloir la froisser) cet incroyable saindoux typiquement polonais goûté un jour chez des amis qui avaient une nounou polonaise. Eux, ça les rebutait, mais Paul aime expérimenter. Et il a raison parce qu'il s'est régalé. De la vraie bouffe. Monika secoue la tête. *Smalec.* Elle déteste, elle précise. Ce n'est que du gras. De porc. On le mange à la campagne. Elle a prévu des plats typiques mais plus fins.

Des poissons de la Baltique. Qui s'accordent parfaitement avec un vin blanc de Bourgogne, le préféré de Samuel. Elle ne boit pas alors elle ne sait pas mais elle fait confiance à son mari chéri. Samuel ? s'étonne Paul. Il éclate de rire. Heureusement qu'il a épousé une femme qui n'y connaît rien, comme ça il peut lui faire croire n'importe quoi. Parce que, franchement, Samuel, le pinard ne l'intéresse pas. La mangeaille, le pinard, c'est comme le cul, un peu sale. Papa était pareil : quand il avait bu deux verres, il expiait pendant un mois. En tout cas, pour ce qu'il connaissait, lui, de Claude, le grand Claude, le saint, l'irréprochable. Il t'a raconté quoi, Samuel, sur notre père ?

Paul parle de plus en plus fort. Samuel l'a bien prévenue, Paul peut déborder. Monika se raidit. Elle doit vérifier que tout se passe bien du côté de l'organisation. Suggère de goûter quand même le vin. Jamais ! rugit Paul. En Pologne, je ne bois que de la vodka ! Le bourgogne, ça file la goutte. Tu sais ce que c'est la goutte ? Monika opine. Elle pense à la goutte au nez et au fait que, décidément, Paul manque d'élégance.

À l'heure du dîner, classement des tables par danses, Paul est assigné à la Rock'N'Roll, où Monika a également placé sa sœur. Il se tourne vers sa gauche, où vient de s'installer Magda, qui a pour mission officielle que les gens se rencontrent, se parlent et s'amusent. Paul écoute d'un air absent le roulis poussif de la conversation en surveillant sa popularité sur YouTube. Il a posté une nouvelle vidéo in extremis avant de partir. Sur les Roms. Il a déjà récolté douze mille vues. Et un message de félicitations de Saint-Mars. Il hésite à partager son succès florissant avec ses compagnons de table, d'autant que la Pologne n'est pas phagocytée par les bobos de gauche : question Tziganes, ils savent à quoi s'en tenir.

Do you think that we are so fucking boring ? Soudain, on l'interpelle : le voisin de Magda, sourire ironique, belle gueule, des arguments à la pelle pour changer la disposition de Paul, remplir son verre de vin, il n'y a plus de vodka, il ne veut pas mourir de soif, et il est temps d'être charmant. *I am an asshole but you are delicious*, flatte-t-il, et il se lève, un toast aux mariés, quelques phrases en polonais, personne ne l'avait vu venir, les invités apprécient, la fête prend. Ce soir, Paul ne veut rien se refuser. Il a un sacré coup de fourchette quand il se laisse aller. Un ogre dans un corps affûté. Les yeux brillants, il accueille le plat, de l'oie rôtie, enfin du pittoresque, accompagnée de confiture de canneberges et d'une purée de betteraves, et dévore deux assiettes. Os de son deuxième pilon léché et cartilage craqué sous les dents, il se lance dans des imitations d'hommes politiques français. Magda pouffe. Son ami ne comprend rien mais joue le jeu en applaudissant aux pitreries du Parisien saoul. Tant de bouffonnerie de la part d'un type qui semblait si sérieux, plein de morgue et triste !

Tout à son show, Paul ne voit pas Clothilde se dresser et se diriger, avec Antoine, vers l'estrade où Marek tient le crachoir depuis qu'il s'est emparé du micro. Il ânonne des remerciements à la famille Simart-Duteil, pleure du bonheur de sa fille qui se tient immobile sur sa chaise, tétanisée, dame matée qui supplie Clothilde et Antoine – c'est leur tour – de renverser le roi ivre. Ce dernier cède sa place sans résistance mais ne quitte pas l'estrade pour autant. Il s'affale sur le couple en plein discours.

Clothilde confesse que Samuel lui a fait une déclaration d'amour. Une immense déclaration d'amour. Il lui a demandé d'être son témoin. Et il a ajouté qu'Antoine et elle représentaient un modèle. De famille. De joie. Une perspective de bonheur et d'ouverture aux autres. Elle s'arrête, retient ses larmes. C'est la plus belle chose qu'on m'ait jamais dite, frérot. Tu m'offres un cadeau somptueux, comme Antoine, il y a treize ans, quand il m'a demandée en mariage et que, elle peut l'avouer aujourd'hui, le crier haut et fort (ce qu'elle fait), il m'a sauvée ! Le couple nous sauve de nous-mêmes, il nous emporte ailleurs, loin du monde moderne qui fait de nous des égoïstes. Paul se penche vers Magda : demande à ton ami s'il veut que je le suce pour qu'on se change les idées. Magda transmet la réponse, directe, de l'intéressé : *Maybe we smoke a cigarette first ?*

La table Hip-Hop est hypnotisée par l'iPad d'Aurélien, au grand soulagement de Drisana qui ne veut surtout pas entendre sa mère. Paul et sa cible se lèvent et quittent la Rock'N'Roll. Monika redoute la catastrophe, sur scène, les cent kilos de son père tanguent et menacent de s'écrouler.

Clothilde a cédé aux larmes et ponctue l'éloge de son roman d'amour conjugal de hoquets de reconnaissance, d'alcool et de désespoir. Magda rit à gorge déployée sans qu'on sache exactement pourquoi. Malgré des débuts civilisés au champagne, la majorité des convives a basculé dans le maelström grossier, tumultueux et sauvage de la beuverie à la vodka. La confusion règne.

Monika va craquer, alors Samuel monte sur scène, étreint Clothilde perdue dans une forêt de mots bouleversants, la remercie, elle, Antoine, les invités, son beau-père, déclenche des applaudissements nourris – il veut sauver la fête –, rappelle qu'il est l'homme le plus heureux du monde, Monika a bien voulu l'épouser, accroît encore l'enthousiasme de la claque, appelle deux serveurs à la rescousse qui calent le beau-père au fond de la salle, reprend la parole pour annoncer une surprise sur la jetée la plus longue d'Europe, le clou touristique de la petite ville de Sopot.

Une vingtaine de minutes plus tard, l'assemblée se retrouve sur le môle Jean-Paul II, qui déploie superbement ses cinq cents mètres de bois au-dessus de la Baltique. Samuel a obtenu de la mairie l'extinction totale des lampadaires pour éclairer le parcours des invités par des bougies, disposées à intervalles réguliers le long de l'embarcadère. Chacun s'émerveille. Les jeunes mariés ouvrent la marche. Samuel a réussi à ne pas penser une seule fois à Yasmine. C'est en train de passer. Monika a oublié toute sa rancœur.

L'heure est à la magie. Elle épouse un prince. Le cortège progresse par petites grappes joyeuses mais dignes, loin du chaos précédent. L'ordre est revenu.

Une fois les invités regroupés au milieu de la jetée, où ont été prévus des chaises pour les plus âgés et des plaids pour les frileux, s'élèvent les premières notes, claires et métallisées, d'un orgue électronique. Dans le catalogue proposé, Samuel a choisi Vivaldi, et l'hiver des *Quatre Saisons*, réinterprété par Jean-Michel Jarre. On lui a assuré qu'il n'y avait pas de meilleure option pour un spectacle dans le ciel nordique. Les premiers feux d'artifice qui montent strier la nuit opaque d'éclairs violets et roses arrachent aux invités un cri de stupéfaction. Samuel a ménagé le suspense. Monika n'en revient pas. Comment son fiancé s'est-il débrouillé sans elle ?

Sept fusées viennent de décoller simultanément et explosent tour à tour en des jets multicolores. Samuel a choisi un des meilleurs artificiers de Pologne : les tableaux se succèdent sans temps mort. Presque trop vite. C'est fini, regrette Isabella à l'approche du bouquet final, un déchaînement éblouissant d'étoiles et de volcans. La petite Emma proteste, le déploiement d'effets atteint seulement son comble. Mais sa grand-mère a raison et, bientôt, il ne reste plus, dans le ciel, qu'une poussière de lumière qui retombe en nuées dans les eaux opaques de la Baltique.

Le silence ne dure pas longtemps après la dernière note. Déjà quatre garçons débouchent des bouteilles de champagne et les convives repartent enchantés, une flûte à la main, vers la fête. Somptueux, glisse Clothilde, rêveuse. Antoine abonde dans son sens, ça a dû lui coûter bonbon, à Samuel, un truc pareil. Le pragmatisme de son mari assombrit Clothilde, qui accélère le pas. Elle croit reconnaître la silhouette de Paul à la terrasse d'un restaurant de plage. Elle se rapproche. Tu as vu le spectacle ? Il avait d'autres chats à fouetter, ma petite, et pas des moindres. Tu as remarqué le grand blond à ma table ? Il vient de me pomper, pour parler cru. Pas très bien d'ailleurs. Ils se sont cachés derrière la tente. Tu as regardé ma dernière vidéo ? Elle l'a trouvé un peu dur avec les Roms. Quant à Antoine, ça l'a carrément choqué. Quel faux-cul, ton mari, quand même ! Ce serait le premier à déménager s'il avait pour voisins des manouches. *Cheers.* Toutes ces singeries nuptiales, franchement, il s'en bat les couilles. Fleur bleue comme tu es, je parie que tu as trouvé la surprise de Samuel terriblement romantique… Alors pourquoi elle a ce regard triste ? Clothilde adresse un signe à Antoine et aux enfants. Elle les rejoindra plus tard. Tu crois que je peux finir mon champagne ici ? Le serveur ne dira rien ? Paul en fait son affaire. Clothilde s'assied en face de lui. Les feux d'artifice la rendent mélancolique.

Samuel et Monika ouvrent le bal, aussi beaux que gauches, peu avant minuit. Monika a demandé au DJ une musique dynamique et entraînante. Mais avec son ventre, elle s'essouffle. Heureusement, bientôt, les convives les rejoignent, dont le clan des parents, Marco, Isabella, Marek et Ewa. Antoine sautille autour de Clothilde comme un diable monté sur ressort. Elle le repousse doucement, s'excuse : elle a mal à l'estomac. Elle veut rentrer, cherche son sac quand, dans l'encadrement de la porte de la véranda, surgit Paul, raide d'une ivresse de moujik. Il fonce sur son petit frère, la mâchoire en avant, une cigarette allumée au coin de la lèvre. On peut se parler ? Samuel soupire, devine l'humeur de bagarre de son frère. Il temporise, gagne du temps. Là, il a envie de s'amuser, en compagnie de sa femme et de leurs invités. Il vient de se marier, pour rappel. Et, confidence pour confidence, il se sent passablement éméché. Il faut qu'il évacue tout l'alcool qu'il a bu ce soir sur le dance floor s'il ne veut pas finir la soirée totalement HS. Est-ce que Paul sait combien de bouteilles ont été bues ? Il y a une centaine d'invités et ils ont sifflé… pas loin de… Paul lui oppose des bribes de phrases truffées de putain, de papa, de Feras, de dossiers, de putain encore, et qu'il n'en a rien à foutre de ses feux d'artifice de merde, qu'il peut se les fourrer dans le cul pour voir l'effet que ça fait. Papa l'a grugé, il n'a jamais lu son dossier. Et je suis sûr que tu le savais, connard. Vous avez manigancé ça tous les deux. Les dés étaient pipés. Traître. Samuel nie, de quel dossier tu parles ? Paul tremble, les lèvres exsangues et sèches. Judas ! Le dossier avec nos propositions, soi-disant. Tu vois très bien de quoi je parle. Sa clope est tombée et finit de se consumer sur le parquet. Samuel écrase le mégot incandescent.

Allons devant la maison… on sera plus tranquilles. Paul opine et se dirige, corps de bois et démarche de pantin, vers la porte d'entrée. Monika s'approche, inquiète, de Clothilde qui hésite à suivre ses frères : qu'est-ce qui se passe encore ? Rien, élude la sœur tandis que dans son champ de vision – de bataille – Antoine fait tournoyer une Polonaise sur son dos à côté d'Isabella et Marco qui s'embrassent, bouches goulues cousues. Elle aperçoit un sein, ou peut-être est-ce, sur la poitrine de sa mère, la main de Marco, et sa bague sertie d'un mamelon rouge sang ? Des bras la saisissent par la taille : son mari l'entraîne sur la piste. Elle essaie de se dégager doucement, résiste, secoue la tête. Les yeux fermés, il se déhanche *like a virgin*, qu'il scande à tue-tête. Elle se souvient des mots de Paul la première fois qu'il a vu Antoine qui dansait face à elle, lascif : il n'est pas pour toi. En revanche, moi, j'en ferais bien mon quatre-heures. Miam. Et il avait ajouté en lorgnant le cul de son futur beau-frère : m'est avis qu'il ne serait pas contre. Savait-il que sa sœur venait de l'embrasser ?

Clothilde se libère. La tête lui tourne. Des tripes à la gorge le mal irradie : le ventre ou le cœur ? Brûlures d'estomac ou infarctus ? Les femmes confondent souvent les symptômes, minimisent la douleur, s'ignorent et en meurent. Avant de rentrer à l'hôtel, il faut au moins que quelqu'un vérifie son pouls. Elle ne veut pas crever. Dans un pays étranger, en plus. Samuel ! crie-t-elle sur le seuil de la maison avant d'apercevoir deux lucioles rouges en contrebas, les cigarettes de ses frères, affalés sur les dernières marches de l'escalier.

Samuel a la tête posée sur les genoux de Paul qui raconte une histoire que Clothilde connaît bien. La plus terrible des histoires. La tuerie du manoir d'Ambert. Le manoir d'Ambert appartenait aux Blamont-Chauvry, une famille de cinq comme nous. Les parents avaient la réputation d'être très généreux et ils donnaient beaucoup d'argent à des associations, notamment pour venir en aide aux enfants malades. Quand Caroline, leur fille aînée, entra en CE1, elle se lia d'amitié avec la jolie Anaïs dont les instituteurs diraient plus tard que dans ses yeux, verts, luisait une étincelle démoniaque (là, Paul, depuis toujours, marque un temps et fixe les pendus-à-ses-lèvres avec le regard de Satan). Or il arriva un malheur terrible à la petite Anaïs. Une nuit, toute sa famille mourut dans un incendie. Ses quatre grands-parents, ses parents et ses deux frères (dont un bébé de quelques semaines). La petite fille fut la seule à survivre. Personne ne trouva ça étrange. Au contraire, tout le monde prit l'orpheline en pitié. Caroline supplia ses parents de l'adopter (c'est aussi ce que son amie désirait plus que tout au monde). Et ils acceptèrent. Pauvres ignorants. Ils venaient de signer leur arrêt de mort.

Clothilde se cale entre les deux garçons. Plus rien ne lui brûle l'estomac, pas même le diable.

À l'aube, quand Samuel retrouvera Monika, qui l'attendra, les yeux cernés de reproches, le visage épuisé par la honte puis les contractions – quelle nuit de noces elle a eue ! –, il déclarera, grandiloquent, avant de l'emmener accoucher dans la clinique la plus proche : les liens du sang, il n'y a que ça de vrai.

23.

Rien, absolument rien, ne correspond. Que ce soit la grossesse, l'accouchement, les jours qui ont suivi ou le retour de la clinique et de Pologne, à aucun moment Monika n'a éprouvé la béatitude promise ou, à défaut, la joie épuisée d'être mère. La plupart des témoignages qu'elle a lus ou qu'on lui a rapportés allaient pourtant dans le même sens, optimiste : malgré les nausées et les jambes lourdes, puis les vergetures et les nuits blanches, les femmes trouvent avec leur premier enfant une sérénité intérieure qu'elles ne connaissaient pas avant. Un bébé, ça te centre, automatiquement : la phrase, entendue à un cours de préparation à la grossesse, et qui, alors, lui semblait énigmatique mais dont elle espérait que le mystère se dissiperait à la naissance de l'enfant, la hante et lui donne une sensation d'échec.

Automatiquement. Un centre.

Personne ne l'a prévenue que la grossesse transformait à ce point-là. Elle se sent déclassée, soumise aux lois générales auxquelles doivent obéir la plupart, une féminité lambda, solidaire, à laquelle elle n'appartient pas. Grâce à son physique remarquable elle s'est construite contre le groupe. Et ses tétons de mammifère, à présent, la ramènent au troupeau.

Depuis l'accouchement, les dimanches et samedis ça défile chez les Simart-Duteil. Que des inconnus pour Monika. À leur arrivée, elle installe l'enfant dans un coussin d'allaitement au milieu du canapé. Elle se tient bien droite, à côté de lui, gainée dans un legging post-grossesse. Elle sourit d'un air absent. Samuel fanfaronne. Tout le monde les complimente. Lui, sur son épanouissement. Il rayonne. Elle, sur sa silhouette. C'est dingue comme elle a perdu. Elle remercie poliment et passe une main sur la joue du nourrisson… L'ensemble paraît si naturel, réussi. L'enfant est d'un calme incroyable. Elle ne sait pas quelle chance elle a. Et cette ligne ! On ne peut pas deviner qu'elle a accouché il y a… quoi ? quatre semaines. À peine. Elle a tout perdu. Hallucinant.

Clothilde fait partie des plus assidus. Elle vient un jour sur trois, le matin, pour donner un coup de main. Ce n'est pas facile d'être loin de toute ta famille, je l'ai vécu. Monika en profite pour prendre des bains. Elle se déteste en mère. Dans la glace, elle pince tous les endroits de son corps qui dégoulinent comme la cire d'une bougie. Elle casse les graisses entre ses doigts agacés. Parfois, elle pleure. De rage ou de chagrin, elle ne sait pas. Elle entend de loin, comme dans un rêve, Clothilde qui chante des comptines. C'est inutile. Théodore n'a pas besoin d'être apaisé. Il dort. Imperturbable. Et la nuit aussi, huit heures d'affilée. Le sommeil de ce bébé relève du prodige, semble-t-il. Clothilde n'en revient pas. Elle a lu que seulement un nourrisson sur dix mille faisait ses nuits dès la naissance. Un sur dix mille. Pour un coup de bol, c'est un sacré coup de bol. Clothilde a galéré avec les siens. La plus coriace, comme toujours, a été l'aînée, Drisana. À deux ans, elle ne dormait pas. Clothilde raconte, compare, établit des statistiques, donne des conseils – même si, on ne va pas se mentir, tu te débrouilles mieux que moi. Et surtout, tu as tout perdu.

Oui, elle a tout perdu.

Ce jour-là, Monika reste plus longtemps que d'habitude dans la baignoire. Le jet de la douche dirigé sur son visage, les yeux fermés, elle prie pour que, de ça – son mari qui rentre chaque jour à vingt heures trente pour le dernier biberon, la peau détendue de son ventre anéanti, Théodore et sa vie étrangère –, rien ne soit vrai. Que tout disparaisse, le décor et l'enfant, qu'on lui annonce une erreur dans le scénario. Vous vous êtes trompée de personnage, personne n'aurait pensé à vous pour le rôle de la mère. Quand elle sort, le visage figé par un masque d'argile, sa belle-sœur s'extasie au-dessus du berceau transparent. Sur ses conseils, Monika a exigé le même qu'à la maternité. Il faut surveiller les nouveau-nés sinon ils risquent la mort subite. Il a les traits délicats ! Les miens ont eu le visage gonflé pendant un bon mois. Et puis c'étaient des voraces. J'avais beaucoup de lait. Des gloutons. Lui, il est tout fin ! Les miens étaient énormes. Ils me dévoraient. Emma a frôlé l'obésité à un mois.

Et tu l'aimais ?

Un temps puis oui, quelle question ! Évidemment ! Elle était à bouffer, avec ses plis partout. J'adore les bébés gros. Je préfère même. Monika corrige, ce n'est pas ce qu'elle voulait dire : est-ce que tu l'as aimée tout de suite ? Clothilde marque un temps pendant lequel Monika espère. Elle n'attend ni un oui ni un non. Elle appelle d'autres mots, des phrases plus douces que des sentences. Elle voudrait entendre que ça ne vient pas tout de suite, comme on le croit, ça se met en place doucement. À un mois, un enfant reste un inconnu. Il y a quand même l'instinct maternel, finit par lâcher Clothilde. Et elle demande d'une voix effrayée : tu l'aimes aussi, toi, Théodore, non ?

La primipare étire le silence quelques instants pour voir ce qui se passerait, ce qui exploserait là, entre elles, comme cela les défigurerait toutes les deux, cette hypothèse insupportable que, peut-être, elle ne ressent rien pour son fils. La panique empourpre le visage de Clothilde qui, ouf, trouve la parade, discrédite sa propre question, débile, la balaie, poussière, poussière, poussière, évidemment que oui : sa maman l'adore. Ses gestes, sa douceur, la manière qu'elle a de le regarder. Et c'est normal parce qu'il est croquignou, mignon, mignon. Et elle plonge sa tête en direction du bedon dénudé sur la table à langer. Il faudrait être un monstre pour ne pas avoir envie de le dévorer tout cru, celui-là. Ses yeux sont déjà bleus, bleus, bleus ! Il va en briser des cœurs. Et, d'un coup d'éperon, elle fait revenir Monika dans le giron de la mère universelle : Théo a un petit mois ? Alors le baby-blues c'est classique. Ça va passer.

Deux jours plus tard, Monika reçoit un colis cadeau d'Amazon. Un livre, *Retrouver nos instincts. Comment la maternité nous aide à renouer avec nous-mêmes*. À l'intérieur, un mot de Clothilde. *Mon petit secret au chapitre 8.* Smiley avec un clin d'œil. Monika parcourt la table des matières. « Chapitre 8 : Se masturber après bébé, la redécouverte de soi. » Elle remet le livre dans le paquet qu'elle pose délicatement sur la table basse comme s'il s'agissait d'un être vivant, un animal imprévisible qui à tout moment peut lui sauter à la gorge. Elle regagne sa place à côté de son fils pour attendre le retour du père. La posture impeccable, une madone. Depuis la naissance de Théo, elle ne désire personne. Tout s'est relâché là-dedans. Elle n'a aucune envie que le sexe de son mari erre en elle sans aucun endroit où s'accrocher. Un satellite perdu dans l'espace.

Le vide infini de son bassin la terrifie.

24.

Le lait bout, Clothilde aussi : à partir de maintenant, il faut que ça s'enchaîne sans temps mort. Elle prélève de belles cuillères de blancs en neige dans le cul-de-poule. Et les fait pocher cinq à dix minutes (tout dépend de la qualité des œufs mais, à force, elle a l'œil). La tête penchée au-dessus de la casserole, elle observe la banquise immaculée qui se soulève et retombe, coule et resurgit, et elle pense aux ours polaires, à la glace qui se fissure sous leurs pattes, aux eaux gelées qui les engloutissent. À une époque, elle rêvait d'un broyeur dans son évier, comme dans les maisons américaines, mais ce n'est pas écologique, a-t-elle lu. Comment les gens peuvent-ils vivre avec la possibilité que tout s'arrête ? Avec l'apocalypse suspendue au-dessus de leur tête ? Clothilde se souvient d'un reportage au journal télé sur un accident à Gare de Lyon. Un RER fou, sans freins, avait percuté un autre train à l'arrêt, bondé de voyageurs. Un passager interviewé et sous le choc racontait que dans les minutes avant l'accident un homme courait sur le quai, hors de lui, en suppliant les passagers de descendre. À cause de son agitation, les futures victimes, entassées dans les wagons de tête, ne l'avaient pas pris au sérieux. Certaines avaient hésité à descendre, d'autres étaient remontées après avoir posé un pied à terre. Ils avaient honte de croire un type à l'air dérangé. Ils avaient peur de paraître fous à leur tour, inquiets, déséquilibrés, fragiles, paranos. C'est exactement ce qui se passe aujourd'hui avec les lanceurs d'alerte. Parce que si, réellement, on prenait au sérieux l'avenir qu'on nous sert, la perspective inéluctable de la catastrophe, on serait tous à s'agiter, à courir dans tous les sens, cerveaux sourds, affolés, sans contenance. Et au lieu de ça on continue à vaquer à nos occupations quotidiennes. À battre les œufs, la crème, à préparer des îles flottantes. Il faut se secouer, se sauver, pense Clothilde en déposant avec précaution les blocs de meringue sur une grille. Ses mains tremblent, de concentration et d'effroi mêlés. Ce qui l'intrigue, lui échappe, ce sont les scientifiques qui prophétisent le pire avec placidité comme si eux-mêmes n'y croyaient pas tout à fait. Si c'était grave, on ne pourrait pas continuer à agir comme si de rien n'était, si ? À débiter une escalope de poulet en lanières fines en se demandant si on rajoute de la sauce Nuoc-mâm à la marinade de soja ? Dans le fond, se persuade-t-elle et elle s'apaise, ça ne peut pas être aussi tragique qu'on le dit.

Elle saisit son téléphone portable, clique sur Lemonde.fr, la météo, vérifie son compte Instagram (la dernière photo

– le dessert de la veille, une simple pomme au four – a obtenu cent treize likes), ouvre sa boîte mail qui en affiche cinq nouveaux dont un – collectif – de Mathilde Pritulin.

Clothilde ne boude pas son plaisir : Mathilde-la-grande-gueule, la forte personnalité, l'a incluse dans sa liste d'amis. *Attention, autopromotion*, annonce cette dernière, *mais c'est pour la bonne cause. Un travail qui me tient particulièrement à cœur. Un combat personnel.* Suit un lien vers un podcast, Ce dont Lesbos est le nom. Une confession amoureuse, sexuelle peut-être, devine Clothilde en passant l'essuie-tout sur le plan de travail en inox.

Dès la première minute, Clothilde rougit de sa méprise : le récit porte sur les migrants qui échouent à Lesbos, une île dont elle a entendu parler, il n'y a pas si longtemps, par un collègue d'Antoine venu dîner. Marié à une Grecque, il possède une maison là-bas. Entre la poire et le fromage, il s'émouvait des arrivées quotidiennes de réfugiés, sans que Clothilde parvienne à comprendre s'il se plaignait (les plages sales, les silhouettes des pauvres diables qu'on croise sur la route principale en allant au marché, la misère et la violence) ou s'il compatissait.

Mathilde, elle, a choisi son camp, elle s'indigne franchement. Clothilde jette l'éponge pour se consacrer entière à sa voisine normande, s'imbiber de ses mots, de ceux des autres, les fraîchement échoués, les rescapés de la guerre, les misérables. L'intelligence de Mathilde l'impressionne, son écoute, calme et empathique. Et elle pleure avec ces hommes, ces femmes et ces enfants qui ne se font pas d'illusions, qui ont compris que le monde occidental avait détourné le regard de ce désastre-là. *Dans la nuit, un rafiot accoste. Il ne reste que la moitié de ses passagers initiaux. Ils sentent la peur.* Bouleversée, Clothilde ouvre le frigidaire. Au premier plan la volaille gorgée de soja lui soulève l'estomac. Elle ne tient aucun de ses engagements, il ne faut pas manger les animaux, ça la désespère tellement qu'elle balance le plat à la poubelle. Mathilde répare le monde, à elle ne reste que la honte, qui la submerge quand elle pense à Feras, ce malheureux qui a besoin d'eux, leur semblable qu'ils ignorent. Pour la première fois depuis qu'il a surgi dans leur vie elle prend la mesure de ce mot « frère » et de ce qu'il implique. Elle va lui répondre. Tout de suite, dès que le podcast de Mathilde sera fini, elle lui enverra un mail pour l'assurer de son aide et de son affection. Que risquent-ils, eux, à côté des dangers qu'il encourt, lui ? Rien. Fraternité.

Galvanisée par l'imminence de son retour dans le camp du bien, elle continue à écouter Mathilde avec dévotion tout en la traquant sur Google. Des vidéos, des extraits de reportages, des destinations qui font frémir : Afghanistan, Niger, Irak, Mali. Pas de Facebook ni d'Instagram, pas de temps à perdre, Mathilde ne s'ennuie pas et conclut son podcast par un appel aux bénévoles, elle insiste, il faut se mobiliser. Ils ont besoin de monde pour accueillir les migrants à Lesbos, mais aussi ailleurs, dans d'autres ports.

Elle donne le site d'une association, un numéro de téléphone que Clothilde ne note pas. Elle préfère envoyer directement un SMS à Mathilde – enthousiasme et mobilisation. Elle attend la réponse en préparant un caramel – il faut bien que les enfants mangent – qu'elle verse sur les meringues flottantes. Saupoudre le tout de pistaches. Elle ne prend pas de photos, ne poste rien sur Instagram. Sa futilité l'écœure. Elle trouve son identité virtuelle lamentable. De la bouffe et de la couture. Un profil de mémère. Elle poste un lien vers le reportage de Mathilde. *Sans commentaire*, commente-t-elle. Elle se promet de n'alimenter dorénavant ses pages qu'avec des informations essentielles.

Elle se voit déjà, à Lesbos, en train de distribuer de la nourriture. Assise en tailleur par terre, des gamins sur les genoux, comme Angelina Jolie ou Lady Diana, Mathilde à ses côtés, une main sur son épaule en signe de complicité. Le soir, elles boiront une bière sur le sable pour se détendre. Mathilde lui proposera peut-être de la suivre en Irak, chez les Yézidis. Et là, parce qu'elles seront toutes les deux réchauffées par le soleil couchant, elle glissera une main sous le T-shirt de Clothilde. Tu as déjà fait l'amour avec une fille ? Clothilde secouera la tête, d'abord intimidée, puis elle se révélera pleine d'initiatives. Elle baissera d'un geste résolu la culotte de la journaliste et enfouira sa tête entre ses cuisses. Mathilde aura envie de crier mais Clothilde collera une main sur sa bouche – on pourrait nous entendre. Alors les doigts de Mathilde s'enfonceront en elle, avec douceur et fermeté à la fois, et ce sera à son tour de s'empêcher de gémir. L'orgasme viendra par vagues, puissant comme les mouvements de la mer à quelques mètres d'elle.

Après avoir joui, Clothilde reste allongée quelques instants, haletante, sur le sol carrelé de la cuisine. Puis elle se relève, piteuse, ramenée à elle-même. Elle balance avec dégoût dans l'évier la cuillère en bois qui lui a servi à tourner le caramel. *Post coïtum, animal triste.* Son portable vibre. SMS de Mathilde, rentrée tout juste de Grèce, qui rêve d'un bon verre de bordeaux, alors se voir, pourquoi pas ?

Clothilde attendra le lendemain pour répondre. Là, elle trouve ça bizarre, inadéquat, hors sujet. Pour le moment, cul nu, elle n'aspire qu'à hacher d'un geste expert oignons, échalotes, carottes, tomates, ail, ciboulette, persil et coriandre, tout ce qui tombe sous sa main salie, et cuisiner encore, cuisiner toujours, n'être plus qu'une machine, un appareil électroménager qui pèse, coupe, broie, malaxe, mélange, cuit, casse. Un Thermomix rempli et bruyant, qui ne pense à rien.

25.

La première opération est prévue à neuf heures. Samuel arrive deux heures plus tôt dans la clinique vide. Il n'a pas dormi de la nuit. À six heures, après avoir donné le biberon à Théodore, il ne s'est pas recouché : inutile. Il a posé le nourrisson à côté de Monika, chuchoté qu'il avait sorti leur fils du berceau, tremblant qu'elle se réveille. Enfant, dès que son père partait, il se glissait auprès de sa mère, leur secret à tous les deux, il ne fallait pas que Paul ni surtout Clothilde, la plus petite, l'apprennent – les enfants Simart-Duteil avaient interdiction d'entrer dans la chambre parentale, à moins d'y être conviés ou convoqués. Le respect de l'intimité des adultes était une loi familiale à laquelle Samuel avait dérogé jusqu'à son adolescence tardive, la tête enfouie dans la poitrine de sa mère, parfois – il y repense avec un plaisir coupable – un de ses tétons à portée de sa bouche. S'en rendait-elle compte ? Il se le demande encore.

Monika n'a pas bougé, le sommeil si lourd qu'elle ressemble à une morte, une embaumée jeune, à peine sortie de l'enfance. La voir ainsi, immobile, le rassure, lui rappelle leur rencontre, l'excite. Un instant, il songe à baisser le drap et découvrir le rouge de ses seins, se pencher et y boire le lait qu'elle n'a plus. Il se réfrène. Si elle se réveille, il devra se justifier ou essayer de la baiser en lui demandant pardon.

Ils se sont disputés, la veille.

C'était une engueulade qui ne leur ressemble pas, avec des mots qui souillent, qui explosent comme des grenades remplies de merde, une dispute de pauvres. Elle s'est jetée sur lui, soudain, au détour de rien – une femme qu'il ne reconnaissait pas –, le visage grossier, transformé par la colère. Elle l'a insulté de sa voix gutturale, laide, sa voix polonaise, celle qu'elle réservait jusque-là à ses parents au téléphone et qu'il pouvait fuir en quittant la pièce. Mais maintenant que Théodore est là, et qu'elle a décidé de le baigner dans sa langue, Samuel est bien obligé de supporter la tessiture calleuse et humide de leur quotidien.

Il a oublié sa fête.

Le soir, elle l'attendait, assise sur le canapé du salon, leur fils sur un coussin d'allaitement crème, le dos droit, de cette majesté qu'il affectionne. C'était ma fête aujourd'hui. Samuel n'a pas compris d'abord. Pourtant, elle le lui avait bien expliqué : en Pologne, on fête les saints, avant c'était même plus important que les anniversaires. Promis, a-t-il répondu sans prendre la mesure de ce qui se jouait là, la prochaine fois, il n'oublierait pas. Pour se rattraper, il a proposé de l'emmener dîner au restaurant le vendredi suivant. Ils pourraient déposer Théo chez Clothilde qui avait proposé plusieurs fois de le garder. Ils auraient une nuit d'amoureux, pour eux.

Il est trop petit. Un bébé de moins de deux mois ne peut pas passer une nuit loin de sa mère. Aurait-il dû prévoir, à ce stade, l'imminence de l'explosion ? Qu'aurait-il pu faire pour l'empêcher ? Il avait envie de boire un verre. Tu veux qu'on fête ça avec une coupe de champagne ? J'en ai mis une au frais. Tu sais que je ne bois pas. Il a glissé tendrement qu'elle aimait les bulles, non ? J'ai de la cellulite depuis l'accouchement. Ce n'est pas une coupe qui va empirer les choses.

Elle s'est levée, blême.

Pardon. Il s'est approché d'elle pour l'embrasser. Elle l'a repoussé. Ses bras, cassants comme des branches. Regarde, je suis moche. D'un geste sec, elle a baissé son jean et retiré son T-shirt, pincé la peau de son ventre et empoigné le haut de ses cuisses. Elle portait une brassière noire d'adolescente. C'est normal que ce ne soit pas exactement comme avant. Il a passé une main sur son abdomen, doucement. Oui, la peau était un peu distendue. Rien de surprenant si tôt après l'accouchement. Elle allait retrouver progressivement son élasticité. Il mentait, comment il pouvait lui faire ça, cette espèce de connard ? Sa peau était devenue grumeleuse, dégueulasse.

Il a dû maintenir ses bras pour éviter les coups. Et la plaquer contre le mur. Il a eu envie de la gifler. Une veine, la veine qu'il déteste, d'un violet foncé, lui barrait le front. Il s'est retenu. Quand elle s'est épuisée en injures, il l'a lâchée. Difficilement. Je vais me coucher, il a dit, le regard qui la traversait sans la voir. Elle l'a suivi. Je veux que tu m'opères toute cette saloperie. Je veux que tu fasses la liposuccion. Que tu coupes ce qui pend. Je ne vais pas rester comme ça. Elle était nue, d'une nudité ordinaire, voûtée et triste. Et il a éprouvé du dégoût.

Toute la nuit, il a ruminé la déréliction brutale de son couple. Il s'est projeté dans un avenir où il ne ressentirait pour sa femme, son adorable Monika, rien d'autre qu'une répulsion poisseuse et indigne. Il s'est souvenu de sa mère, qui pleurait si souvent, après le départ de Paul, quand Claude n'était pas là. Un jour qu'elle sanglotait plus fort que d'habitude, Samuel était entré dans sa chambre. Elle avait le visage rouge, gonflé par le chagrin. Sur la moquette crème étaient éparpillées les pages déchirées et froissées d'un magazine. Quand son fils avait ouvert la porte, elle s'était jetée par terre pour ramasser les lambeaux de papier glacé, il ne faut pas que tu voies des horreurs pareilles. Des cochonneries d'adultes qu'elle enfonçait, les mains tremblantes, dans les poches de sa robe de chambre bordeaux. Il avait douze, treize ans. Malgré les efforts maternels (ou peut-être à cause de ceux-là mêmes) les images interdites s'étaient imprimées en lui. Des seins pressés, des fesses béantes, des vulves exorbitées. Un étalage obscène et macabre de membres écartelés : Isabella, hors d'elle, avait déchiré les trois revues pornographiques que Claude dissimulait lamentablement dans son placard. Depuis, allez savoir pourquoi, Samuel associe le sexe des femmes à un poulet cru sous emballage en cellophane.

Jusqu'à l'aube, il a fixé la porte, terrifié à l'idée que Monika surgisse de nouveau, le corps désordonné, les cheveux fous, lèvres blanches et gueule ouverte, crachant du fond de sa gorge des sons rêches et collants. Qu'elle le prive définitivement de la possibilité de l'aimer.

Au matin, il quitte la maison sans soulever le linceul, sans approcher ses lèvres de la poitrine assoupie qu'un souffle peut ranimer. Il veut la pierre, la statue, plus jamais la Gorgone. Il lui faut oublier le saccage nocturne de leur histoire, l'ensevelir sous le corps inerte de Monika.

Quand sa secrétaire, inquiète, entre dans le cabinet de Samuel pour le prévenir que la patiente est prête, elle le trouve endormi sur son fauteuil. Elle s'approche, hésite avant de le secouer doucement. Enfin, il se réveille. Monika ? Il a le regard fiévreux. Tout va bien, docteur ? Samuel acquiesce. Il se souvient maintenant. Ce matin, il opère Yasmine Khoury.

Dix heures plus tard, à son retour, il trouve Monika, impeccable, une madone, assise pour lui, sur le canapé, leur enfant, à tous les deux, posé à sa droite, immobiles la mère et le fils, comme figés pour une photo. Elle ne lui fera aucun reproche. Comment s'est passée ta journée ? C'est la première fois qu'elle lui pose cette question, dans leur histoire si jeune encore, une question qui sent la lassitude. Il décide de lui répondre vraiment, pas seulement pour la forme, mais comme si le déroulement concret de son quotidien lui importait, au-delà du devoir conjugal. Étape par étape, os par os, cartilage après cartilage, il lui décrit la transformation qu'il a opérée sur Yasmine, une jeune femme présentant un nez masculin, trop fort, viril en quelque sorte, avec une petite bosse, une pointe un peu ronde et excessivement projetée. Une peau épaisse classique pour le type moyen-oriental, précise-t-il, comme l'indique son prénom, Yasmine, il se sert un verre, lui en propose un qu'elle refuse, et c'est un joli prénom. Une drôle de fille, avec du caractère – le nez ne ment pas –, coquette alors qu'elle est voilée. Il attend une réaction, elle n'en a pas, Théo se réveille alors, signe qu'ils sont tous les deux bien vivants. Le petit rendormi (presque immédiatement), Samuel poursuit sa narration virgule après virgule. Il a procédé à une rhinosculpture ultrasonique grâce à un instrument qu'il a créé de A à Z et qu'il sort avec frénésie de son sac. Il brandit l'engin devant Monika. Je m'en suis servi pour la première fois sur une patiente vivante. Ce n'est pas complètement dans les clous mais il faut bien avancer, n'est-ce pas ? Il faut avancer. Un petit bijou, cet appareil. À Budapest, l'année dernière, les collègues s'extasiaient, je n'en étais qu'au prototype deux. Là c'est le cinq. C'était sur cadavres évidemment. Le résultat était bluffant. Techniquement, sujet vivant ou mort, ça ne change pas grand-chose, même si la texture de la peau se modifie après le décès. Aujourd'hui, j'ai appris des trucs avec la petite. Le diable est dans les détails. Il va pouvoir encore améliorer sa machine avant le congrès de Bergame où il la présentera à la profession. Un gros enjeu. Pour lui et pour la clinique. Si ça marche, c'est jackpot. Tu ne peux pas savoir comme ça améliore le travail : on ne brusque plus l'os. On lime, on polit doucement, sans à-coups. C'est un moment qu'il adore, figure-toi chérie, l'instant magique, il l'appelle par-devers lui, parce qu'à ce moment de l'opération, crucial, la partie indésirable du cartilage se transforme en poussière, en poudre, et apparaît alors comme une auréole au-dessus de l'opérée, l'âme du nez qui se détache et s'évapore, ou plutôt, devrait-il dire, car il s'agit bien de la partie laide qui s'en va : le démon du nez. Les femmes sont belles quand elles dorment. Monika, en particulier.

Quand s'est-elle assoupie ? À quel silence de son récit ? Fait-elle semblant pour qu'il la laisse tranquille ?

Samuel dépose un baiser sur sa joue, au cas où elle le guetterait, laisse sa femme là, le fils aussi, et regagne leur chambre.

26.

Gros plan sur le visage d'une jeune femme, assise à la place du mort, dans une automobile qui démarre. On entend le tic-tac du clignotant, la voiture sort d'un parking. La caméra (un téléphone portable) est positionnée sur le tableau de bord face à la fille. Des bandages recouvrent le haut de son visage. Elle porte des lunettes de soleil aux verres teintés légèrement violacés. Une compresse, retenue par un sparadrap collé à sa lèvre supérieure, lui bouche les narines et l'empêche de respirer par le nez, ce qui se traduira, lorsqu'elle commencera à parler, par un filet de voix rachitique et l'impression qu'elle souffre d'un rhume carabiné. Des petites taches de sang maculent la bande de tissu. Elle porte un T-shirt à manches longues gris clair qui laisse apparaître le début d'un tatouage sur son avant-bras gauche. Ses cheveux sont dissimulés sous un turban bleu marine. Lili sans tralala (le nom de sa chaîne YouTube) rentre de la clinique. Sa meilleure amie (qui conduit et qu'on ne verra pas de toute la vidéo) est venue la chercher, heureusement, parce que vous avez vu la tête que j'ai ? C'est pas sérieux ! Je suis HS, je n'ai pas fermé l'œil de la nuit, que j'ai passée à la clinique je précise, et heureusement parce que j'étais comme une folle, si j'avais été chez moi, je vous jure, j'aurais trop paniqué, j'appelais l'infirmière toutes les heures pour lui demander si c'était normal que j'aie le visage comme un œuf de Pâques (rire franc de son acolyte, par la fenêtre on devine qu'elles traversent un bois). Lili passe le dos de sa main sur sa joue – elle trouve que ça a déjà dégonflé, Dieu merci merci. Elle se croyait préparée mais, franchement, elle est sous le choc. Comme ça le fait pas ! Le pire, c'est quand elle s'est réveillée : elle avait soif comme un chameau qui a passé trop de temps dans le désert. Elle ne pèse pas ses mots. Et pourtant, croyez-moi, elle est allée voir le meilleur, je vous jure, sur son site il n'y a que des bonnes appréciations et des avant/après qui vous donnent envie de vous faire taillader le nez par lui, Samuel Simart-Duteil. Sa copine éclate encore une fois de rire. Elle, elle ne peut pas – arrête de me faire rigoler, toi – à cause de sa tête de hamster qui aurait avalé une noix de coco. Elle n'ose même pas imaginer sa tronche si c'était un tocard qui l'avait opérée. Mais là, elle douille. Ce n'est pas qu'elle a mal, ça pas du tout, mais elle n'a pas fermé l'œil de la nuit. Elle faisait de l'apnée du sommeil. Quand elle se regarde dans le miroir, elle se demande mais ma fille, pourquoi tu es allée te faire ça ? Son chirurgien, qui est un vrai professionnel, attentif, gentil et très délicat (ce matin il lui a retiré les mèches des narines : normalement tu jongles, là je n'ai rien senti), l'a beaucoup rassurée. Les suites immédiates de l'opération sont les plus difficiles. Elle nous explique : dans une semaine elle retourne voir le docteur pour qu'il lui enlève l'attelle (qu'elle pointe du doigt). Elle découvrira son nouveau visage à ce moment-là. Dans sept jours, inch'Allah ! Comment c'est frustrant ! La voiture s'arrête devant une pharmacie où l'influenceuse va se pourvoir en Doliprane codéiné. Elle promet une vidéo la semaine suivante avec son minois tout neuf, qu'elle poste le 20 mai 2015.

Cette fois, elle est assise à un bureau, se filme avec son ordinateur, en légère contre-plongée. Derrière elle, sur une étagère blanche, on distingue un cactus et des produits de beauté dans leur emballage (un fond de teint et un soin pour les cheveux, le reste est illisible). De son foulard rose pâle dépasse une partie de ses cheveux châtains. Elle ne porte pas de maquillage pour qu'on voie bien ses cernes. La vérité, j'ai attendu deux jours avant de tourner la vidéo pour ne pas vous faire flipper. Hier encore, c'était comme si je m'étais fait tabasser, sérieusement. Mais bon, malgré ça, regardez ! (Elle tourne sa tête à gauche, à droite pour montrer son profil.) Elle ne cache pas sa joie. C'est la délivrance. Quand son chirurgien lui a tendu la glace, elle n'en menait pas large : elle avait trop peur de ne pas se reconnaître, de se trouver toute moche. Et franchement, elle ne veut pas se la raconter, mais là tout de suite, elle ne boude pas son plaisir. Le nez file droit, plus de bosse. Il est plus discret, c'est ce qu'elle voulait. Et puis ce n'est pas terminé : il va encore dégonfler. Pendant un an, il va s'adapter au visage. Tout doucement. Elle a rendez-vous avec le docteur Simart-Duteil juste avant de partir en vacances en Turquie, chez son oncle, où inch'Allah on va lui présenter un fiancé. Après, attention, c'est moi qui choisis. On me propose, je dispose. Il ne faut pas la charrier. Avant de terminer, elle précise que, même si elle est super heureuse et qu'elle recommande ce chirurgien et sa clinique (dont une photo apparaît en haut à gauche de l'image), elle ne le referait pas, enfin elle le referait peut-être mais elle réfléchirait longtemps avant.

Elle a eu dur dur cette semaine et elle n'en garde pas un bon souvenir.

27.

Nathalie, prévenez ma femme s'il vous plaît, dites que je suis très occupé, que je l'appellerai sur le chemin de l'aéroport. Si elle a oublié – elle est obnubilée par Théodore, c'est charmant, vous savez comment sont les mères, si elle a oublié, rappelez-lui que je pars à Bergame trois jours. Et qu'on ne me dérange pas, aucun coup de fil. Jusqu'à mon départ.

Dans son cabinet Samuel s'agite. Putain, c'est quand même incroyable : depuis des mois qu'il attend ce foutu congrès ! Cet après-midi, il présente son nouveau prototype de lime à ultrasons (pas l'ultime, il lui reste encore quelques améliorations), mais un modèle dont il est déjà fier. Et il risque de rater son vol.

Avant qu'il ne franchisse la porte sa valise à la main, Nathalie se permet, car elle craque, oui, autant le dire tout net, elle est à bout : la jeune femme a encore appelé, vous savez celle qui. Mlle Khoury. Quoi encore ? Samuel l'a eue deux fois au téléphone la semaine précédente. Il faut la rassurer, Nathalie, vous avez du métier maintenant, de la bouteille. Expliquez-lui que les choses se remettent en place doucement. Que Rome ne s'est pas faite en un jour. Le taxi arrive dans cinq minutes. Mlle Khoury lui a mal parlé, à la limite de l'insulte. Quand je lui ai dit pour votre colloque, elle a raccroché. M'a prévenue qu'elle arrivait au cabinet et qu'on verrait bien si vous n'y étiez pas. Samuel soupire, il doit vraiment y aller. Il rassure Nathalie : il n'y a pas d'inquiétude à avoir. Elle n'a qu'à proposer un rendez-vous à Yasmine la semaine suivante. C'est fréquent, le rejet initial de l'opération. Nathalie le sait. Ça fait combien de temps que vous travaillez pour moi ? On en a vu, des patients mécontents. À tort, bien sûr. Le choc postopératoire. Puis ça se tasse. Au cas où, prévenez le service de sécurité.

Dans la voiture, son téléphone sonne mais Samuel ne répond pas. Il pense à la phrase d'amorce de sa présentation. Il parlera après Klaus von Eck, une référence qui a déjà déposé plusieurs brevets pour du matériel chirurgical de pointe. Et il parle bien, avec humour. Il faudra être à la hauteur. Ensuite, il aimerait avoir son avis sur la technique de sa tête rotative.

Le téléphone le rappelle de nouveau au monde, à Monika. Il ne décroche pas.

L'arrivée d'un enfant peut-elle vous rendre fou ? Fou, dans le sens faible du terme, bien sûr, anodin. La petite folie quotidienne. Car, globalement, Monika va bien. Le petit dort. Bouge à peine. Monika n'a plus envie de rien. Les hormones ? Samuel devrait peut-être encourager sa femme à changer d'air, rentrer chez elle. Rien qu'à l'aéroport de Roissy, il reprend possession de lui-même. Théo passerait du temps avec ses grands-parents. Ça leur ferait du bien.

Avant de franchir le premier portique de sécurité, par acquit de conscience, Samuel écoute ses messages vocaux : le premier annonce que Yasmine Khoury a bel et bien débarqué à la clinique. Elle a filmé, tout du long. Et elle est repartie. Le deuxième de Paul, très excité, qui voudrait les voir, tous les deux – Clothilde et toi –, pour parler sérieusement de la protection de leur patrimoine. Ça urge et il a la solution idoine : un VIPP pour les VIP, il leur expliquera. Maman est déjà convaincue. Le dernier enregistrement est de Monika qui tombe des nues : Samuel a tout bonnement oublié de la prévenir qu'il partait. On ne fait pas des choses pareilles. Mais c'est tant pis pour lui : hier soir, elle a vidé sa valise, qu'il avait laissée traîner dans l'entrée. Elle en avait besoin pour stocker les affaires trop petites de Théodore. Elle a rangé les vêtements dans son placard, y compris sa machine là qui ressemble à une fraise de dentiste. Dommage, il devra aller à son congrès avec les nippes du petit. Il pourra les donner à des Italiens pauvres.

Samuel fait demi-tour sans prendre la peine de réclamer son bagage inutile. Une Samsonite rigide de couleur vert foncé qui partira seule à Bergame. Dans les aéroports, elle était rare, impossible à confondre. Rien à foutre. À la maison, songe-t-il, il ne reste qu'une grande valise noire, immense, presque une malle. Il pourra facilement y faire tenir toute sa garde-robe. Et un cadavre ou deux.

28.

Quand Samuel est monté dans le taxi, il a d'abord donné son adresse. Le chauffeur a démarré. Puis il a visualisé sa femme telle qu'il la retrouverait, assise sur le canapé, immuable, son putain de dos droit, comme corseté, leur fils calé dans le nouveau boudin d'allaitement, un boudin offert par Clothilde, couleur prune que Monika prononce « prine », et c'est ça, le souvenir de ses lèvres qui cherchaient le u mais ripaient immanquablement et s'écartaient au dernier moment, un écart dans la mauvaise direction « prine », qui le fait vriller.

Il ne le supportera pas, pas maintenant qu'en remplissant sa valise de grenouillères et de langes elle lui a gâché la vie. Par conséquent il demande au taxi de l'emmener tout droit à la clinique. Pour décanter, que la rage s'évapore dans le travail. Il dispose de trois jours sans Monika et l'enfant, trois jours pendant lesquels personne ne l'attend nulle part. Il pourra perfectionner son prototype, dont il garde au cabinet un exemplaire moins abouti mais qui fera l'affaire : il veut surtout améliorer la tête polissante. Il lui reste quelques ajustements pour que l'instrument soit performant, impressionnant, à la hauteur de ses aspirations.

Quand le prochain colloque se déroule-t-il ?

Il saisit son téléphone par réflexe pour vérifier auprès de sa secrétaire mais, instantanément, il renonce : s'il l'appelle, il devra s'expliquer, rassurer, reprendre son rôle, sa place. Et ça aussi lui semble au-dessus de ses forces.

Il change une fois encore sa destination. Il ira à l'hôtel. Trois jours, trois nuits. À regarder la télévision, allongé, en peignoir, sans personne pour l'emmerder. Ni Monika, ni Nathalie, ni même son frère, sa mère, sa sœur. Personne. Pas Yasmine non plus. N'importe où. Dans Paris ? demande le chauffeur, puis il ajoute moitié en plaisantant, moitié en espérant une course juteuse : parce que je peux vous emmener jusqu'à Deauville, moi, vous savez. Samuel remarque qu'ils ont à peine avancé depuis leur départ : accident vers Villepinte. Vous prendrez la prochaine sortie. Il y a bien des hôtels là-bas, il imagine avec un geste de la main vers la vitre, la banlieue, des villes qu'il ne connaît pas. En passant devant un panneau LIVRY-GARGAN, Samuel change encore une fois d'avis. L'occasion fait le larron, tiens, pourquoi pas, c'est aussi simple, allons-y ! Sérendipité. Le chauffeur modifie pour la troisième fois son itinéraire, et plutôt que de déposer son client devant le Kyriad du Blanc-Mesnil il prend la direction des Pavillons-sous-Bois : une demi-heure de route jusqu'à l'immeuble dans lequel habite Yasmine Khoury.

Il l'attendra en bas de chez elle, des heures s'il le faut. Il a son portable, du temps à tuer. S'ils se parlent, calmement, les choses s'arrangeront. Il lui répétera, avec douceur et autorité, professionnalisme, que l'opération s'est déroulée conformément à ce qu'ils avaient décidé ensemble, que le nez va encore évoluer, qu'elle est belle, plus belle que Miley Cyrus, bandante, qu'il l'a prévenue : le choc, celui d'un nouveau soi, peut perturber, elle doit patienter. Elle protestera un peu, au début, mais elle finira par en convenir : elle s'est monté la tête, j'ai le sang chaud, vous savez, docteur. Ils riront ensemble, elle de sa bouche canaille, et il apercevra encore une fois, une dernière, ses cheveux platine sous son voile. Il chuchotera c'est fou. Et elle demandera quoi, mais pas à voix basse, parce qu'elle ne sait pas. Yasmine parle fort.

Il répétera c'est fou, et il passera une main sur sa joue. Et ça lui suffira. Il ne se laissera pas aller à la confiance, à la confidence. Il gardera son désir pour lui. Comme il a toujours fait, avec tous les secrets.

Parce que Samuel, c'est une tombe.

Solide et lisse comme du marbre.

On peut compter sur lui.

Le dossier Yasmine Khoury, qu'il dira à Nathalie, est fermé. Je lui ai parlé. Elle s'est emportée à la clinique. Elle s'excuse. C'est une fille bien, malgré tout.

29.

Ce soir-là, après avoir couché Emma, Clothilde ne descend pas dîner. Elle rejoint sa chambre, se terre dans son lit, portable et iPad éteints. Antoine finit par monter la chercher. J'ai mal au cœur. Attendri, il caresse sa joue et se penche vers son décolleté. Il dépose sur ses seins un baiser qui, pour autant, n'a rien de sensuel. C'est la même affection que celle avec laquelle il embrasse son front en rentrant le soir du bureau. Une tendresse incestueuse. Clothilde est traversée par un frisson de dégoût. On ne peut pas continuer à être amoureuse de quelqu'un qui fait partie de sa famille. Il ajoute : j'ai une bonne nouvelle. Il a reçu une proposition. Un poste – un putain de poste – à Singapour. Une ville parfaite pour leur petite famille. C'est beau, c'est propre, de bonnes écoles. Ce serait pour la rentrée de septembre. Il y a plein d'expats, on sera bien, souffle Antoine, et c'est comme si quelqu'un la poussait dans la nuit froide – une nuit polaire, telle qu'elle n'en connaît pas – et la forçait à marcher pieds nus sur le sol glissant et gelé. J'ai une âme, croit-elle crier, mais au juste elle ne sait plus très bien ce qui se passe entre ce moment-là, son mari penaud, la porte qui claque, et elle, lancée à toute berzingue, sur la file gauche du périphérique intérieur, qui se colle aux pare-chocs des voitures, klaxonnant avec fureur, et doublant, si les autres ne se rabattent pas assez vite, par la droite. Quand l'aiguille atteint les cent kilomètres-heure, une décharge de joie violente inonde sa poitrine, soulevée par des palpitations furieuses. La sueur coule dans son dos. Elle voudrait mourir comme une héroïne moderne, le corps amalgamé à la carcasse de sa voiture. Elle accélère encore et sourit à Lady Diana assise à l'arrière, hiératique, triste et résignée au dénouement final. Cent quatre-vingt-dix kilomètres-heure. Clothilde pousse un soupir. L'extase est proche. Si elle se tue, elles mourront toutes les deux, ensemble – des sœurs de peine –, entre la porte de Pantin et la porte des Lilas, et tant pis si c'est moins spectaculaire que sous le pont de l'Alma. Elle se demande quels seront les titres dans la presse le lendemain. À quelles spéculations se livreront les journalistes, quels liens ils établiront entre le destin de la déjà-morte et celui de Clothilde, qui ralentit sans même s'en rendre compte.

Au bout de quatre tours, vaincue par son instinct de survie, elle prend la sortie Porte Maillot. Elle se gare devant le Palais des Congrès. Son iPhone indique vingt-trois heures sept. Elle essaie de joindre Paul. Tombe sur sa messagerie, a besoin de parler à quelqu'un qui la comprenne, téléphone à Mathilde. Elle hésite quelques minutes. Il est tard. Pourtant Mathilde ne paraît pas surprise. Elle sort d'un dîner dans le onzième. Elle propose à Clothilde de la rejoindre à Bastille. Elles ne boivent pas d'alcool. Mathilde a besoin de faire un break. *Dry June.* Clothilde en a gros sur la patate. Mieux vaut qu'elle reste lucide.

Clothilde déroule sa vie, enfin, sa « vie », ça fait des années que je vis comme une morte. Depuis qu'elle a écouté le podcast de Mathilde, elle a ressuscité. Et elle s'est renseignée. Elle a lu des articles, écouté des témoignages, englouti des vidéos. Elle y pense tout le temps, à eux, qui descendent des radeaux de l'enfer, à leurs visages inondés de terreur, des mères (comme elle) que la peur fait délirer et qui serrent, sans savoir s'il respire encore, leur nourrisson contre leurs seins. Elle s'imagine à leur place. Qu'est-ce qu'elle emporterait si elle devait tout quitter ? Elle a toujours été sensible. Ne pouvait pas regarder le journal télévisé, à une époque, sans pleurer. À fleur de peau, disaient ses frères. Hystérique. Altruiste, corrige Mathilde. Ne te laisse pas dévaloriser. Dorénavant, Clothilde veut laisser parler ses émotions. Positives ou négatives. Pourvu que ça sorte. Autour d'elle, les gens qui s'agitent, s'éparpillent, tournent en rond, se perdent, répètent sans cesse les mêmes choses, ne pensent qu'à leur gueule, la rendent malade. Physiquement malade. Clothilde étouffe. Au lycée, elle s'engageait dans toutes les causes. Il y avait une colère en elle, une rage même contre le monde, son milieu. Elle a fait du théâtre de rue, des échasses, le cours Florent, sortait beaucoup, la défonce, les raves. Elle n'avait rien d'une petite fille modèle. Personne n'aurait imaginé qu'elle finirait devant un blender à faire des milk-shakes toute la journée. Elle voulait bosser pour une ONG. Sur le terrain. Et puis, comme une conne, elle a suivi Antoine.

Elle l'a rencontré à vingt-trois ans dans la cage d'escalier d'un immeuble du treizième arrondissement, un squat. Il quittait la fête, titubant. Elle arrivait, avec Paul. C'était l'hiver. Elle portait une nuisette et des bottes à semelles compensées. Elle planait à dix mille. Lui avait l'air d'un môme. Quand il l'a vue, il s'est arrêté net. Et avec insolence, goujaterie même, il s'est penché vers elle et il lui a roulé une pelle. Cash. Elle rit encore en y repensant. Tu vois comment il est Antoine, aujourd'hui ? Pas vraiment le genre chaud lapin. Parfois, elle imagine qu'elle l'a confondu avec un autre, comme on échange les nourrissons dans les maternités. Ils sont remontés ensemble à la fête, ont bu des tequilas frappées. Sa bouche anesthésiée quand ils s'embrassaient. À un moment, il l'a entraînée dans la cour intérieure de l'immeuble. Derrière des poubelles, elle s'est laissé faire. Elle ne se souvient pas de grand-chose. Comme si elle n'y était pas vraiment. Peut-être que, ce soir-là, elle avait l'esprit plus embrouillé qu'elle ne croyait.

Depuis, elle n'a couché qu'avec lui. Une épouse modèle. Une plante verte d'intérieur. J'étouffe. Le podcast, ton podcast, a été comme une révélation. Je voudrais aider, m'investir auprès des migrants. Tu as dit qu'ils avaient besoin de gens à Lesbos ? Mathilde acquiesce. Elles s'en reparleront à tête reposée. En tout cas, une chose est sûre, Clothilde ne suivra pas son mari. Hors de question, pas maintenant que les choses bougent. C'est à Antoine de s'adapter à sa vie. Et sinon, tant pis.

Quand Clothilde rentre chez elle peu avant le réveil des enfants, Antoine est déjà debout, ou peut-être qu'il ne s'est jamais endormi. Il sent l'eau de Cologne et le café. Comme dans un songe, elle lui annonce que c'est le vide, là, dans ses tripes, qui la rend malade, qu'elle partira au mois de septembre sur une île grecque au moins pour trois semaines. Qu'il ne s'inquiète pas, elle trouvera une baby-sitter. Mais elle ne déménagera pas à Singapour. Non. Elle veut s'occuper des exilés, en Grèce, des femmes, en particulier. Redonner un sens à sa vie, à la leur.

Mettre sa patte, vraiment.

30.

Le jour de la mise en ligne de la troisième vidéo de Lili sans tralala (commentée plus de cinq cents fois dans les vingt-quatre premières heures), Samuel pleure dans les bras de sa femme – il s'en veut terriblement, pourquoi s'est-il montré si horrible depuis Bergame ? Pardonne-moi – et appelle son frère à la rescousse. Après avoir regardé Yasmine, il s'est cloîtré chez lui, incapable de se rendre à la clinique. Comment a-t-elle pu lui faire ça ? Paul débarque aussitôt – tu peux compter sur moi. Il maîtrise les lois du genre, la communication, cet univers de paroles, de phrases cinglantes, de réactions en chaîne, de contagion. Règle numéro un, ne rien répondre, assure Paul en préambule. Niente. Des plus expérimentés que lui se sont fait déchiqueter en quelques clics. Est-ce que Samuel a lu l'histoire de Justine Sacco (responsable de la communication d'un grand groupe) qui tape un dernier tweet avant de décoller de New York pour rejoindre l'Afrique du Sud ? *Going to Africa. Hope I don't get AIDS. Just kidding. I'm White.* Lorsqu'elle atterrit, elle a des centaines d'appels en absence, le répondeur saturé. Un type la traque à l'aéroport pour répondre au hashtag vital #HasJustineLandedYet. Beyoncé et Michelle Obama se fendent d'un tweet. Partout dans le monde on l'appelle la White Bitch. Le directeur de la boîte pour laquelle elle travaille annonce sa mise à pied. Ses amis la somment de s'expliquer publiquement et de demander pardon, au plus vite. Jusqu'aux siens, des multimillionnaires partisans de Nelson Mandela, qui l'estiment coupable d'avoir pourri la réputation de leur famille. Et pourtant la fille n'était pas une bleue. Samuel découvre avec terreur un nouveau monde de méchants, avec ses créatures maléfiques et narquoises, et se demande comment il a réussi à y échapper jusque-là, faire comme si Internet n'était dans le fond qu'un instrument parmi tant d'autres qu'on pouvait ignorer, qui ne happait que ceux qui le voulaient bien. Tous, mais pas lui.

Alors ce que je te conseille, insiste Paul, c'est de faire profil bas, ne pas donner de prise supplémentaire, de food for anger. Et tu supprimes les descriptions des opérations ethniques sur le site de la clinique. Au passage, ça fait longtemps que Paul lui suggère de s'intéresser à la com' de la boîte, la gestion de l'image. Il y a des outils, des spin doctors, des moyens de réagir aux attaques le plus vite possible.

Monika a couché Théo pour qu'ils soient tranquilles, entre adultes. Elle a coupé des carottes et sorti des chips. Situation de crise. Face à l'ennemi, on soutient les siens.

Ils décryptent ensemble, une fois, deux fois, dix fois, l'enregistrement de Yasmine, assise sur son lit, sans maquillage. Un voile bordeaux recouvre ses cheveux et encadre un visage ni beau ni laid, au nez encore endolori semble-t-il mais peut-être est-ce lié à la manière qu'elle a de le toucher, l'effleurer, à la fois délicatement et avec une forme de dégoût, ou plutôt une distance craintive, comme s'il risquait de se détacher du reste du visage et de choir devant la caméra. Elle montre des photos d'elle avant, se tourne de trois quarts, de profil, compare, se plaint, sanglote. Elle accuse : enlaidissement volontaire, racisme, drague lourde. Samuel bondit chaque fois et répète, une fois, deux fois, dix fois, qu'il faut être aveugle pour nier l'évidence : elle est mieux maintenant. Mais elle ne te plaît pas, quand même ? demande Monika. Bien sûr que non. Ce qui importe à Samuel c'est que l'opération soit réussie. Et que tout le monde le reconnaisse. Il implore : elle scie la branche sur laquelle elle est assise en montrant des clichés d'elle avec son ancien nez, non ? Paul allume une cigarette. Évidemment. La petite a embelli, largement. Le problème, c'est qu'on s'en fout, les gens ne sont plus sensibles à la vérité. Peu importe si le nez de cette conne était mieux avant ou s'il est mieux après.

Le cerveau de ceux qui la regardent est farci d'informations, gavé de données. Plus d'espace vacant en eux pour délibérer. Tout vient s'agglutiner derrière leurs rétines, un amas familier et opaque, de la merde. Plus rien ne les étonne, tout les ennuie : les phénomènes se succèdent de manière désordonnée. Ils y mettent le sens qu'ils veulent. Les émotions s'amalgament. Et donc ce qui compte ce n'est pas la valeur, objective, de l'intervention chirurgicale de Samuel, c'est ce que cette histoire va remuer en eux de primaire, de basique. Ce à quoi ils vont s'identifier. Quel camp ils vont choisir. Le racisme, le harcèlement et tout le tralala de Lili, sans mauvais jeu de mots. Elle a des centaines de milliers d'abonnés, elle sait parfaitement comment ça marche. Mais là où ça devient intéressant, et qui me turlupine depuis tout à l'heure, c'est ce qui l'anime, elle. Les raisons pour lesquelles, alors que son nez n'a pas changé depuis le post où elle te portait aux nues, elle a retourné sa veste. Le chemin de l'admiration à la calomnie. La question c'est : que s'est-il passé durant ces derniers vingt et un jours ? Je vais enquêter et on va le découvrir. Elle vient d'où d'abord, cette Khoury ? C'est une Libanaise ? Qui est-elle ? Comment s'est-elle retrouvée à frapper à ta porte, à notre porte ? Quel milieu ? Qu'est-ce qu'elle veut ? Parce que, dans le fond, toute la question est là. Tu m'as dit que tu l'avais reçue dans ton cabinet avant-hier, que vous vous étiez séparés en bons termes, et moins de quarante-huit heures plus tard elle te défonce en ligne ! Pourquoi ? Le plus grand nombre de cinglés, de malades mentaux, se trouve parmi les patients de rhinoplastie, explique Samuel. L'organe du nez centralise les dysmorphophobies. Le coup de folie, c'est une hypothèse, mais il y en a une autre, tout aussi probable, voire plus : on l'influence. Qui ? Paul cherche un cendrier des yeux, n'en trouve pas, tout à ses mots écrase sa cigarette dans le bol de carottes. Samuel saisit le paquet de Dunhill à son tour. La plupart des décès de chirurgiens plasticiens aux États-Unis, de mort violente j'entends, se comptent parmi les rhinoplasticiens. Monika ne l'a jamais vu fumer. Ça lui fait drôle. Par des hommes : ils sont tués par des hommes. Elle commence à être ivre, pour la première fois de sa vie peut-être. Elle observe son mari avec une cigarette comme si elle regardait un film. Il sue, il ne se ressemble pas.

Sam, tu as lu le dernier mail de Feras ?

La question trace un sillon dans l'esprit de Samuel. Du Syrien ? Oui, il a reçu quelque chose mais il n'a pas pris le temps de lire. Parce que c'était quand, déjà ? Hier soir. Menaçant, insultant. Il nous taxe de *colons* – personnellement je ne le prends pas mal –, d'*égoïstes*, de *vrais Français* – merci du compliment – *indifférents au sort du monde*. Vous avez installé le logiciel antivirus que je vous ai conseillé ? Parce qu'à chaque mail de Feras on prend un risque. Il peut littéralement s'incruster dans notre ordinateur. Le principe du cheval de Troie. Monika opine. C'est elle la geek. Elle a procédé exactement comme Paul avait recommandé. C'est parfait. Maintenant, elle va s'allonger un peu. Étendre ses jambes, ses jambes si longues, qui ont gardé, elles, leur forme initiale. Sa tête tourne. Elle se sent loin des deux hommes. Samuel, tu as regardé les documents que je vous ai envoyés au sujet des VIPP ? C'est un montage particulièrement brillant, non ? Et tout nouveau, il passe sous les radars. Que des avantages en termes de profits et de sécurité. Gagnant gagnant. On garde la main sur notre patrimoine, mais c'est une main invisible. Samuel allume une nouvelle cigarette sans répondre. Il a les yeux rouges. Paul guette l'assentiment de Monika, mais elle n'écoute plus la conversation. Exilée sur le canapé comme sur un radeau, elle s'abandonne à l'étourdissement. L'air est devenu bleu. Elle ouvrira la fenêtre de la chambre de Théo tout à l'heure. Et elle soufflera, elle soufflera fort au-dessus de son lit pour faire partir l'odeur.

Tu m'écoutes, Samuel ? C'est important. Pour le VIPP, si on se décide, il faut choisir un Guardian. Ça peut être l'un de nous trois. Samuel n'arrive pas à se concentrer. Excuse-moi. Toute cette histoire le dévaste. Il se penche vers sa femme pour s'assurer qu'elle a les paupières closes, qu'elle n'est plus avec eux, et tend son téléphone à Paul, tu vas comprendre l'ampleur de la catastrophe. Il y a une vidéo qu'il ne pouvait pas montrer. Elle lui est arrivée d'une adresse inconnue, sans commentaire. Un gif : on y voit Samuel en blouse blanche devant une table sur laquelle est allongée une silhouette floutée. Il remue les lèvres et on entend en play-back la même phrase qui revient obstinément : je ne peux pas travailler si vous n'enlevez pas votre voile. Et, après le mot « voile », Samuel sort sa langue, mécaniquement, et la passe sur sa lèvre supérieure. Et rebelote. Et tu sais qui est la femme derrière moi ? Paul secoue la tête. Monika. C'est la vidéo de notre rencontre, une publicité pour une machine de photoréjuvénation par lumière intense pulsée. C'est dégueulasse de faire ça.

Et pour la drague, enfin, le harcèlement entre guillemets ? demande Paul. Samuel pâlit. Il n'a rien fait. La question n'est pas là, je te l'ai déjà expliqué, le coupe Paul qui enfile son manteau. Il appellera demain soir, avec des réponses. La vérité on s'en fout. Tout est une question d'histoires, ajoute-t-il. Et de manière de les raconter.

Tu viens te coucher ? Samuel secoue doucement Monika. Il sent le tabac et l'alcool. Il ne veut pas dormir sans elle. Il peut la porter jusqu'à la chambre. Elle le repousse d'un miaulement de chat qu'on dérange. Alors il regagne leur lit, seul et effrayé, en pensant à l'autre.

31.

Le Facebook de Yasmine ne révèle pas grand-chose au premier abord : des conseils beauté, des liens vers des tutos maquillage, voile, ikebana, des références islam bon ton, trois mille six cent cinquante amis, impossible de trier le grain de l'ivraie, un lien vers Lili sans tralala, sa chaîne au profit de laquelle elle a depuis longtemps plus ou moins radicalement déserté le réseau social de ses débuts. Lisse, inoffensif, naïf, de la friandise pour bobos. Heureusement, on ne s'est pas tous fait caraméliser le cerveau. On ne berne pas Paul avec quelques hidjabs colorés, inoffensifs comme des chatons. Il ne se contente pas de glisser à la surface, il creuse, analyse, décode les images, passe les commentaires au peigne fin. Il cherche des preuves en rampant d'un post à l'autre. Il épluche les photos de la famille de Yasmine, de ses ami·e·s, des ami·e·s de ses ami·e·s, prêt à dégainer, à surprendre l'adversaire, à le dénicher dans les galeries souterraines entre deux cœurs et un émoji extatique. Connaître l'ennemi c'est le maîtriser déjà.

Soudain il s'arrête, main suspendue au-dessus du clavier, en alerte maximale. Bingo ! Sur la page d'une certaine Zena Titi (voile intégral, localisée en Arabie saoudite, réagit régulièrement aux photos de Yasmine et réciproquement), parmi les cent trente-neuf commentaires qui suivent son post par lequel elle partage la deuxième vidéo de Lili sans tralala (celle qui vante les louanges de Samuel), un nom saute aux yeux. Le chaînon qui lui manquait entre les deux mondes, ceux de la blogueuse et du fils caché : @FerasHash. Il presse la touche 3, écran capturé, preuve enregistrée dans le dossier « Feras Ashour » (Hash ou Ashour, du pareil au même). Il googletraduit le commentaire (en version originale arabe) : *c'est péché, la chirurgie esthétique. On se parle en MP ?* L'échange date d'il y a deux semaines.

Ça y est, Paul le tient, le lien secret entre la Libanaise et le Syrien. Feras contacte Zena parce qu'il a découvert sur sa page la chaîne de Lili sans tralala. Il a fait le lien avec Samuel, son histoire. Les Simart-Duteil le méprisent, le rejettent, l'arnaquent. Zena le met en lien avec Yasmine. Rebelote : il lui sort le grand jeu victimaire. Elle s'insurge. C'est dégueulasse ! Chez les musulmans, on ne lâche pas un frère. Tous unis contre les koufars. Ils élaborent un plan. Une vengeance dont l'instrument sera Yasmine.

Quelques jours plus tard, elle poste sa vidéo.

CQFD.

32.

C'est passé : les nausées, les cancers, les larmes intempestives, les pensées qui tournoient, abattent, épuisent. Fini tout ça. Depuis près de vingt jours qu'elle se rend trois fois par semaine à La Chapelle pour distribuer des petits déjeuners, des conseils, du réconfort, Clothilde se sent une femme nouvelle. Elle n'est pas complètement naïve, elle ne sauve pas le monde, il en faudrait beaucoup plus, ce n'est qu'une goutte, minuscule, *a drop of nothing* ; elle n'en est qu'aux prémices, beaucoup craquent très vite parce que c'est dur, tant de malheur autour de soi. C'est l'enthousiasme de la débutante, de l'oie blanche, comme lui a dit Paul. D'accord. Mais enfin, putain, ça fait du bien. DU BIEN. Voilà. De se sentir utile. À sa place. D'apporter sa part à l'édifice.

Elle le doit à Mathilde. Avant de t'engager pour une mission à Lesbos, lui a recommandé son amie, fais-toi la main à Paris. Rencontre les migrants, les bénévoles.

Imprègne-toi. Équipe-toi, mentalement. Elle lui a donné le numéro d'une association d'aide aux exilés.

Tout s'est passé très simplement. Et très vite. Avec beaucoup d'humanité. Clothilde a rencontré l'équipe de La Chapelle. On lui a demandé ce qu'elle savait faire. Elle a bredouillé qu'elle avait été comédienne. Super, lui a-t-on répondu : elle devait avoir le sens du relationnel. Elle a acquiescé, même si depuis des années je ne suis plus que maman, maman à temps complet. Le plus beau des métiers et la meilleure des formations pour préparer des sandwichs à la chaîne, a souri son interlocuteur. Le lendemain, dès huit heures, elle beurrait des baguettes avec amour, en compagnie de trois autres convaincu·e·s. Antoine n'a pas moufté quand elle lui a annoncé que dorénavant il devrait accompagner les enfants à l'école les lundis et vendredis. Il s'arrangera.

Le mercredi, elle arrive plus tard à la distribution, avec des sandwichs préparés chez elle, qu'elle finance avec ses propres deniers. Elle améliore d'un petit quelque chose dont elle a le secret, du piment d'Espelette, du poivre vert, du sumac, de la roquette, des tomates confites. Sa patte.

C'est son jour favori.

Elle aime traverser, les bras chargés de sacs, les grappes d'hommes qui s'agglutinent autour des points de ravitaillement. Certains déjà la reconnaissent. On la laisse passer. On la salue d'un bonjour madame poli. Elle corrige : Clothilde.

Ils ne sont pas du tout agressifs, explique-t-elle à Paul. Et ça va te paraître étonnant, mais en leur présence je me recharge. Tous leurs malheurs, ces désastres inscrits sur leurs visages, leurs corps ; il y a des femmes de vingt-cinq ans – vingt-cinq ans ! tu te rends compte ? – qui ont l'air plus vieilles que moi – ça te fait relativiser tes petites peines. Ils ont des choses à nous apprendre. À La Chapelle, Clothilde devient invincible.

Elle les envie. Leur foi. Qui les aide. Chrétiens ou musulmans. Les sauve de situations effrayantes. Est-ce qu'elle aurait moins peur de mourir si elle croyait en Dieu ? Elle avait découvert, peu après leur rencontre, qu'Antoine allait parfois à l'église, le dimanche matin. Seul. Il s'accordait un moment de réflexion. Ça l'avait séduite et rassurée, cet espace, en lui, de spiritualité auquel elle n'avait pas accès. Une colonne vertébrale morale. C'était quelqu'un de bien. Avec lui, le monde paraîtrait moins chaotique. Clothilde est tombée sur un cul-bénit, avait résumé Paul à ses amies qui demandaient pourquoi elle sortait moins. Ça lui passera avant que ça ne me vienne. Elle avait trouvé ça vraiment dégueulasse de la part de son frère, auquel elle avait confié cette particularité de son chéri, non pas secrète – il n'y avait rien de honteux – mais intime. Quand Antoine lui avait proposé, quelques mois à peine après le début de leur histoire, de l'accompagner à Bombay pour son volontariat international en entreprise, elle avait accepté par amour pour lui et par défi, pour prouver à Paul qu'il se trompait. Elle avait plaqué ses cours de théâtre, lâché un projet de pièce et suivi son fiancé. Plutôt mourir que d'admettre qu'elle s'y était ennuyée ferme au début. C'était dur, ils n'avaient pas un rond et elle, bien souvent, personne à qui parler de la journée. Quand Paul leur avait rendu visite, elle venait de trouver un job dans une école privée française. Elle avait donné le change. Elle s'était recentrée sur elle-même. Non, elle n'avait plus envie d'être comédienne, ni de la vie qui allait avec. L'attente après les castings, les tournées qui virent à la pochtronnade, les vieux mecs dégueus auxquels on fait du gringue en espérant un rôle dans leur futur spectacle ou – le Graal – dans leur téléfilm pourri, très peu pour elle. Mourir d'une crise cardiaque à vingt-sept ans le nez dans la coke, ça ne la faisait pas rêver. Si tu trouves ça plus intéressant de jouer à bobonne… Paul avait vu la pièce qu'elle avait lâchée. Pas mal du tout. Sa remplaçante s'en sortait bien, mais elle n'a pas ton talent. Il avait insisté là-dessus, au cours d'un dîner : Clothilde était douée, très douée. C'était du gâchis. Tu regretteras. Et sur le ton de la blague, d'une plaisanterie agressive, il avait lancé : Antoine, tu transformes ma sœur en mémère.

Dix-huit mois plus tard, Antoine et Clothilde s'étaient mariés à Yvetot. La noce avait eu lieu au Clos, en juillet, par temps gris et froid. Ça leur convenait très bien d'ailleurs, ça changeait des torpeurs asiatiques qu'ils allaient retrouver dès le mois de septembre suivant. Mariage pluvieux, mariage heureux, répétait la jeune mariée en regardant le ciel et en serrant la main d'Antoine. Il n'était pas tombé une goutte mais fi de la superstition : aux Seychelles, dans le lodge merveilleux où ils avaient passé leur lune de miel, Clothilde, amoureuse, vraiment, avait décidé de tout miser sur son couple et sa famille. Et elle avait eu raison. À New Delhi, où Antoine avait décroché un premier (bon) poste, elle était tombée enceinte de Drisana. Puis ça s'était enchaîné, les mutations, les enfants, l'enterrement de papa, les nouvelles résidences, les écoles, les amis, le Pilates, les kermesses, les maids, les cupcakes, les associations extrascolaires, les rentrées, les piscines, les voisins, les condos, le yoga, les retours en Europe une ou deux fois par an, les visites (sa mère n'était venue qu'une fois, à Shanghai, Paul quatre ou même cinq, Samuel deux, en coup de vent), les disputes (avec sa copine de collège Capucine, qu'elle n'avait plus revue après son séjour à Bangkok), les cours de cuisine, de broderie, de boxe ; le grand galop des jours, la course échevelée du temps domestique, que, de l'extérieur, on prend pour de la lenteur ou de l'ennui.

Elle a aimé cette vie-là, ce luxe, cette diversité des gens et des lieux. Mais, aujourd'hui, elle n'en veut plus.

Antoine n'a pas insisté. Il a décalé de lui-même sa prise de fonctions à début 2016. Lui partirait plus tôt, en décembre, assurer la transition avec son prédécesseur. Ça te laisse le temps de réfléchir. Il s'est même renseigné sur les écoles françaises : les inscriptions peuvent se faire à partir du second trimestre. Aucun souci. D'ici là, elle a le loisir de se consacrer à ce qui l'intéresse. Aller à Lesbos. Et tutti quanti. Tu veux que je te dise, Clo ? je suis même fier de ton engagement.

La référente du groupe La Chapelle a pris Clothilde à part, le troisième mercredi, après la distribution. Très gentiment. Il vaut mieux ne pas en faire trop, sinon, après, on s'épuise. Tenir sur le long terme. Calmement, modestement. Des sandwichs, basiques (baguette avec une tranche de fromage) pour tout le monde. Pas de fantaisie. Ça peut créer du conflit et de l'incompréhension. Et puis, pas trop de familiarité. Les gens ne sont pas des anges, vous savez, ni ici ni ailleurs. Ni eux ni vous.

33.

Paul a trouvé la bonne ligne de flottaison. Le roulis des épaules est devenu fluide, agréable, naturel. Sa respiration, maîtrisée et régulière. Tous les trois mouvements des bras, il se tourne, d'un côté ou de l'autre, laissant émerger une partie de son visage, sans relever la tête et inspire de façon brève et intense tandis que son bras avant s'allonge, la paume légèrement tournée vers l'extérieur. Et, au moment de la prise d'appui, avant que la main ne plonge pour tracer un parfait arc de cercle aquatique, le corps retrouve son équilibre horizontal. Paul expire, concentré et heureux. Il maîtrise enfin la technique du crawl. Il effectue ses quarante longueurs (deux kilomètres) dans le couloir destiné aux nageurs rapides. Il retourne dorénavant au Lagardère mais ne fréquente que la piscine, le lundi et le jeudi exclusivement.

Il peut nager tranquille. Samuel et Clothilde l'ont choisi. Si on se décide pour le VIPP, c'est logique que ce soit toi le Guardian. Après tout, tu es l'aîné. Sous l'eau, à l'abri des regards, Paul s'émeut.

À la surface, ses gestes sont amples. La confiance familiale lui donne des ailes, il faut croire. Du côté professionnel aussi ça décolle. Sa dernière vidéo, sur notre besoin d'espace vital, a dépassé les cinquante mille vues. Sa mère l'a appelé pour le féliciter. Elle a des amis qui ont écouté son post et ne tarissent pas d'éloges. Il devrait passer à la télévision, se rappeler aux gens. Il pourrait être chroniqueur dans une émission, ou à la radio. Ils sont vieux, ils ne comprennent pas qu'aujourd'hui tout se joue en ligne. Peu importe, sa mère l'admire. Paul vide entièrement ses poumons pour attraper le plus d'air possible. Isabella lui a inspiré son dernier enregistrement. Elle se passionne pour l'horticulture. C'est gratifiant, les fleurs. Elle a voulu planter un bosquet d'hortensias. Elle s'est trompée. À leur place ont poussé des chrysanthèmes. Et ça lui convient. La nature vous apprend à vous adapter. *È meravigliosa.* Isabella disserte pendant des heures sur l'invraisemblable résilience du monde végétal. Elle ne croit pas aux théories catastrophistes des écologistes. Dans le fond, ils sous-estiment la puissance de la nature. Il faut s'autoriser à croire. Ne pas être obtus, rigide. Elle trouve tout épatant, même les travaux de Paul dans la Bergerie. Elle lui fait confiance. Elle lui a signé une procuration. Toutes ces questions financières, ça ne l'intéresse pas. Fais au mieux. Elle lui a demandé de s'occuper de Créteil, de convaincre son frère et sa sœur de vendre. Isabella veut se sentir légère. Tu es devenue gentille, maman, avec le temps. Douce. Samuel et Monika se montrent rarement au Clos depuis que Théodore est né. Pourtant l'air de la campagne réussit aux petits. Grâce à leurs nombreux séjours en Normandie, les enfants sont devenus des forces de la nature, sportifs. Paul se demande si sa mère oublie qu'il a été obèse.

Aujourd'hui, il n'y paraît plus.

Pour les dernières longueurs, Paul enfile palmes et gants. Avec, il brûle davantage de calories. Il ne faut pas s'arrêter si on boit la tasse. Garder le rythme. Paul tousse en tordant la bouche, ralentit son bras pour avoir le temps d'inspirer. En quelques mouvements, il retrouve rythme et fluidité. Le crawl est une nage confortable. Apaisante.

Il a conseillé à Clothilde de se mettre à la natation. Elle se plaint de maux dans les lombaires. Tu te laisses aller, il lui a dit. Nous devons cultiver ce que nous avons, notre corps comme notre capital. Samuel oppose un refus catégorique au transfert des fonds de la clinique. Tu as raison, ça peut attendre. On le fera dans un second temps si nécessaire. Un aller, puis un retour. Patiemment, une respiration après l'autre. Quatre nageurs maximum par couloir, pour que ça reste un plaisir. Feras pourrait toujours réclamer, la cession était irréversible.

Quarante-deux minutes. Paul soupire, déçu. Le mois dernier, il a réussi à se maintenir sous la barre des quarante. Il n'aurait pas dû boire autant cette semaine, ni aller au restaurant la veille. Il doit se préserver, lui aussi. Nu devant l'un des grands miroirs du vestiaire, il observe avec inquiétude son ventre, sa poitrine. Résolu au pire, il monte sur la balance la plus proche de son casier. Deux kilos de plus. Putain.

À quelques mètres de la sortie, dans une allée qu'il a volontairement choisie pour éviter le monde, il tombe nez à nez avec Saint-Mars, souriant, raquette à la main droite et sa femme – pardon, son épouse – à portée de la gauche. Ils se tiennent par les auriculaires, dans leur tenue immaculée, bleu et blanc, impeccables, minces. Eux n'ont pas pris de poids, au contraire. Il y a des gens qui lévitent au-dessus des sournoiseries de l'existence. Pol, j'adore ta chaîne ! J'a-dore ! Hein, Brune ? Tu vois qui c'est ? Pol Sim ! T'as dû voir passer une de ses vidéos. Ça buzze ! Ça buzze ! Brune ? Paul voit bien qu'elle reconnaît le goujat du court numéro sept, un chauve un peu gros, deux kilos au moins en trop, ridicule, un intrus, un pique-assiette. Il lit sa déréliction sur son visage, sur sa face de grognasse alias Queue-de-cheval. Nous nous sommes rencontrés, n'est-ce pas ? Voix nasillarde, elle s'approche, l'hypocrite, la main tendue, à moins que ce ne soit la joue. Il voudrait la battre, l'assommer pour qu'elle se taise. Elle parle, on dirait un ventriloque, ses lèvres bougent à peine, elle parle du nez, les oreilles de Paul bourdonnent, sa joue tendue. Hugo insiste : ah bon ? Tu m'avais caché ça, *vous* m'aviez caché ça. À ce propos, ce serait sympathique… Elle se tourne vers son mari et se penche, complice, vers son oreille. Dans sa bouche, des crocs parfaitement alignés, une mâchoire de bête. Elle va lui dire, tu sais, c'est ce type atroce, le gras du court numéro sept. Paul ne peut pas assister à ça, ne veut pas entendre, il se fiche de ces gens, il n'a pas besoin d'eux. Sa caméra lui suffit, sa caméra et un bon cadre. Après, les mots viendront tout seuls. Un retour et un aller. Il va jeûner pendant vingt-quatre heures. Expirer et inspirer. Inspirer de manière brève et intense. Ils le regardent, étonnés. Pol ?

Paul a fait mine de décrocher son téléphone et tout en parlant, trop fort, un geste confus vers eux pour s'excuser, il leur tourne le dos et part. Saint-Mars pivote vers sa Brune, gueule carnassière, carnassière et stupéfaite. Eux qui hennissent leur étonnement, comme deux putains de juments de Diomède, et Paul qui franchit la grille du Lagardère, et court dans les rues du seizième arrondissement, d'abord par crainte d'être rattrapé puis par plaisir, le plus vite possible. S'il continue comme ça, avec un peu de chance il aura perdu avant d'arriver chez lui les deux kilos qui lui ferment, pour quelques semaines au moins, le temps qu'il revienne à lui, les portes du Pré-Catelan.

34.

Elle n'y pense pas, elle ne peut pas.

Elle se prépare. Elle n'a pas vu Marco depuis début mai. Des croisières, des hôtels, des rencontres, que sait-elle de ce qui le tient éloigné parfois pendant des mois ? Elle en ignore tout. Elle ne veut rien savoir. Tous le disent infidèle, sur le point de la quitter, ou diluant dans son union avec une vieille un secret lourd et grave. De toute façon intéressé. Depuis que sa vie est devenue normande, casanière, ennuyeuse, ils attendent que Marco la quitte. Ils n'ont rien compris. C'est elle qui s'en ira, le jour où elle ne supportera plus de comparer leurs corps, allongés côte à côte. Bientôt. Pour l'instant, les injections de jeunesse permettent à Isabella de s'oublier.

Elle se maquille en écoutant les babillements de Théo posé dans son hamac. Elle le garde, de façon exceptionnelle, le temps que Monika fasse les courses. Depuis trois jours qu'elle est arrivée chez son fils, Isabella n'a pas entendu le petit pleurer. Sa mère oui, deux fois, enfermée dans la salle de bains. Isabella ne s'étonne pas, ça lui rappelle des souvenirs. Elle a toujours trouvé les débuts avec le nouvel enfant éprouvants et tristes. Comme un deuil.

Isabella a le teint frais. Samuel a fait du bon boulot. Il y a mis du cœur, ça faisait longtemps. C'est même lui qui l'a sollicitée, pour qu'elle vienne tester un nouveau produit. Un activateur de circulation sanguine, par injection. Il y a un petit risque de couperose mais en contrepartie ça donne bonne mine. Une fleur parmi les fleurs. Et pas un chrysanthème : une rose.

Elle n'y pense pas. Elle ne peut pas. Elle s'en occupera tout à l'heure. Elle ne veut pas qu'un mail gâche sa joie de retrouver Marco. Peut-être qu'il voudra venir passer quelques jours au Clos… Elle ne raffole pas de l'appartement de Porte Dorée. Elle n'a plus l'âge de dormir dans un studio. Elle n'a jamais cru à cette histoire de bâtard. Et puis, là, ce Feras qui écrit. Un imposteur. Pourquoi Claude aurait-il menti ?

Isabella jette un coup d'œil dans la glace avant de sortir. Fait un signe à Monika, inutile, car sa belle-fille s'est isolée pour changer Théo. Elle lui a emprunté des chaussures à très hauts talons, ça élance la jambe. Incontournable quand on porte un jean. Dans l'ascenseur, elle remet une couche de rouge à lèvres, Fatale n° 8 de Guerlain. Samuel lui a repulpé les lèvres la semaine précédente. Elle ressemble à Laetitia Casta. Marco va avoir un choc. La dernière fois qu'il l'a vue, elle paraissait fatiguée. Il va la retrouver pimpante, rajeunie. Pas sûr même qu'on voie une différence d'âge entre eux.

Elle déteste quand on le prend pour son fils.

Marco et elle se ressemblent. Clothilde a longtemps persécuté sa mère avec ça : vous êtes cousins, maman, ce n'est pas la différence d'âge qui choque, c'est le fait que vous soyez de la même famille. Les enfants sont terriblement conventionnels.

Isabella veut arriver la première au restaurant. Elle adore l'attendre. Son cœur bondit chaque fois que s'ouvre la porte. À cela elle se sent éprise. Une passion sans exclusivité et sans jalousie. Des amours mûres. Elle peut se passer de lui comme d'une cerise sur un gâteau.

Le bâtard – si bâtard il y a – peut aller au diable. Et la Syrie avec.

Elle commande un verre de sancerre blanc. Elle jeûne, depuis la veille, pour aplatir son ventre. La première ivresse, légère et délicieuse, monte doucement en elle. Elle le finit trop vite. Décide d'attendre Marco pour en commander un deuxième. Ils prendront sûrement une bouteille. Ils sont férus des mêmes cépages. Ils partageront un plateau de fruits de mer. Le meilleur des aphrodisiaques.

Elle cherche le garçon des yeux pour un second verre, finalement. Marco, le Latin, n'a jamais moins de vingt minutes de retard. Elle est une femme indépendante, autonome. De loin, le serveur opine. Isabella sort son miroir de poche. Depuis la dernière intervention, chaque fois qu'elle se découvre dans la glace, Isabella a une agréable surprise. XXL : sa bouche charnue l'enchante. Deux hommes, assis à quelques tables, l'observent. Elle devine leurs yeux qui frisent. Ils la dévisagent sans vergogne. Elle pourrait repartir avec l'un d'eux si Marco la faisait trop languir. Elle leur envoie, de loin, un baiser Nouvelle Vague, digne de Brigitte Bardot. Ils rient franchement, émoustillés comme des adolescents. Isabella lève son verre à leur santé.

Elle ne voit pas arriver son amant qui embrasse sa nuque, sa joue, gourmand. Elle lui plaît, toute nouvelle. Isabella balance sa tête en arrière. Elle se sent ivre. Elle n'aurait pas dû boire ce troisième verre, offert par les deux libidineux qui n'arrêtent pas de la zyeuter. Marco a une faim de loup, elle ne sent plus son appétit. Sa tête tourne.

Tu resplendis, complimente-t-il. Son verre de blanc semble s'être rempli tout seul, par magie. Et vidé instantanément. Il faut qu'elle avale un morceau, n'importe quoi. Si elle mange des huîtres, laiteuses comme elles sont en ce moment elle aura mal au cœur. Rien qu'à ce mot, laiteuses, elle a envie de vomir. Elle hèle le garçon : du pain, s'il vous plaît. Une grosse baguette. Marco se gausse : une baguette entière, carrément ? Isabella s'esclaffe à son tour. Pourquoi tout le monde les mate-t-il ? Elle a une nouvelle blouse. Marco a-t-il remarqué ? Motif Liberty. Une fleur parmi les fleurs. Je nous prends le plateau royal, Isa, avec le homard, ça te tente ? Un gros homard dans ma grosse bouche. Le pain arrive enfin. Le serveur veut faire plaisir à

Isabella. Elle lui fait de la peine, cette vieille poupée chancelante. Il a apporté du pain complet et une demi-baguette.

J'ai un nouveau rouge à lèvres, tu as remarqué ? demande Isabella. Raconte-moi tes croisières. Les histoires drôles. J'ai envie de rigoler… Marco sait la distraire. Tandis qu'il parle, elle peut manger et éponger le sancerre qui lui noie l'estomac. Elle attrape la corbeille à pain, arrache l'entame de la baguette. L'entame, c'est plus nourrissant. C'est vigoureux. Elle a toujours préféré l'entame.

Petite, elle allait chez les scouts. Sa mère lui préparait un sandwich. À l'intérieur, elle mettait une tranche de mortadelle et du comté. Elle appelait ça le franco-italien. Au déjeuner, les enfants se jetaient sur leur casse-croûte. Isabella était gourmande à l'époque, vorace, pleine de vie. Elle déchirait la mie avec ses quenottes d'ogresse insouciante. Aujourd'hui, ses lèvres rembourrées l'empêchent de croquer le morceau de pain comme elle voudrait. Elle doit se contenter de petites miettes qu'elle picore avec ses doigts. Ça ne va pas assez vite. Il faut qu'elle se remplisse, se cale, pour écraser la nausée. Elle enfonce le quignon dans son palais, forçant l'étroit passage entre ses lèvres gonflées. Sa mâchoire se referme sur la tranche volumineuse et salvatrice. Une fois avalée, ça ira mieux. Seulement la mie, tel du plâtre, colmate sa bouche. Isabella peine à mastiquer. Pour ne pas étouffer, elle souffle par le nez comme un buffle. Marco semble ne rien remarquer de son manège d'ivrogne.

Soudain, elle bondit, horrifiée, une main devant son visage. Marco se tait et ainsi en va-t-il du reste des clients. Le silence enveloppe la salle. Les gens flairent l'esclandre, le guettent, s'en nourrissent. Marco se lève à son tour, s'approche de sa fiancée qui secoue la tête. Non, ça ne va pas mais il faut qu'il reste à distance. Il ne doit rien deviner de la tragédie qui se joue entre ses lèvres scellées.

Elle se précipite vers la sortie. Sa chaise tombe. La porte du bistrot claque. Dans la rue elle court, passe devant la vitrine, sans un regard pour Marco. À la station de métro, elle se retourne, vérifie que personne ne la suit et s'enfonce dans les souterrains. Dorénavant, avec ce qui vient de lui arriver, elle fuira la lumière du jour.

Elle ne rentre pas chez Samuel, elle n'y pense pas, elle ne veut pas.

Elle s'enfonce dans la gare Saint-Lazare. Vite, un train pour partir d'ici, pour s'isoler, loin des regards, au Clos. Dans le TER, elle sanglote, poing serré contre le menton, bouche cousue. Personne n'ose la déranger, pas même le contrôleur.

C'est seulement arrivée chez elle qu'elle crache, dans un cri, ses deux belles incisives et sa canine droite prisonnières du quignon de pain et d'un bridge Maryland.

35.

Clothilde se répète les mots, ceux qui assoient sa décision, les imparables, les partagés, sur lesquels tout le monde s'accorde. Les « priorités à respecter », la famille plutôt que « toute la misère du monde » qu'on ne peut accueillir surtout quand chez soi, parmi les siens, il y a « en souffrance » l'être le plus cher, la mère. Comment pourrait-elle porter à bout de bras d'autres – étrangers – et abandonner celle qui lui a donné la vie, la laisser tomber au pire moment, quand elle sombre dans la « dépression sénile », une expression de Paul que Clothilde a d'abord trouvée exagérée, mais c'était avant de voir sa mère le visage entièrement aspiré par sa bouche vide, qui s'affaisse vers l'intérieur, comme si elle voulait s'avaler elle-même. Une vieillarde qui n'ose ni sourire ni parler, et implore.

Clothilde n'ira pas à Lesbos. Elle a prévenu Mathilde, l'association, annulé ses billets, perdu son argent, peu importe. C'est en restant auprès de sa mère qu'elle se trouve du côté du bien. Parce que, là-bas, elle n'aurait jamais été sûre. Quand elle a annoncé son projet à Paul, il lui a envoyé un rapport confidentiel trouvé sur un site Internet à l'accès réservé, sur les stratégies de guerre de l'État islamique : un nombre important de terroristes empruntent les mêmes bateaux que les vrais réfugiés. Ils se fondent dans la masse pour mieux berner les autorités européennes. Des hommes, des femmes et même des enfants. On les appelle « les lionceaux du califat ». Les plus féroces. Destinés à des opérations kamikazes dans les écoles. Souvent, ils transitent par Lesbos.

Elle n'a pas osé en parler à Mathilde mais l'article a semé le doute en elle. Et quelques jours plus tard Feras les a prévenus qu'il quittait la Turquie, direction Izmir, et de là-bas il rejoindrait les côtes grecques. Lesbos, a immédiatement conclu Clothilde. La nuit même, elle a rêvé des Seychelles. Elle se promenait sur la plage, mitoyenne de l'hôtel où elle avait passé sa lune de miel. Antoine et les enfants dormaient encore. Elle avait précédé l'aube pour observer les bébés tortues qui à peine sortis de leur coquille regagnaient la mer. Malheureusement, elle était arrivée trop tard. Ne restaient, sur le sable rougeoyant, que les sillons du premier périple des nouveau-nés. Déçue, la jeune femme s'apprêtait à rentrer à l'hôtel quand elle avait entendu de faibles pleurs, semblables aux miaulements d'un nourrisson. Elle s'était approchée et avait découvert une tortue minuscule, retournée sur sa coquille. Ses pattes s'agitaient en vain et de ses yeux reptiliens s'écoulaient des larmes épaisses et blanchâtres comme du lait caillé. Clothilde s'était accroupie, avait soulevé délicatement l'animal et l'avait reposé sur le ventre. Mais alors qu'elle espérait un signe de gratitude l'animal s'était jeté sur elle, la gueule ouverte, découvrant deux incisives tranchantes qu'il avait plantées dans le doigt de sa bienfaitrice. Clothilde avait alors pensé : c'est Feras. Aussitôt, elle s'est réveillée. Dans l'après-midi, Paul l'a alertée : il avait rejoint Isabella au Clos. Leur mère avait perdu ses dents et la raison avec.

Dès le mois de juillet, Clothilde s'installe au Clos avec ses enfants pour s'occuper de la matriarche. Elle la soigne, consciencieusement, avec discipline et dévouement. Elle l'emmène chez le dentiste qui propose une prothèse en attendant les implants (il la réalisera le plus vite possible pour la soulager), la promène, la nourrit, la couche, la borde, se lève la nuit quand elle crie, la réveille avec un thé au lait, ouvre les rideaux de la chambre, en route mauvaise troupe !, l'habille, la peigne, enduit son visage de crème, la masse, l'installe dans le jardin où elle passe la matinée (les journées sont radieuses). Là, elle joue aux dominos ou aux cartes avec Emma, une véritable mamie gâteau, c'est incroyable. Elle est adorable. Tout simplement un amour. Les deux rient à gorge déployée quand l'une soulève les cartes cachées de la bataille et découvre un joker. L'après-midi, elles ont le droit à un film. Maman veut tout le temps regarder le même dessin animé, *La Belle au bois dormant*, et après, invariablement, elle jardine. Elle adore mettre les mains dans la terre. Elle se recharge. Les saletés qui viennent se ficher sous ses ongles la rassurent. Elle proteste quand sa fille veut lui nettoyer les mains et les pieds. Il faut en passer par des jeux encore : avec Emma, elles ont inventé celui du spa de luxe. Clothilde prétend que c'est pour faire plaisir à la petite qui installe sa grand-mère sur une chaise dans le jardin. Puis Clothilde apporte deux bassines remplies d'eau chaude. Emma est préposée à la manucure, elle à la pédicure. On lui met du vernis. Maman accepte toutes les fantaisies : les ongles bichromes, les mains multicolores, les paillettes argentées et même les tips. Jamais elle n'a été si disponible. Un amour, je vous dis. Clothilde n'en revient pas. Il n'y a plus une once de vacherie chez sa mère. C'est peut-être ça, finalement, qu'on appelle « bien vieillir ». Ses joues se sont creusées, ses nouvelles dents paraissent bien plus grandes que les anciennes. Elle ressemble à un écureuil gris et joyeux. Elle ne s'assombrit que lorsque le téléphone sonne. Elle ne veut parler à personne et surtout pas à Marco. Elle craint qu'il n'entende son dentier. Les sifflantes qui fanfaronnent malgré elle. Les chuintantes qui collent au palais. Elle ne veut plus le voir. Elle ne dormira pas à côté de lui, sa mâchoire artificielle flottant dans un verre en plastique sur la table de chevet.

À la surprise générale, Marco s'accroche. Il téléphone tous les jours. Un matin, il a appelé de la gare d'Yvetot pour qu'on vienne le chercher – il n'a pas le permis. Il voulait faire une surprise à Zaza. Clothilde a prévenu sa mère, elle redoutait le drame. Elle avait raison. Isabella s'est enfermée dans la salle de bains. Elle préférait crever là, la gueule ouverte, que de se présenter devant Marco. S'il entrait au Clos, elle ne le pardonnerait jamais à sa fille. Elle se suiciderait. Clothilde a rejoint son ancien beau-père à la gare et l'a renvoyé chez lui. Elle lui a laissé peu d'espoir pour la suite.

De plus en plus souvent, Clothilde dort avec sa mère. Tout doucement, en lui caressant les cheveux, elle chasse Sofia et les fantômes qui la colonisent. Pas de tortue pour lui manger la main. Elle a eu raison de ne pas partir à Lesbos.

36.

Au vu des nombreuses photos que Clothilde a postées de cette période, Isabella n'a pas passé une journée seule au Clos. Il semble même que sa fille n'en ait pas bougé (à l'exception d'une période qui n'a pas laissé de traces virtuelles, au tout début du mois d'août) jusqu'à septembre. Quant à Paul, il vient du jeudi au dimanche soir, tous les week-ends de juillet. Souvent, il emmène Monika et le petit avec lui en voiture. Théo dort, Monika l'écoute.

Paul a recoupé des informations sur la famille de Yasmine Khoury, dont un aïeul a travaillé dans le secteur des autoroutes au Liban, et des notes de son père (cahier *Moyen-Orient 1978-1982*) où est mentionné à plusieurs reprises un certain K (un collaborateur ? un rival ? ce n'est pas bien clair). En 1980, ce dernier aurait été condamné pour malversation ou prise d'intérêts illicite et la boîte de papa, Simart-Duteil et Fils donc, a remporté sa part du gâteau (l'appel d'offres en question). Est-ce que Yasmine Khoury et Feras Ashour se seraient mis d'accord pour se venger sur la génération suivante ? Nous faire cracher, dans tous les sens du terme. Le jeu en vaut la chandelle : d'après mes calculs, on lui devrait entre guillemets trois millions d'euros. Il a promis combien à Yasmine, d'après toi, pour nous pourrir la vie ? Dix pour cent ? Allez, même cinq. Cent cinquante mille boules, tout de même ! Bien des petites rebeus troqueraient leur nez pour moins que ça.

Le week-end du 14 Juillet, conseil de guerre. La famille est au complet et Samuel dans tous ses états. Il vient de recevoir un avis de contrôle fiscal. Comme par hasard. Tu as des soucis à te faire ? demande Antoine. Absolument pas, a priori. Seulement, explique Paul, il y a toujours un petit truc qui t'a échappé, que tu n'as pas fait dans les clous. Et puis même si c'est propre, ils salissent. Tout le monde le sait. C'est le principe du contrôle fiscal : il ne t'arrive jamais dessus pour rien. Quand c'est carré, c'est carré, rétorque Antoine. Qu'ils viennent, ils peuvent fouiller dans ma comptabilité, tout est nickel. Même : s'ils veulent te chercher des poux, ils se débrouillent pour en trouver. Quitte à les pondre. Pour quoi faire ? Comment ça, pour quoi faire ? s'énerve Paul. Antoine a la naïveté de croire qu'un contrôle fiscal survient sans raison, tombe sur n'importe qui ! Et le fait qu'il y ait en ce moment une connasse qui pourrit la réputation de la clinique d'un côté et, de l'autre, le fils caché de papa – appelons un chat un chat – qui assiège littéralement la famille, les deux qui nous prennent en tenaille, c'est un hasard peut-être ? Antoine soupire : ce n'est pas de bol, mais oui, c'est une coïncidence. Évidemment qu'un contrôle vise n'importe qui, même s'il y a de fortes chances pour que les impôts s'intéressent en priorité à un chef d'entreprise qui gagne bien sa vie, dirige une affaire relativement lucrative, et vient de transférer l'ensemble du capital familial dans un fonds d'investissement louche. Les paradis fiscaux, c'est risqué comme pari aujourd'hui, ça attire les inspecteurs comme la bouse les mouches. Ce n'est pas un fonds d'investissement, c'est un VIPP, corrige Paul. Rien à voir ni dans le montage ni dans le fonctionnement. J'étais contre, je vous ai prévenus que c'était un nid à emmerdes votre truc ! s'agace Antoine. D'ailleurs, Paul, tu ne nous as toujours pas envoyé les documents bancaires que Clothilde t'a demandés. Il se mêle de quoi, l'autre pisse-froid, avec ses insinuations ? Clothilde, tu canalises ton mari, s'il te plaît. Antoine poursuit, sans prêter attention aux fulminations de Paul, dans ce contexte-là, d'opacité, on peut s'attendre à ce que le Trésor public procède à une vérification et espère que ça lui rapporte des pépettes. Des pépettes ? Qui parle comme ça ? Putain, Clothilde, à part ton débile de mari, qui parle comme ça ? Antoine ne relève pas davantage, habitué aux éclats de son beau-frère – un parano, un loser doublé d'un parano. Un type qui ne travaille pas, s'ennuie, divague. Un malheureux parasite. Mais il n'en démord pas (sourcils haussés, mine effarée, encore deux mots) : il ne voit pas en quoi tout ce bazar d'impôts et de nez mal opéré est lié à ce pauvre Syrien, comment ils l'appellent déjà ? Feras Ashour. Et, honnêtement, il s'étonne que Samuel se soit laissé embarquer dans les élucubrations extravagantes de Paul et ses spéculations financières foireuses.

De nez mal opéré ? Samuel secoue la tête. Ses doigts courent sur la table comme les pattes affolées d'une souris. Il peut tout encaisser mais il n'acceptera pas les jugements à l'emporte-pièce, les remarques agressives, insupportables, aveugles, concernant sa pratique chirurgicale. Il n'y a pas de spécialiste actuellement sur toute la place de Paris qui puisse se targuer d'autant de réussites que lui. On parle de lui partout, des États-Unis à la Suède, comme d'un professionnel exceptionnel, tout bonnement le meilleur dans l'Hexagone. Le meilleur, tu m'entends ? Preuve à l'appui, hein, preuve à l'appui ! Et il tend son téléphone, capture d'écran de la page Facebook officielle d'un congrès de chirurgie esthétique où un éminent professeur, le docteur Enqvist, se dit très impressionné par sa rencontre, au cours d'un déjeuner qui réunissait les plus grands, *avec l'éminent Samuel Simart-Duteil* et assure qu'il attend avec impatience la mise sur le marché de son instrument ultrasonique. Que je n'ai pas pu présenter, notez, parce que j'ai la tête farcie de conneries.

Clothilde caresse la main de son frère. Antoine n'a pas voulu dire ça, il n'a pas mesuré l'incidence que ça pouvait avoir sur toi. Ça me ravage. Ça me tue qu'on puisse supposer que je l'ai mal opérée. Samuel brandit son téléphone sous le nez d'Antoine avec des photos de Yasmine, qu'il fait défiler l'une après l'autre. Tu la trouves plus réussie sur celle-ci ou sur celle-là ? Je ne sais pas, répond Antoine, et il hasarde : celle-là. Samuel pleure. Non, celle-ci, après l'opération, c'est beaucoup mieux, le console Clothilde dans un chuchotement.

Putain, grogne Paul, nous sommes une famille, nous sommes là pour nous épauler. Regardez tout ce qui menace autour de nous. Si tu ne comprends pas ça, Antoine, tu dégages. Si t'as pas envie de faire partie de notre cellule, notre cellule familiale, soudée et saine. Exactement, saine. Parce que le monde est malade et que nous développons des anticorps pour lutter. Tu es ivre, Paul, on en reparle demain. Je vais aller me coucher. Mais alors tu retires, Antoine, tu retires. Je retire, Samuel, et je vais me coucher.

Malgré un été 2015 particulièrement chaud, à en croire historique-meteo.net, Antoine ne revient pas au Clos de toute la saison. Et si la température baisse en août, Isabella, que ses enfants emmènent régulièrement à la plage, jure que la Manche n'a jamais été aussi bonne, et que si elle, une Méditerranéenne de racines et de cœur, peut rester dans l'eau vingt minutes sans grelotter, alors, oui, on peut parler de réchauffement climatique, et c'est même une heureuse nouvelle. D'ailleurs, qui l'aurait cru il y a encore un mois, elle se sent extra bien, toute neuve. Sur les galets de la plage des Petites Dalles, elle oublie les tracas de l'année.

Elle a quinze ans sous l'objectif de sa fille qui lui apprend que, passé un certain âge, il faut poser allongée. Elle ne pense plus à Marco, à ses dents, à sa sœur, à son passé qui s'effondre sans qu'elle n'y puisse rien. Elle bronze. Elle savoure le soleil, sourde aux recommandations de ceux qui veulent l'enduire de crème protectrice. À quoi bon ?

Un samedi, Clothilde croise Mathilde, tout juste rentrée de Lesbos. Elles n'évoquent rien de son engagement ni de sa désertion. À vrai dire, Mathilde ne semble plus s'en souvenir, remplie d'autres vies, de celles qui valent la peine qu'on s'y intéresse. Depuis l'île, elle a suivi un groupe de migrants, de camp en camp, sur la route des Balkans. Macédoine, Kosovo, Serbie, Hongrie, Croatie, Slovénie, Italie et France. Elle voulait voir de près les grimaces de l'accueil européen. Elle n'a pas été déçue. Elle a récolté des dizaines de témoignages. Clothilde lui propose de venir dîner. Elle accepte, mais pour plus tard. Elle boucle son reportage. Le photographe irakien qui l'a accompagnée sur la route l'a rejointe en Normandie. Il est tombé amoureux de la région. Il ne tient pas en place, ne pense qu'à crapahuter : il faudrait qu'elle le cloue au bureau pour qu'ils avancent dans le montage. En même temps, pas étonnant qu'il ait besoin de répit après tout ce qu'il a vécu. C'est un réfugié. Elle marque un temps, un drôle de sourire sur ses lèvres. Est-ce qu'elle me teste ? se demande Clothilde. Est-ce qu'elle sait pour Feras ? Tout à l'heure, nous allons chercher son cousin et sa femme à la gare, qui attendent d'être logés à Paris.

Ils viennent passer quelques jours avec nous. Je ne vais pas tous les imposer chez vous, si ? Ça fera beaucoup, non ? Clothilde s'excuse, gênée, Maman est en petite forme.

Dans la Bergerie achevée, mezzanine comprise, Isabella est assise par terre, en tailleur, sur la bâche en plastique qui recouvre le parquet fraîchement collé. Ce sera confortable, là-haut ? Un perchoir à oiseaux ! J'aurais peur de tomber. Paul observe sa bouche, sa bouche étrangère aujourd'hui mais depuis toujours à la dérobade. Elle ne l'a pas beaucoup embrassé, Isabella. Avec sa sœur (toute petite Clothilde de cinq ans à peine), Paul tenait les comptes de la tendresse maternelle dans un carnet secret, qu'ils avaient le projet de dévoiler au grand jour quand ils seraient grands, adultes, quand ils seraient partis de la maison, pour prouver aux autres (quels autres ?) que leur mère ne les avait pas aimés. Isabella est épatée par les travaux. Elle insiste : é-pa-tée. À vrai dire, elle n'y croyait pas. Elle pensait qu'il abandonnerait en cours. Comme parfois. Elle le taquine mais c'est avec beaucoup d'affection : toi, le premier parti, le premier revenu. Tant qu'il le peut, Paul parle chaux sur les murs, finitions, interrupteurs, rideaux. Il tourne autour du pot, avant le coup dur, la mauvaise nouvelle qu'il annonce finalement : le dentiste a laissé un message, il ne peut pas poser d'implants, la mâchoire de la mère est trop fragile. Kaput. Ça se déchausserait immédiatement, en causant de méchants dégâts. À côté, la première chute, c'est de la gnognotte. Cette fois, en cas de pépin, la moitié du visage va se décrocher.

Il faut aider maman à passer le cap. Samuel lui prescrit des amphétamines et ajoute du Rohypnol au Lexomil qu'elle prend déjà. Nuits calmes. Journées joyeuses. Tout un programme.

37.

Mi-août, sur sa chaîne Yasmine interviewe deux femmes que Samuel reconnaît comme d'anciennes patientes. Elles témoignent de leur expérience, photos à l'appui. Elles ont été opérées par le docteur Simart-Duteil, elles en gardent un très mauvais souvenir. Il n'était pas à l'écoute. Obstiné. Il a refusé de corriger ses erreurs. Résultat, elles ont dû faire intervenir un autre médecin, à leurs frais. Elles montrent des photos après la première opération. Visage boursouflé, cernes mauves, nez qu'on devine encore endolori. Puis, quelques mois plus tard, deux photos de profil sur lesquelles on ne les reconnaît pas. Des folles, se lamente Samuel en montrant la vidéo à son frère. Il a entièrement redessiné leurs visages. Rien n'allait. Il a fallu raboter, combler, lisser, râper, tirer, tailler, réajuster, recommencer, remodeler leurs traits ingrats. À l'époque, elles le portaient aux nues. Et aujourd'hui, elles le piétinent.

On le harcèle. Au milieu de la nuit, le portable sonne. Quand il décroche il entend des respirations et des rires. Puis plus rien. Des Érinyes, décrète Paul. Yasmine ? Ses complices ? La dernière fois c'était un souffle laissé sur son répondeur. Un raclement de gorge – celui d'un homme. Numéro inconnu. Paul pense qu'il faut laisser pisser le temps des vacances, faire le mort, puis si ça ne s'est pas tassé à la rentrée, on avise, on agit. En fonction de la situation, on contre-attaque ou bien. Ou bien quoi ? Le conseiller fiscal de Samuel a relevé beaucoup d'erreurs de comptabilité. Il y a un risque certain de redressement fiscal. La clinique ne le supportera pas. Samuel non plus.

Il doit reprendre le 21 août mais annule tous ses engagements. Pour une fois il prendra trois semaines de congés. C'est le premier été de Théodore, Monika et lui ont besoin de se retrouver, comme couple avant tout, mais aussi comme nouvelle famille, car ils sont une nouvelle famille, non ? Il faut s'éloigner de Paris, du travail, de l'agitation des mois précédents. Nathalie se débrouillera avec les patients. Ça ne posera pas problème à part peut-être pour quatre rhinoplasties. Et encore, ce ne sont pas des interventions complexes. Nathalie aiguillera les patients pressés vers François Rilcy, qui est bourré de talent. Pour les autres, il n'y a rien d'urgent, rien qui ne puisse attendre. Et Samuel a une excuse en or : il est au chevet de sa mère.

Un soir, après dîner, alors qu'elle était montée se coucher – journées joyeuses, nuits calmes –, Isabella surgit dans le salon où ses enfants boivent une tisane. La bouche vide et le peignoir ouvert sur son corps nu, elle exige que Samuel s'occupe de ses seins. Monika sursaute. Elle somnolait, le petit dans les bras. Isabella prend place à côté de sa bru, cale ses pieds dans son dos, familière, une intimité de bordel, à laquelle nul ne sait répondre. Samuel feint de ne pas comprendre, au risque qu'elle répète. Ce qu'elle fait : je veux que tu t'occupes de mes seins. Clothilde se tourne vers Drisana et Solal. Ils gloussent. Emmenez Emma se laver les dents. Emma ne veut pas, elle reste avec Mamisa. Mais déjà Monika, qui s'est levée d'un bond, la saisit par la main. Tu vas avec ton frère et ta sœur. Elle rugit. Emma a peur. Habituellement Monika ne lui parle pas. Elle n'aime pas les enfants des autres. Chacun les siens, et le troupeau sera bien gardé. Tu peux nous laisser aussi ? lui demande Paul, revenu du jardin, un mégot entre ses deux doigts.

Ils sont tous les quatre à présent, les enfants et la mère. Un rayon de soleil perce à travers les vitres de la véranda. Isabella, le dos allongé sur un coussin comme une odalisque décrépite, offre sa poitrine à ses enfants ingrats, qui la refusent. Paul voudrait rire. Que le tableau se révèle pour ce qu'il est : une scène de comédie macabre qui ne les concerne pas. Isabella n'est plus qu'une vieille sirène rejetée par les flots au milieu d'une plage de touristes.

Clothilde risque un pied au-dessus de l'abîme : tu veux que je t'accompagne te coucher, maman ? On choisira une jolie chemise de nuit, la violette, que tu aimes tant.

Qu'il s'occupe de mes seins, répète la mère. Paul doit intervenir. L'autorité, dorénavant il n'y a plus que ça : remonte dans ta chambre, maman. C'est à l'aîné de jouer le rôle du père. Pas au cadet, à l'aîné. Isabella presse sa poitrine entre ses paumes agitées. Ses mamelles l'une contre l'autre, elle implore qu'on mette fin à son supplice. Ils tombent. Mes seins tombent. Et comment je vais faire pour allaiter ? Il n'y a pas de lait dans des seins qui tombent. Clothilde pousse un grognement. Je ne peux pas. Nous sommes une famille normale. Paul bondit, déterminé. Les mâchoires serrées, il se penche vers sa mère. C'est à lui maintenant. Contrairement à Samuel, il n'a rien à craindre des égarements de Jocaste. Alors, malgré les cris et les insultes, il ceinture sa mère et la soulève. Il est l'homme de la situation. Il l'emmène, nourrisson emmailloté et nerveux, jusqu'à son lit où enfin elle s'abandonne, relâche son corps tendu. Papa ? C'est Paul, maman. Tout va bien. Elle est belle encore, si belle malgré la folie et la mâchoire déserte. Sa tignasse répandue sur l'oreiller en une auréole brune et épaisse paraît celle d'une jeune femme. Le fils enfonce ses doigts dans la chevelure maternelle jusqu'à son crâne qu'il masse d'un geste doux et ferme.

Tu peux t'allonger avec moi ? Elle susurre sa requête avant d'avaler un comprimé de Lexomil que lui tend Paul avec un verre d'eau. Elle l'invite en soulevant sa couette. Le temps que tu t'endormes, d'accord. Blottis-toi, là, comme avant, elle propose au fils qui n'avait pas le droit, jamais, de rejoindre ses parents dans le lit où le puîné prenait toute la place. Le temps que je sombre, voilà. Et elle ouvre ses bras de femme dégradée où le fils se cale.

38.

Samuel ne compte plus le nombre de fois où Monika lui sert la même histoire. Les mots reviennent, l'ordre varie, la panique s'accroît. C'est la guerre, le Thalys numéro 9364, celui que tu voulais prendre, de 15 h 17, ils auraient très bien pu être dans le train, Samuel voulait aller à Amsterdam, et revenir le 21, n'est-ce pas ? Passer trois jours en amoureux. Il a insisté, il y avait un colloque, qui lui prendrait une demi-journée, ce serait l'occasion de visiter la ville ensemble, il avait même trouvé un hôtel, sur les quais. Il voulait laisser Théodore à Clothilde, mais heureusement elle a refusé, elle avait peur de prendre le train, comme une prémonition. Ils auraient voyagé en première classe, celle où a surgi Ayoub el-Khazzani, kalachnikov au poing. Il s'est moqué d'elle, à présent reconnais que j'ai raison, s'il te plaît, admets-le. Il admet mais il n'avait pas encore pris les billets, peut-être qu'il n'en restait plus pour cet horaire et, chérie, personne n'est mort, je te rappelle, chérie, le drame a été évité. Justement, renchérit la chérie, peut-être que si nous avions acheté nos places, peut-être que ceux qui ont sauvé tout le monde, les soldats américains, peut-être qu'ils n'auraient pas pu monter dans le train, ou qu'ils seraient allés dans un autre wagon et alors personne n'aurait arrêté l'Arabe, personne n'aurait osé. Tu te serais sacrifié, toi, Samuel ? Et sur ses lèvres se dessine alors la confirmation de ce qu'elle savait déjà : Samuel a tout d'un lâche. Elle ne peut pas compter sur lui pour la protéger, il n'est pas ce genre d'homme-là. Alors que ton frère ne sous-estime pas la menace, passée et à venir. Il agit.

Monika ne se sent pas Charlie du tout, elle ne comprend pas ces types, les dessinateurs, des gars grossiers, franchouillards comme on dit : est-ce qu'on a besoin de dessiner le cul de Mahomet après tout ? Non. Ni de lui, ni d'un autre saint. Pas de cul du tout. Alors que des gens qui prennent le train, de simples voyageurs, ils ne l'ont pas cherché. Aujourd'hui, elle est Thalys. Survivante. Elle a été élevée à Sopot, une petite ville tranquille, Paris ne la fascine plus, la capitale l'oppresse. Paul pense qu'un jour il y aura une opération de grande envergure, un nouveau 11 Septembre, en pire peut-être. Une bombe sale, nucléaire. Des armes chimiques. Il ne faut pas se voiler la face, sans mauvais jeu de mots. Nous sommes en danger. Monika ne veut pas rentrer à Paris. La campagne réussit à Théodore. Aucune nécessité qu'il aille à la crèche. Elle n'est pas prête à reprendre le travail, à exposer son corps. Elle veut rester au Clos, au moins deux semaines de plus.

Samuel fera des allers-retours pour les opérations importantes. En son absence, Paul a proposé de veiller sur les femmes et le petit. D'ailleurs, il a du nouveau sur Feras, par une source bien informée. Une pointure de la presse, Saint-Mars, si vous voulez tout savoir. Hugo de Saint-Mars. C'est pas n'importe qui. On était en lien au sujet de Pol'pot et puis, de fil en aiguille, je lui ai glissé quelques mots sur Feras. Il a pris l'affaire très au sérieux. Nous ne sommes pas les seuls dans notre situation, figurez-vous. Se déroule actuellement une opération de déstabilisation à l'échelle de la société. Que les médias officiels ont reçu pour consigne de cacher aux citoyens lambda. Nous sommes muselés, il m'a dit. C'est aux gens comme vous, en marge du système, de prendre la relève et d'empêcher cette attaque sur le long terme, perverse, plus subtile qu'une fusillade, qui vise la famille. Le modèle occidental de la famille.

Ils sont malins, ils s'en prennent au socle, au giron traditionnel, bourgeois, ils pulvérisent la société de l'intérieur. Et c'est coup double, parce que évidemment il y a un enjeu financier : mettre la main sur l'argent des particuliers à travers des types comme Feras, qui réclament ce que, soi-disant, on leur doit.

C'est le gros bordel, Samuel.

Il y a toute une part de la situation qui leur échappe. Le clan AK (pour Ashour/Khoury) ne se résume pas à deux personnes, ils sont bien plus nombreux. Ils sont comme les bons joueurs d'échecs, ils attaquent sur plusieurs fronts en même temps. Ils repèrent les failles et s'y engouffrent. D'abord Feras, le fils caché de papa. Et maintenant toi, Samuel. Ils ciblent les maillons faibles ou les traîtres. Toujours. Le Thalys, nous sommes dedans. Et un ton plus bas : il faut que tu me dises la vérité : as-tu révélé des choses sur la famille à Yasmine ? As-tu été plus proche d'elle que tu ne le dis ?

Samuel nie. Rien, il ne s'est rien passé de mal. Il a été troublé, c'est tout. Une agitation intérieure. Pas plus. Pas de débordements. Il faut que tu me croies. Bien sûr, nous sommes une famille, acquiesce Paul qui ne comprend pas pourquoi soudain Samuel pleure, des hoquets, des pardons qu'il sanglote. Tu jures que tu me lâcheras pas, Paul… Même s'il ne mérite pas son amour, parce qu'il l'a trahi. Je t'ai trahi. L'appel d'offres pour papa, c'était bidon. Truqué. J'avais été choisi d'avance.

39.

Le jour de Judas est tombé un dimanche.

Comme toutes les semaines depuis que son père a annoncé qu'il a un cancer de l'œil, Samuel s'apprête à emmener Hortense et Aurélien, deux ans à l'époque, déjeuner chez ses parents. Isabella prépare alternativement un gigot de sept heures, amélioré de tomates confites, sa touche italienne, un osso buco ou un bar en croûte de sel. Ils couchent Aurélien pour la sieste et ils passent à table. Parfois, Isabella invite Fanny (la pauvre, ce n'est pas facile les dimanches pour les célibataires). Depuis que Paul est réapparu, il vient aussi, de temps en temps. Hortense l'adore. Avec lui, on ne s'ennuie pas. Il y a une nervosité latente, une inquiétude. La peur de l'explosion. Mais au moins c'est vivant. Il est drôle ton frère quand même, il fait son show. Même ton père se déride parfois. Samuel, lui, reste de marbre. Paul ne l'amuse plus. Il lui en veut d'être parti, de l'avoir abandonné, d'avoir retrouvé Clothilde d'abord, avant lui ; de ne lui avoir rien expliqué, jamais. A-t-il voulu ce dimanche 12 septembre 1999 rendre à Paul la monnaie de sa pièce ? Peut-être.

Ils se préparaient à sortir quand Claude avait appelé Samuel : dépose Hortense et le petit à la maison, nous déjeunerons tous les deux au restaurant, j'ai à te parler. À l'époque, leur père portait une perruque (lui qui n'hésitait pas à enlever son œil de verre devant des tiers pour montrer l'abîme en lui ne supportait pas son crâne pelé par la chimiothérapie). Une fois leur plat commandé (un steak tartare) Claude en était venu au fait. Entre hommes éclairés, on ne se voilait pas la face alors il serait brutal : il ne croyait pas en sa guérison. Cette saloperie pouvait aller très vite : de l'œil au foie, du foie aux os, des os au cimetière. D'un geste, il avait désamorcé tout élan de protestation filiale : ce n'est pas digne d'un médecin, ou d'un futur médecin, de se bercer d'illusions. Quand bien même il lui resterait quelques années, sa vie serait désormais suspendue aux traitements, aux contrôles médicaux, à tout un ensemble de protocoles qui vous réduit, vous écrase, vous empêche de fonctionner normalement. Il avait beaucoup réfléchi au devenir de Simart-Duteil et Fils. Aucun de ses enfants, jamais, ne s'était intéressé aux autoroutes. Il en prenait acte et il ne pouvait que se féliciter des choix de Samuel : médecin, c'était une carrière formidable. Toujours est-il qu'il avait décidé de vendre sa société en plein essor. Si je ne peux plus travailler et qu'elle croupit pendant des mois, elle ne vaudra plus rien. Il avait reçu quelques belles propositions. Pour ne rien cacher à Samuel, il venait d'entrer en négociation avec un acheteur potentiel très sérieux. Il espérait obtenir une somme importante.

Seulement, l'argent liquide, libre, coule entre les doigts. Il ne voulait pas mourir et que les siens dilapident une fortune amassée pendant quarante ans, tu connais Paul : les paillettes et tout le tralala. La chance que lui offrait sa maladie, c'était de lui permettre d'orchestrer la transformation de son capital. Je compte sur toi. L'enthousiasme avec lequel Samuel avait vanté le business florissant de la chirurgie esthétique aux États-Unis avait beaucoup impressionné l'homme d'affaires. Tu as affirmé qu'en France on ne savait pas faire, qu'on en était aux balbutiements, qu'il y avait à imaginer tout un monde. Que la chirurgie esthétique était le lieu de rencontre idéal du commerce et de la médecine. Tes mots ont fait leur bonhomme de chemin, a poursuivi Claude. Fonce ! Vois grand. Crée une clinique, à l'américaine. Avec l'argent de la vente de Simart-Duteil et Fils.

Claude avait pensé à tout. Clothilde n'aurait rien à y redire, elle vivait loin, et avec un mari bonne pâte. Aucun problème de ce côté-là. Maman est sur la même longueur d'onde que moi. Le seul qui pouvait emmerder le monde, c'était Paul, par orgueil, envie, jalousie. Alors le père de famille avait imaginé, avec une certaine jubilation, toute une mise en scène. Une fois la cession de Simart-Duteil et Fils signée, il convoquerait ses deux garçons dans le bureau de la société. Il leur révélerait la transaction et son montant exact et leur soumettrait ensuite une sorte d'appel d'offres. Évidemment, Samuel devrait jouer le jeu et faire semblant de tout découvrir en même temps que son aîné. Ils auraient un mois pour remettre un dossier complet avec leur projet pour la gestion de la fortune familiale. Claude étudierait avec un bureau d'avocats les deux propositions et choisirait, en chef d'entreprise et non pas en père, le plus convaincant des deux.

Alea jacta est.

La suite s'était déroulée comme prévu. Les trois hommes s'étaient retrouvés un mois plus tard. Paul s'était enflammé. C'était incroyable, une telle manne à un moment aussi opportun. Un hasard incroyable de calendrier, se réjouissait-il, oubliant, dans son exaltation, que la famille ne devait cette aubaine qu'au cancer du père. Quelques jours auparavant, figurez-vous, au cours d'une soirée, il avait rencontré des mecs hallucinants, des vraies tronches, genre sérieux, ingénieurs, avec un petit truc en plus, la fantaisie qui distingue le génie du tâcheron, tu vois ce que je veux dire, papa. Ils avaient créé des boîtes Internet, des start-up. Et ils levaient des fonds de malade. Des millions. Vous n'imaginez pas le pognon monstre que des gars sérieux comme Bernard Arnault, Dassault et plein d'autres déversent dans le secteur ! L'avenir se dessinait là, dans le virtuel. Encore quelques années et on vivra sur Internet ! Il allait creuser le sujet évidemment, se renseigner sur les poulains du marché, s'assurer de la solidité des projets – il avait déjà des pistes dont une boîte en particulier qui s'appelle Kelkoo. Il connaissait papa et son goût pour la technologie, le progrès. Il était convaincu que l'aventure pouvait l'exciter. Tu me prépareras un dossier là-dessus en m'expliquant le modèle économique, avait sobrement répondu Claude. Toutes ces start-up, comme tu dis, qui lèvent des millions et ne rapportent rien, qui ne produisent rien, c'est effrayant. Mais il ne voulait pas mourir sot, alors il lirait avec attention l'argumentaire de Paul. Pour l'instant, l'engouement pour l'Internet lui échappait complètement. Il ne demandait qu'à être convaincu. Il y a tellement de bonnes idées, le temps fait le tri.

Quand Paul avait-il remis sa proposition à leur père ? Samuel l'ignorait. Toujours est-il que, début novembre, Claude avait de nouveau convoqué ses fils. Il avait beaucoup réfléchi, chacune des offres avait confirmé les qualités de ses enfants. D'un côté : le professionnalisme, la prudence et une vision déjà bien claire de l'avenir. De l'autre : l'audace, la curiosité, le rêve. Il n'avait pas eu de mal à choisir : il devait à ses descendants d'opter pour la solution la plus pérenne, la plus sûre, et aussi la plus noble. J'ai tranché en bon père de famille. Une clinique bien réelle plutôt qu'un supermarché virtuel. Arrête-moi, Paul, si je me trompe, mais c'est ça dans le fond, ton Web, un centre commercial sans murs, sans frontières, dans l'espace ? Pourquoi pas, d'ailleurs ? Mais au moment où la vie t'échappe, tu as besoin de laisser des choses solides, palpables, derrière toi.

Ce sera la Clinique Claude Simart-Duteil. Pas un je-ne-sais-quoi au nom crétin. Kelkoo. Quel con.

40.

Les médecins sont formels, les recommandations des ministères de la Santé et de l'Éducation aussi, il ne faut pas regarder d'écran pendant les deux heures qui précèdent le coucher, pour éviter les insomnies. Elle imagine l'invasion de son repos par des images parasites, des ondes perturbatrices et néfastes comme les molécules dans les shampooings qui rendent les hommes stériles, et les femmes aussi, et rien que d'y penser ça l'agite autant que si elle avait allumé son iPhone. Mais l'appareil est éteint, comme tous les autres portables de la maison. Tous les soirs, à dix-neuf heures trente, la famille équipée (c'est-à-dire tous sauf Emma) dépose son mobile dans une boîte à chaussures que Clothilde a peinte en noir, et décorée d'une croix grise pour la touche caustique. Ensuite Clothilde cache le « cercueil » parmi les piles de pantalons de son placard, à quelques mètres de son lit, histoire que Drisana ne vienne pas chercher le sien dans la nuit. Au début, elle laissait le tout dans la cuisine, libre à chacun de récupérer son téléphone au petit matin. Deux nuits de suite elle avait surpris sa fille aînée et Solal la main dans le sac. C'en est fini de la confiance.

La veille, Clothilde a publié un post sur Facebook par lequel elle a annoncé son suicide numérique. *Adieu les réseaux sociaux. Je serai joignable sur mon téléphone, de préférence fixe. Ha ha ha !* Malgré ce jeûne virtuel, Clothilde continue de se réveiller plusieurs fois par nuit, comme si, à distance, elle voulait tenir compagnie à sa mère qui ne dort plus.

Elle devrait être hospitalisée et c'est tout. Pour son bien. Pour le vôtre. Antoine soupire. Depuis que Clothilde a eu le malheur de raconter que sa mère était descendue dans le salon à moitié nue, il n'en démord pas : Isabella mérite une véritable prise en charge, médicale, dans un environnement spécialisé. La famille n'est pas apte. Samuel n'y connaît rien en psychotropes. Et Paul non plus. Quinze ans de défonce ne sont pas l'équivalent d'un doctorat en médecine. Et Monika, elle ne va pas rester éternellement au Cottage pour s'occuper de sa belle-mère, si ? C'est du délire. Non, franchement, Clo, je te le dis, c'est du grand n'importe quoi. Vous avez vrillé.

On ne va pas mettre maman chez les fous quand même ? proteste Clothilde. Elle est mieux à la maison. Parmi les siens. Et je ne partirai pas, dans ces conditions, à Singapour. Pas cette année, pas plus en janvier qu'en septembre.

Drisana va passer en seconde. Deux changements d'établissement dans une même année, c'est trop. Elle ne veut pas, elle me l'a dit, hors de question. Et Solal non plus. Ils resteront en France. Antoine blêmit. Il ne peut pas refuser cette opportunité. Mets-toi à ma place, ma chérie. Une proposition pareille ne se décline pas. Un non ruinerait sa carrière. Il ne va quand même pas y aller tout seul, si ?

Quand Clothilde revient des toilettes à trois heures du matin (Antoine ronfle comme un bienheureux), elle jette un regard plein d'envie au placard qui renferme les téléphones. Dehors, il pleuviote, elle pensait qu'il allait faire grand beau, elle a préparé une robe pour Emma. Il faut qu'elle vérifie la météo et change son fusil d'épaule au besoin. Trois minutes d'écran, ça ne mange pas de pain ; ça ne vous dévore pas le cerveau. Et puis, foutu pour foutu, elle ne trouve pas le sommeil, autant que son insomnie serve à quelque chose. Dix degrés le matin, dix-neuf max dans l'après-midi, averses éparses. Les prévisions de l'iPhone ne sont pas fiables. Clothilde double-checke sur le site de Paris Météo. Douze et vingt et un, pareil au niveau de l'hydrométrie. Mais vingt et un, ça change. On peut envisager la robe, avec des socquettes, les derbies croquinettes, et un ravissant imperméable moutarde. Trois nouveaux mails dont, elle n'aurait pas dû allumer son téléphone, un de Feras, le deuxième cette semaine. Clothilde s'agite. Elle n'a pas répondu au premier, conformément aux recommandations de son frère, mais elle n'a pas la conscience tranquille. Feras est arrivé en Allemagne, à Cologne. Il ne demande pas grand-chose. Pour le moment, dixit Paul. Attends qu'il réclame des tests ADN. Se focaliser sur l'imperméable moutarde, si joli joli. Il s'accroche. Il espère. Il a tout à gagner dans cette affaire, Clothilde, tout à gagner : des papiers, du fric, notre nom. Notre place. Clothilde lira son mail demain. Elle ne veut pas avoir des pensées sombres, inacceptables, mauvaises, qui l'empêcheront de dormir. Elle veut être bonne. Demain, elle s'occupera de Feras. Ne plus penser à autre chose qu'à l'imperméable, aux derbies et à la robe Liberty. Clothilde relègue son téléphone dans le carton et s'allonge à côté d'Antoine, qui a retrouvé une respiration normale. L'imperméable Liberty, les derbies et Cologne. Comme l'eau. Clothilde aimerait se baigner dans la mer, insouciante, dans une Méditerranée sans cadavres, en derbies et pantalon à carreaux.

Isabella nage à côté d'elle, tout sourire, ses dents alignées et brillantes comme dans une publicité pour dentifrice, le visage plein. Elles ont le même âge mais aucune des deux ne semble considérer que c'est étrange pour une mère et sa fille d'être nées en même temps. Elles ne se parlent pas mais chacun de leurs gestes est un message de l'une à l'autre. Elles communiquent comme les dauphins. Elles esquissent sous l'eau des ronds d'air qu'elles sont les seules à comprendre. Au loin passe un bateau. Ça leur est égal. Elles n'ont besoin de personne.

Le lendemain, quand Clothilde ouvre les yeux, Emma est blottie contre elle. Il est huit heures. Antoine s'est occupé des enfants, il s'apprête à emmener la benjamine à la maternelle. Clothilde dormait d'un sommeil si profond qu'il n'a pas voulu la réveiller. C'est si rare. Il l'embrasse sur le front. Elle oublie parfois combien il sait se montrer adorable. Sans lui, elle ne pourrait pas, si ?

Mais t'es complètement conne ou quoi, Clo ? Tu sais les risques que tu nous fais prendre en répondant à Feras ? Paul hurle. Sa voix grésille, avant d'être avalée par le réseau. Ça coupe. Il capte mal mais suffisamment pour envoyer un texto par lequel il prévient qu'il l'appellera du café dans un quart d'heure, il faut qu'ils se parlent !!! Suit un second message, plus long : ça le rend fou. Il ne comprend pas. Il lui avait pourtant bien dit de se méfier. Ses actes ont des conséquences pour toute la famille. Feras est aux portes de chez eux. Aux portes. Soit elle est naïve, soit elle est perverse. Est-ce qu'elle se fait tellement chier dans la vie qu'elle a besoin de la pimenter avec ce bâtard ? Est-ce qu'elle est consciente qu'il va les détruire ? Clothilde tremble, Gmail, cinq nouveaux, dont deux de Feras, le dernier à sept heures quinze. *Chère Clothilde, merci. Tu me fais chaud au cœur. J'espère arriver le plus vite. Ton frère, Feras.* CC : *Paul et Samuel.* Un vacillement intérieur, l'esprit de Clothilde chavire. Il y a un trou dans sa mémoire. Ou une bosse. Quelque chose qui l'empêche d'y voir clair. Elle lui aurait répondu. Cherche dans sa boîte d'envois : rien. Dans les brouillons, une esquisse. Elle s'en souvient, la veille, elle a entamé une réponse, tapé les mots justes. Elle a écrit *L'humanité, c'est une chaîne, où, tous frères et sœurs, nous nous tenons la main*. Elle s'est relue, heureusement. Elle a trouvé ça nul, confus, enfantin. Elle a décidé d'attendre le lendemain. Elle a sauvegardé le message dans ses brouillons. Sûr de sûr qu'elle ne l'a pas envoyé. Il faut qu'il soit parti tout seul. C'est la seule explication. Une erreur de manipulation. Ou alors (possible) son ordinateur est infesté par un virus. On l'espionne. Paul en parlait la dernière fois. Feras sera allé pêcher son mail parmi les brouillons. Peut-être qu'il a accès à tous les fichiers. On ne sait pas. On ne sait rien. On laisse des traces partout, des traînées de soi que d'autres peuvent voir. Des millions d'yeux sous l'écran, qui t'observent. Voraces et insatiables.

Le monstre vibre dans sa main. Clothilde frémit, soupire et décroche.

41.

Le Départ.

Paul a choisi ce café ouvert vingt-quatre heures sur vingt-quatre à Saint-Michel où se sont achevées nombre de ses nuits de jeunesse esseulées à enchaîner, après une passe ou deux, café terreux et verres de brouilly. Ils s'y retrouvent régulièrement entre frères et sœur à partir de la rentrée jusqu'à ce que chacun ait quitté la capitale. Des conciliabules souvent dès potron-minet, mais il n'y a pas de règle. Parfois ils débarquent à deux ou trois heures du matin. Quand ils se retrouvent, c'est toujours le même rituel : Paul confisque les portables et les glisse dans un sachet de chips qu'il referme d'un élastique de cuisine. Tout ça sous la table.

Le paquet de chips, c'est un des trucs qui marchent, pour brouiller les ondes, il explique, pédagogue. Parce que, avec le téléphone allumé, vous êtes sous surveillance H24. Et on peut contrôler votre appareil de l'extérieur. Entre parenthèses, c'est pour ça qu'il n'y a pas le WiFi dans les avions. La preuve : ce qui est arrivé à Clothilde l'autre nuit. Si elle nous dit la vérité – et c'est plutôt elle qu'on a envie de croire, non ? elle, plutôt qu'un étranger, un type dont on ne connaît rien, à part quelques mails, des photos. Or si Clothilde n'a pas répondu à Feras, la conclusion s'impose : il a hacké son portable. Paul marque un temps, évalue les réactions, le soulagement de l'une, l'attente de l'autre. Il se demande jusqu'où il peut aller, ce que les siens sont capables d'entendre à ce stade.

Vous avez consulté vos mails aujourd'hui ? Samuel et Clothilde secouent la tête. Depuis l'accident de Cologne, deux jours auparavant, ce fameux courriel auquel Clothilde aurait ou n'aurait pas répondu, Paul leur a demandé de ne plus ouvrir leur messagerie, par crainte des logiciels pirates.

Vous avez bien fait. Feras a écrit ce matin. Il arrive à Paris, ce n'est plus qu'une question de jours, ou d'heures. Il a changé de ton. Il est devenu procédurier. Il n'y a plus de famille qui tienne. Il vouvoie. Il parle de ses droits. Dans un français parfait : il est épaulé par un conseil juridique, pas de doute là-dessus. Il est passé à la vitesse supérieure. Il faut désormais sécuriser les fonds de la clinique. Maman et Clothilde sont d'accord pour finir de tout loger dans le VIPP, Samuel. Après nous serons tranquilles.

Paul a avancé dans ses recherches et rencontré, virtuellement ça va de soi, sur des sites cryptés, grâce à une connaissance commune, Saint-Mars, je vous en ai parlé, le Vraitristan, appelons-le comme ça, il a d'autres pseudos, que je préfère garder pour moi. Il travaille dans un cabinet ministériel. Autant dire qu'il est plutôt à la page sur ce qui se passe. Il s'intéresse à la Syrie parce que sa femme est née à Damas (soit dit en passant, ses parents vivent toujours là-bas, et plutôt correctement, comme quoi… la situation n'est pas aussi catastrophique que le disent les organes de presse occidentaux). Bref, au Vraitristan, il est arrivé une aventure assez similaire à la nôtre. Tout a commencé quand son épouse, Aïcha, a reçu un message sur Facebook d'une certaine Elissa qui, je vous le donne en mille, prétendait être sa demi-sœur, soit la fille de son père porté disparu depuis plus de vingt ans. L'Elissa en question se trouvait, évidemment, dans une situation affreuse, un épouvantable camp de migrants en Turquie, des conditions innommables et tout le tintouin de la misère. Entre parenthèses : je ne nie pas que les réfugiés endurent des tragédies, mais quand tout le monde répète les mêmes choses, avec les mêmes mots, la même rhétorique, j'ai un signal d'alerte-vigilance qui se met en route. Bip bip bip. La femme du Vraitristan, le cœur sur la main (j'ai envie de dire : comme nous tous), conseillée par une de ses cousines, une bobo qui couche avec tous les Noirs qu'elle croise et que le Vraitristan appelle « la pute gaucho », ce que je trouve personnellement un peu violent mais c'est pour vous dire qu'il est en colère, a été bouleversée par ce dévoilement d'un pan inconnu de la vie de son père et a contacté sans attendre sa supposée demi-sœur. Heureusement que le Vraitristan en a vu d'autres, parce que, sans lui, sa chère et tendre se précipitait à l'aéroport pour secourir sa nouvelle famille. Il l'a freinée, minute papillon, et il a décroché son téléphone pour appeler la présumée belle-sœur. Il l'a soumise à un véritable interrogatoire. L'autre, à force de questions, s'est emmêlé les pinceaux et la vérité s'est imposée : elle avait été conçue à la fin du printemps 1993, l'année où – c'est ballot – Aïcha et ses parents avaient séjourné en Suisse de début juin à septembre, parce que enfant elle souffrait de problèmes respiratoires. Par conséquent, exclu que le beau-père du Vraitristan ait fauté aux alentours du 14 juin à Lattaquié. Vous me suivez ? L'arnaqueuse a commencé par se dédire : elle s'était simplement trompée d'un mois dans ses calculs, puis, voyant que le Vraitristan n'était pas dupe, elle a fini par avouer que sa mère travaillait comme secrétaire du père, et que la filiation lui paraissait probable mais pas certaine. Elle avait voulu mettre toutes les chances de son côté et on lui avait conseillé de ne pas entrer dans les détails. « On » : sans commentaire. La seule chose qu'il pouvait affirmer à Paul (qui le savait déjà) c'était qu'il y avait toujours des traîtres dans une famille. Des maillons faibles, dans le genre de la « pute gaucho » (c'est pour que vous sachiez immédiatement de qui je parle mais je ne cautionne pas les mots, inutile, Clothilde, de t'insurger).

Ce type de crise révélait la nature profonde des gens.

D'après le Vraitristan, qui a une analyse passionnante du sujet, loin des poncifs bien-pensants qu'on nous rabâche à longueur de journée, le pathos qui entoure les migrants (et qui est devenu obligatoire, incontournable) vise à nous ramollir, et, à travers par exemple l'accueil des mineurs étrangers, à faire rentrer les musulmans (on ne va pas se mentir, la plupart des migrants ne sont pas des chrétiens) directement dans nos maisons. Ne soyons pas des béni-oui-oui alors que dans l'autre camp ils n'ont pas peur de parler de djihad, de moudjahidines, de guerre. Les migrants c'est la première ligne de leur armée, la chair à canon de leur croisade. Et derrière les migrants il y a toute une organisation, des pays qui ont des moyens, du fric, et une idéologie à l'encontre de la nôtre. Ta Yasmine Khoury, Samuel, en constitue le meilleur exemple. Sais-tu que depuis… quoi ? trois quatre semaines, elle propose une version arabophone de ses émissions sur YouTube ? Tu sais ce que ça signifie ? Quelles conséquences ça peut avoir ? Parce qu'on a entendu assez de youyous après les attentats de 2001, vu assez d'images de liesse pour savoir que la rue arabe, ce n'est pas la rue parisienne, ni même la rue marseillaise – pas encore. Si elle parle de toi, de tes opérations soi-disant islamophobes, tu risques une fatwa internationale, comme Salman Rushdie. Vous savez combien il y a de fatwas dans le monde actuellement ? Des milliers. Et y a des gens pour les exécuter. Le Vraitristan est allé sur les profils de Yasmine : Insta et compagnie. Il lit l'arabe et n'exclut pas qu'elle ait des liens avec des réseaux clandestins et violents – pour ne pas dire terroristes. En tout cas, elle en a les idées.

Bref, ils sont prévenus. Paul répète : nous sommes prévenus. On ne peut pas rester les bras ballants, sans rien faire. À attendre qu'on nous bouffe. Dans une heure, demain, il sera là. Il faut se protéger. Samuel ne devrait pas retourner à la clinique mais s'installer au Clos, retrouver sa femme et son fils. Pour un ou deux mois. Prendre de la distance. Clothilde, toi aussi.

Paul supplie, menace, conjure. Il restera au front quelque temps puis il les rejoindra.

À la guerre comme à la guerre.

42.

Dans la cabane, au fond du jardin, où plus personne ne met les pieds, Isabella a installé une clinique vétérinaire. Elle a désinfecté de vieux outils chinés dans une brocante par Clothilde. Elle les a rangés dans les tiroirs d'un petit établi. Elle a poncé le meuble avec du papier de verre. Enfin elle pouvait exercer son art. Ce n'était pas pour rien qu'elle avait réussi sa première année de médecine. Elle aurait pu faire une excellente praticienne. Il faut bien que quelqu'un ait transmis ses dons à Samuel. Les chiens ne font pas des chats.

En se promenant l'autre jour avec Sofia (ou Emma ?) près du plus grand frêne du jardin pour observer les stigmates d'une maladie qui ravage les arbres de son espèce, Isabella a découvert sa vocation enfouie. Les yeux vers la cime du condamné, elle a senti sous la semelle de sa botte une résistance à la consistance proche d'une éponge. Elle a aussitôt relevé le pied – d'un mouvement rapide, comme si elle pressentait qu'il s'agissait de quelque chose de vivant – et découvert un bébé mulot, qui agonisait là, seul. Pourquoi sa mère l'avait-elle abandonné ? Sofia l'a suppliée de ramasser l'animal et de l'emmener avec elle pour le guérir. Ne t'inquiète pas, bébé, on va te soigner, a murmuré Isabella à l'oreille de la bête avant de s'élancer, le mulot dans sa paume ouverte, vers la maison pour chercher elle ignorait encore quoi mais quelque chose qui maintiendrait l'animal en vie. Les seringues ! Il y a quelque part dans la maison des seringues. Elle pourrait peut-être lui faire une piqûre, mais une piqûre de quoi ?

Le cœur du rongeur (quelques grammes à peine, peut-être moins) palpitait, s'épuisait entre les mains d'Isabella qu'il ne connaissait pas encore et peut-être imaginait (à tort) malfaisantes. Doucement : je suis là. Et plus fort : Monika, tu as jeté les seringues ? Les seringues de Samuel. Monika, posture de la demi-lune dans le salon, à côté de Théo endormi, elle aussi les yeux fermés, a secoué la tête. Où sont-elles ? Monika ne savait pas. Dans le placard de la salle de bains là-haut, sûrement.

Isabella a trouvé des gants en latex – les infections nosocomiales ne sont hélas pas rares – à côté des aiguilles, ceux de Catherine, qui ne vient plus, Isabella ne comprend pas au juste pourquoi. Sûrement qu'elle volait, les femmes de ménage finissent toutes par trahir, même celles qui travaillent pour vous depuis trente ans. Ça rend Isabella triste, mais maman, on ne peut pas avoir à demeure des gens en lesquels on n'a pas entièrement confiance. On ne peut pas faire travailler quelqu'un sur qui plane une ombre. C'est dégueulasse, et je vais te dire une chose : c'est surtout immonde pour elle, cette personne qu'on soupçonne peut-être à tort. Alors mieux vaut s'en séparer. Isabella se souvient maintenant : Paul a renvoyé Catherine. Il faudrait qu'elle lui dise à l'occasion qu'elle n'est pas d'accord. Que la poussière s'accumule, qu'elle ne retrouve plus ses affaires. Monika n'en fiche pas une.

Parmi les médicaments, elle a choisi du Doliprane en sirop, de l'amoxicilline (qu'elle n'utilisera finalement pas) et du Solupred 5 mg, pour les enfants, orodispersible. Un corticoïde ne peut que soulager le blessé. Le dosage devrait convenir à un organisme miniature puisqu'on le donne aux plus vulnérables, les bébés hommes. En attendant, il souffre, il respire à peine, fronce les sourcils – tu as vu il est trop mignon, on dirait un dessin animé. Isabella a oublié que Sofia était restée dans le jardin. Elle pouffe de son étourderie. Mais chut, elle ne veut pas attirer l'attention de l'autre femme – la bru en contorsion –, qui risque de tout faire rater.

L'animal étendu sur la machine à laver le linge, elle a vidé et rincé le verre à brosses à dents (à la poubelle, la vieille de Marco), l'a rempli d'eau, dans laquelle elle a fait fondre une pilule d'anti-inflammatoire et une dose approximative de deux millilitres de Doliprane (c'est trop mais impossible d'en prélever moins). Elle a mélangé avec le manche de la brosse à dents de Monika. Elle a rempli la seringue du liquide blanchâtre, plus crayeux que prévu à cause du dentifrice séché sur les poils de la brosse de la Polonaise, cette cochonne en apparence si propre mais, dans le fond, une souillon, *una sporca.* Isabella, qui vit en sa compagnie depuis plus d'un mois, ne se fait plus d'illusions. Ne tremble pas, bientôt tu seras sur pied. J'y veillerai. Qu'est-ce que ça mange, un petit de mulot ? Du lait, les mammifères (c'est bien un mammifère ?) boivent du lait, pas vrai ? Elle lui en trouvera. Quel lait se rapproche le plus de celui des souris ? Elle cherchera sur l'Internet. Quelqu'un a dû se pencher sur la question.

Docteur Isabella pique au niveau de la poitrine. L'animal recroqueville ses pattes cassées. Elle injecte la potion avec douceur, lentement, pour ne pas créer un choc. Un souffle traverse la bête. Le rythme cardiaque s'accélère (à moins que ce ne soit le pouls d'Isabella). L'espoir revient.

Un soubresaut, oui, un soubresaut de vie au creux de sa paume – la joie – avant que ne meure le mulot. *Che orrore !*

Elle n'était pas suffisamment préparée. Elle n'avait pas le bon matériel. Elle ne se trouvait pas au bon endroit. Pour opérer il faut des conditions optimales. Ce n'est pas pour rien qu'on a construit des hôpitaux. Le traitement n'est pas à remettre en question : il y a eu résurrection, subreptice c'est vrai, mais la vie est revenue, un instant, sous l'effet des médicaments.

La faute au dentifrice. Et, plus globalement, à l'urgence de la situation et au manque de moyens d'Isabella. Une salle de bains, avec W-C intégrés, est un nid à bactéries. Tous les docteurs le confirmeraient. Il devait y avoir un staphylocoque doré quelque part. Son patient a succombé à une septicémie. Il ne faut pas que Sofia pleure. Elles vont enterrer la petite chose, et tirer les leçons qui s'imposent de cette première expérience. Isabella et Sofia aménagent un bloc opératoire dans la cabane au fond du jardin.

Depuis qu'elle exerce, Isabella ne traîne plus au lit le matin, épuisée par ses nuits blanches. Elle bondit avant l'aube, joyeuse, affairée. Elle dort mieux. Pourtant elle a réduit, sans le dire à Paul, ses doses de somnifères. Elle prépare le café – deux tasses. Sofia l'attend gentiment dans la cabane. Un jour, elle recueille une chouette, une effraie des clochers. C'est la première fois qu'Isabella en voit une d'aussi près. Sa face, en forme de cœur, est tachetée de sang. Elle gisait à l'arrière de la maison, assommée, inerte. Isabella va chercher des glaçons dans la maison. Les jumelles les fixent sur la tête de l'animal avec des bandages. Ensuite, elles concoctent une préparation à base de granules d'arnica, de paracétamol et d'huile de pépins de pamplemousse (Monika prétend que c'est un excellent antibiotique naturel) et elles versent la potion dans la gorge de l'oiseau, goutte à goutte, avec dévotion. Sofia lui maintient le bec ouvert à l'aide d'un trombone. Depuis, la chouette se repose. Pour que l'hématome se résorbe, Isabella a pris la décision de garder la convalescente au froid dans une glacière. Son état demeure stable, c'est l'essentiel.

Monika aussi se lève aux aurores. Elle installe son tapis de yoga à l'intérieur ou sous l'auvent et salue chaque jour le soleil avec les mêmes gestes, les mêmes sauts, les mêmes sons. Les deux femmes se croisent, mais ne se parlent pas. Par un accord tacite, elles s'ignorent et ces silences quotidiens créent entre elles une sorte de complicité. Elles sont bien, à vivre dans deux mondes qui ne se touchent pas. Elles n'envisagent plus de rentrer, ni l'une ni l'autre. La campagne les rassure.

Le Syrien serait arrivé à Paris. On ne sait pas exactement de quoi il est capable. Selon les instructions de Paul, une fois l'ennemi neutralisé, quand les Simart-Duteil les plus vulnérables seront hors de danger, on pourra envisager un retour, une circulation plus libre. Clothilde et ses enfants devraient bientôt rejoindre Yerville – même si, pour l'instant, avec l'école, et avant le départ d'Antoine à Singapour, elle y rechigne. Après on verra.

Les frères habitent le Clos à mi-temps. Paul apparaît sans prévenir, plusieurs fois par semaine, des meubles dans le coffre de sa voiture qu'il ne décharge pas toujours. Souvent il repart dans la journée. Samuel montre davantage de régularité. Là du jeudi au dimanche. À la clinique, plus rien ne lui laisse de répit. Elles sont devenues folles. Yasmine a ligué quatre femmes contre lui. L'une d'elles a déposé une main courante. La clinique Simart-Duteil se fait dézinguer sur Internet. Ils ont perdu plus d'un quart de leur clientèle. Cinquante pour cent des rendez-vous de Samuel ont été annulés. Ses collègues le regardent de travers. Les gens doutent. Même Nathalie lui témoigne de la froideur.

Il a honte.

La presse serait sur le coup. Une journaliste a publié une annonce sur un forum pour trouver d'autres patientes de l'*anti-Pygmalion*, l'*enlaidisseur de femmes*. Une enquête au long cours pour Mediapart. Paul a vu le post de ses propres yeux mais il n'a pas pensé à faire de capture d'écran et quelques heures plus tard, quand il a voulu le montrer à Samuel et Clothilde, il avait été retiré. Paul a enquêté fissa. Bingo ! Yasmine compte parmi ses amis Facebook deux pigistes dont l'une écrit régulièrement pour le site d'Edwy Plenel. Comme par hasard.

Le réel s'érode. Plus ils avancent, la lampe torche en avant, aux aguets, moins ils reconnaissent le monde qui les entoure. Des connexions secrètes, des affinités qu'ils ignoraient, des conversations privées rendues accessibles au public, toutes ces informations dissimulées jusque-là se révèlent à eux. Ils tâtonnent. Éclairés et aveugles.

Paul conseille à Samuel de prendre une année sabbatique. Le conseil administratif nommera un directeur provisoire. Il se reposera, le temps que ça se tasse. Il s'installera au Cottage, une retraite momentanée jusqu'à ce qu'on remette les compteurs à zéro.

Pour l'instant (plus pour longtemps), Samuel résiste. Seule l'action permet l'oubli, espère-t-il encore. Alors, malgré la peur de rater, nouvelle pour lui, il s'obstine à opérer.

Il se force, malgré la nausée qui le prend dans le bloc chirurgical, à inciser des arêtes nasales, à limer les bosses disgracieuses, à combler et réparer là où la nature, avant lui, a failli.

Tu aimerais que je te rejoigne, qu'on vive ensemble au calme ici ? demande-t-il un soir à Monika. Elle le regarde, méfiante. Il est au chômage ? Est-ce qu'il y a des choses qu'il lui cache ? Elle écarquille les yeux, en proie à une révélation : c'est la Troisième Guerre mondiale ? Il réussit à rire. Que se passe-t-il vraiment ? Rien, pas grand-chose, le mouvement habituel de la vie. Une stagnation inquiète. Isabella se glisse dans la conversation : sa chouette ne se porte pas si bien, au bout du compte. Elle a perdu ses plumes la veille, on ne sait pas bien pourquoi. Tu as de la colle chirurgicale sur toi ? Samuel secoue la tête. Tu pourrais m'en acheter ? Oui. Et je pourrais passer plus de temps avec Théodore. J'ai envie d'être plus proche de mon fils. Isabella opine avec enthousiasme : Samuel attendait que son père rentre de voyage. Toujours. Tu l'idolâtrais. Et il te le rendait bien. Il te préférait toi, et l'autre. Qui ? Samuel poursuit sa mère qui trotte dans le jardin en direction de sa clinique vétérinaire. Qui ? Isabella se tourne vers son fils. À la lumière du jour apparaissent les strates de fond de teint qui plâtrent son visage de combattante. Pour la chouette, on se contente de superglu mais ce n'est pas bon pour sa peau, j'imagine… Samuel insiste, essoufflé : de qui tu parles ? De toi. Mais l'autre qu'il adorait ? Toi. Par ordre de préférence : toi, Clothilde et enfin Paul.

Qui va à la chasse perd sa place.

Il est parti, il a disparu. Lui, du côté de Claude, des hommes qui ne flanchent pas. Il changeait de sujet quand Clothilde parlait de leur frère, expliquait avec morgue que Paul avait fait ses choix, qu'il fallait les accepter, que peut-être on ne le reverrait plus. Quand leur père voyageait, Isabella suppliait Samuel de dormir dans son lit. Elle avait peur toute seule. Elle avait besoin d'une présence masculine. Sinon Sofia viendrait, la nuit, et ça, elle ne le supportait pas. Dans la journée, d'accord, mais pas la nuit. La mère posait la tête sur son torse, caresse-moi les cheveux s'il te plaît, il s'exécutait. Il songeait à la main de son père, à ses doigts sur son cuir chevelu quand il s'asseyait à ses pieds devant la télévision, un geste qui condensait toute la tendresse de l'absent.

Et pas la peine que Samuel fasse cette tête étonnée. C'est la même chose dans toutes les familles. Les parents font semblant mais il y a des enfants qu'ils aiment davantage. C'est normal. *È così.* Il est assez grand pour le comprendre. Et puis il a la meilleure place, alors…

43.

Aujourd'hui, Pol'pot n'existe plus.

La chaîne YouTube a été supprimée. Toutes les vidéos ont disparu. Ici et là, néanmoins, des contenus, des boutures qui ont pris et finissent par émerger à la surface. Dans un article publié sur un site ultranationaliste breton et intitulé « Oxytocine : la drogue qui force à accepter les migrants », un certain Nivan ar-Buz, qui décline les différentes stratégies mises en place par les gouvernements européens et des organisations extraoccidentales pour accélérer le « grand remplacement », cite le regretté Pol Sim, et en particulier sa dernière vidéo (censurée par YouTube – *sic*) où il témoignait avec colère et humour – et le sens de la formule qu'on lui connaît – de la situation de sa propre famille qui subissait les attaques croisées de plusieurs membres du gang des clandestins afro-musulmans, et de leurs partisans.

44.

Pas étonnant, compte tenu de la violence déchaînée par son dernier post, que Paul se méfie en descendant chercher le pain. Aller : rien à signaler. Retour : trois hommes – arabes –, vingt, vingt-cinq ans, pédalent dans le vide sur les Vélib' fixés à la borne en face de son immeuble. Souvent, des jeunes s'installent là, en bande, sweat à capuche et McDo sur les genoux. Des lascars qu'il connaît de vue. Mais ceux-là, il ne les identifie pas et leur attitude faussement détachée attire son attention. Au moment où Paul les dépasse, il le sent, pas besoin de se retourner, l'un d'eux braque son iPhone sur lui et le suit de l'objectif, le filme jusqu'à ce qu'il disparaisse dans la cage d'escalier aseptisée du numéro vingt-quatre de la rue Letellier, un immeuble des années quatre-vingt avec petits balcons à chaque niveau et grandes terrasses au dernier étage.

Qu'est-ce qu'ils lui veulent ? Le commentaire d'un certain Mehdi Zk sur sa dernière vidéo, menaçant et rapidement modéré par YouTube, lui revient à l'esprit : *les koufars comme toi, j'en fais mon affaire. Je trouve ton adresse et tu vas moins faire le guignol.*

Paul habite au troisième. Il ne prend pas l'ascenseur comme à son habitude, par peur et superstition, tremble en enfonçant la clef dans la serrure de son appartement, prie pour que personne ne l'y ait précédé. Une fois à l'intérieur, il verrouille à double tour, inspecte les trois pièces salle de bains comprise et se précipite à la fenêtre. Le groupe n'a pas bougé. À présent il n'y en a plus qu'un qui pédale. C'est celui qui parle. Il dirige et les autres écoutent. Paul ne voit que leurs dos qui acquiescent aux ordres du premier. Soudain il pointe son doigt en direction de l'immeuble de Paul, qui se jette au sol et rampe jusqu'à la salle de bains. Qu'est-ce qu'ils me veulent ? Il récupère ses lentilles, il verra mieux une fois retourné (à plat ventre) dans le salon. Il vérifie qu'il a bien son téléphone dans la poche : en cas d'extrême urgence, il appellera la police.

Placé de biais par rapport à la vitre, invisible, il observe les visages des guetteurs, plus âgés qu'il ne pensait d'abord. Ils pourraient bien avoir trente ans et des poussières. Ou plus. On ne peut pas le parier parce que en eux tout semble factice : les baskets trop neuves, les survêtements repassés qui forment un pli sur toute la longueur de la jambe, les T-shirts immaculés, les casquettes blanches. La taqîya : ils dissimulent. Le chef fixe maintenant avec obstination la fenêtre de Paul. Est-ce qu'il me voit ? En retour, Paul ne le lâche pas des yeux, troublé par l'idée que, peut-être, malgré le rideau et le camouflage, ils échangent un regard. C'est un beau mec, sans signe particulier sinon ses prunelles noires, fiévreuses, qui transpercent la vitre. Est-ce que c'est lui, Mehdi Zk ? Paul plaque son téléphone contre la vitre, zoome au maximum, clique. C'est flou. Il recommence, une fois, deux fois, dix fois. Enfin il obtient une prise plus lisible que les autres. Au cas où, il pourra montrer la photo. S'il lui arrive quelque chose, on identifiera son agresseur. Justement, voilà que les trois hommes se mettent en marche. En direction de son immeuble. Mehdi a mis ses mains dans ses poches. Est-ce que Paul devrait appeler la police maintenant ? Doigt crispé au-dessus du clavier, il hésite : que leur dira-t-il ? Dans ce pays, il faut se faire égorger pour que la police réagisse. Vite, Paul partage la photo du meneur sur le groupe WhatsApp familial. Il commente : *ils sont en bas de chez moi.* Les trois hommes ralentissent devant la porte de l'immeuble (Paul regrette de ne pas avoir d'arme), hésitent, conciliabulent, mais continuent leur route, comme si de rien n'était. Ils ont remarqué que Paul les avait repérés : ils reviendront.

La première à réagir, c'est Monika. Trois messages qui se suivent, de plus en plus affolés.

Déjà ?

Il est arrivé ?

Qu'est-ce que tu vas faire ?

Elle a reconnu, à quelques pixels près, celui qui les poursuit, les harcèle, les harasse. *Feras.* Feras, évidemment. Et Paul qui n'y avait pas pensé !

Il est parti, rassure Paul un quart d'heure plus tard. À son tour, Clothilde veut appeler la police. Et pour lui dire quoi ? Il ne serait pas entré dans l'immeuble ? Tu es sûr que tu ne veux pas que je vienne ? Paul écrase son œil contre le judas. Noir. Dans la cage d'escalier la lumière obéit à un détecteur de présence. Personne. Tu sais que je ne l'avais d'abord pas reconnu, répète Paul en boucle. La traque a commencé.

Au bout d'une heure (avec Clothilde, toujours au téléphone, au cas où), Paul doit sortir, il a rendez-vous à la banque. Fais attention, on ne sait pas de quoi il est capable.

Est-ce Clothilde qui l'a suggéré ? Y a-t-il pensé, lui, en passant devant la valise à roulettes qu'Isabella a laissée dans un coin de sa chambre pour ses escapades à Paris ? Toujours est-il que quand il se risque dehors, c'est enveloppé dans un imperméable beige ceinturé à la taille, sous lequel il porte une jupe crayon noire et un chemisier crème qu'Isabella met pour se rendre chez le notaire. Taille trente-huit, et il rentre dedans à l'aise ! Qui l'aurait cru quand il pesait cent kilos ? Il observe son reflet dans les vitrines des magasins. Avec sa casquette, ses Converse et sa démarche chaloupée, il est méconnaissable. Une femme. Le portrait craché de sa mère. En plus moderne.

45.

Depuis la taille enragée imposée par Paul, le rosier du mur est de la maison ne cesse de fleurir : une première explosion au printemps, suivie de nouveaux bourgeonnements en août, et là, mi-novembre, voilà qu'il éclôt de nouveau. Toujours plus vigoureux, plus débridé, plus sauvage. Chaque matin, Isabella lui rend visite, médite, s'inspire. Elle investit dorénavant son intelligence et son énergie dans la recherche fondamentale. Inverser le processus de putréfaction, voilà son obsession première. Trouver dans l'organisme végétal, animal, humain, les ressources qui permettront sa résurrection. Ainsi, explique-t-elle à Samuel, elle est à deux doigts d'enclencher la repousse spontanée de ses propres dents. Voilà pourquoi elle refuse dorénavant de porter une prothèse. Elle laisse les gencives respirer, tout en appliquant, régulièrement sur les muqueuses, diverses préparations nées de sa connaissance de plus en plus aiguisée des mondes végétal et animal. Samuel acquiesce d'un vague mouvement du menton. Il a remisé hors de sa portée les produits chimiques les plus dangereux et renoncé à vérifier la composition de ses pommades. Il se contente d'inspecter sa bouche à chacun de ses passages au Clos.

Clothilde menace de ne pas amener les enfants si maman se présente édentée. Elle pourrait faire un effort, surtout pour son anniversaire. Elle qui aime tant la fête. Il y aura toute la famille. Les adolescents sont impressionnables. Ils se dégoûtent facilement, plus vite que les petits. Emma s'en fiche. Elle ne voit pas la différence, mais Drisana et Aurélien ne supporteront pas. Et Antoine non plus, beurk ! Cette mâchoire en jachère met tout le monde mal à l'aise.

Isabella finit par céder. Va pour le dentier, mais seulement le jour J, le reste du temps les muqueuses restent en friche. Elle espère que Marco n'aura pas la mauvaise idée de venir. Ça ne risque pas, commente Paul en aparté. Il a aperçu son ancien beau-papa la semaine précédente dans les jardins du Palais-Royal avec une femme, même profil que maman, cinq ans de moins peut-être. Il ne m'a pas reconnu, fanfaronne-t-il. Et pour cause : à Paris, dorénavant, il se camoufle. C'est follement amusant de croiser des gens qu'on connaît très bien, qui vous regardent du coin de l'œil, ou la pupille vide, le boucher, la voisine, des amis parfois quoique Paul ne fréquente plus grand monde. Quand on y pense, c'est un comble : devoir se cacher dans son propre pays, pour échapper à ceux qui n'ont rien à faire là. L'autre jour, lui est venue cette formule puissante, presque un slogan : « Nous sommes devenus des clandestins chez nous, ce n'est plus le grand remplacement, c'est le grand renversement. » Le flux est monté, il a allumé sa caméra, et puis il s'est dégonflé. Trop de haine dans les commentaires sur sa chaîne. Le monde est peuplé de frénétiques, capables des pires excès. Il a gardé son trait de génie pour lui.

Même Fanny n'a pas été invitée aux soixante et onze ans d'Isabella. Elle l'a mal pris. Tant pis pour elle. Elle raconte partout que les enfants Simart-Duteil enferment leur mère. Qu'elle se mêle de son cul, franchement. Paul la soupçonne de se réjouir de la diminution intellectuelle de sa meilleure amie. De l'avoir jalousée toute sa vie.

Paul, Samuel et Clothilde se débrouillent pour être au Clos la veille de la fête, ensemble, dévoués et soudés. Antoine arrivera le lendemain, avec les enfants. L'anniversaire se fêtera samedi au déjeuner. De toute façon, tous les jours, à dix-neuf heures, Isabella disparaît dans sa chambre, elle ne dîne plus, c'est mauvais pour la repousse des quenottes. Et manger lui donne des insomnies. Le ventre vide, elle a le sommeil aérien, comme si elle marchait sur un fil, au-dessus du monde, jusqu'au matin, avant le lever du soleil, quand pleine d'entrain, reposée, elle traverse le jardin pour se rendre dans sa cabane-clinique. Clothilde n'aime pas parler de ça, des cadavres à plume ou à poil, des carcasses jaunies, des cobayes qui se décomposent, en attendant le miracle. Paul en rit. Peut-être qu'elle mange ses petits patients en douce, voilà pourquoi elle n'a plus jamais faim. Clothilde grimace. Elle ne trouve pas ça drôle. Paul ne plaisante pas. Isabella est comme un enfant qui expérimente. Il faut s'attendre à tout. Elle ne fait de mal à personne. Elle est en bien meilleure forme qu'il y a six mois, plus joyeuse. Et c'est l'essentiel.

Comme prévu, à leur arrivée, Isabella s'est retirée déjà, un mot laissé dans la cuisine. Ils peuvent monter la saluer. Dans sa chambre elle regarde la télévision. Paul et Clothilde s'exécutent tandis que Samuel rejoint Monika : elle ne dîne pas non plus. Théodore a de la fièvre, elle a passé deux nuits à le moucher, elle a besoin de repos.

Il la trouve installée en lotus à côté du berceau : dos droit, buste solide vissé dans le parquet, yeux clos. D'un geste, elle invite son mari à s'asseoir derrière elle, sans bruit, sentir ses ischions jambiers s'enfoncer dans le sol, dégager la chair de ses fessiers. Voilà. Monika saisit son cul d'une main puis de l'autre, s'ajuste, en se balançant à droite et à gauche. Comme ça. Samuel l'imite douloureusement, en observant son dos musclé et inébranlable, une façade de chair striée de côtes saillantes. Je vois la viande, songe-t-il tandis qu'elle chante le Om, avec tant de puissance qu'elle risque de réveiller le bébé. La ferveur de sa femme, son engagement à pousser hors d'elle, de son torse puissant, gainé et vide, une mélasse sonore et mystique le dégoûtent. Puis viennent les longues inspirations et les expirations lentes. Le flux et le reflux hypnotiques de l'air. Plus le souffle de Monika s'amplifie, plus celui de son mari se dégrade, s'effiloche, se saccade. Un peu plus et il fait une crise cardiaque, jure-t-il, et il réveille l'enfant dans une expiration bruyante.

Pile ce dont j'ai besoin : un bon verre de rouge. Vous imaginez ?, Monika lui a proposé d'aller se coucher. À dix-huit heures trente, putain ! Samuel siffle le bourgogne que lui tend son frère quand, enfin, il les rejoint, le dernier, dans la Bergerie. Clothilde a bâfré un paquet de chips entier, format familial. Il se jette sur les olives noires et les Tuc. Comme il y a quarante ans quand Paul piochait dans le buffet du salon les vivres nécessaires à leurs nuits clandestines. Ils se planquaient sous l'établi (tu en as fait quoi ?), où régnait un froid barbare. Ils s'enfilaient les biscuits apéritifs en buvant l'un après l'autre du Coca, à même la bouteille. Ils s'imaginaient que c'était du champagne. Ils jouaient à Action ou vérité. Samuel secoue la tête : il n'était pas convié à leurs fugues domestiques. Il dormait en bon élève dans la maison principale, la joie n'était qu'un bruit autour de lui. Tu as oublié. Tu nous avais même avoué ton amour pour Émilie Boutenon. Et tu avais envie de boire du Malibu. Samuel ne cherche pas à polémiquer. Surtout pas. Il n'était jamais invité. Point barre. Elle confond les souvenirs. C'est une conversation qu'ils ont eue vingt fois. Il ne veut pas recommencer. Il change de sujet. Paul t'a dit pour le forum ? Rien du tout. Il y a une discussion sur

Doctissimo qui s'appelle « Clinique Simart-Duteil : attention danger », ouverte par MaevaChut il y a une semaine : soixante-quatorze réponses et mille cent soixante-neuf lus. Des témoignages lunaires. Des insultes, des rumeurs. Du grand n'importe quoi. Des fake news pures et dures. Mais alimentées, qui sonnent juste, nuance Paul. Ils sont bien renseignés. Sinon on ne s'inquiéterait pas. Des brodeuses, des menteuses, que des femmes. À part un exhibitionniste qui n'a jamais mis les pieds dans la clinique et prétend qu'on lui a coupé la bite parce qu'elle était trop grosse, et qu'il s'est réveillé avec un micropénis. Il a mis un lien vers des photos. C'est un troll, explique Paul. Lui, on s'en fout. Personne n'y croit. Ce sont les vraies patientes le problème. Et le post de Samuel sous un pseudo ridicule, Lasatisfaite, où il défend la clinique. Tu n'as pas le ton, les gens qui fréquentent les forums ont un radar à faux témoignage : en trois heures, il y avait quatre réponses et toutes démasquaient l'imposteur. Il ne faut jamais répondre aux attaques, assène Paul. Jamais. Je te l'ai déjà dit. Pas en ligne.

Le taux d'annulation de rendez-vous sans remplacement monte à trente pour cent. Samuel préfère ne pas connaître les chiffres par praticien. Toujours est-il qu'il n'a eu que trois patientes la semaine dernière. Dans les couloirs de la clinique, il marche comme un condamné à mort. Ça chuchote dans son dos. Un collègue est venu le trouver il y a quelques jours, très embêté. On pense que tu devrais prendre des vacances.

La clinique n'existerait pas sans lui. Que croient-ils, tous ? Comment osent-ils lui demander de s'arrêter ? S'il veut respirer (il y a songé), c'est à lui d'en décider, et à personne d'autre.

Paul ouvre une autre bouteille, la troisième, le temps s'accélère. Il est vingt et une heures. Il lance un pavé dans la mare : on devrait vendre. Avant que tu ne t'étrangles, Samuel, écoute-moi. J'ai discuté avec tes collègues : ils ne te soutiennent pas. Ils ont tort, je le sais, tu le sais, Clothilde le sait. Mais le temps que tu laves ta réputation, que tu gagnes un éventuel procès, la boîte aura coulé, elle ne vaudra plus rien. Et regarde dans quel état tu es. Aujourd'hui, si on s'en débarrasse, chacun pourra tirer son épingle du jeu. Ils investiront ensemble ailleurs, dans des trucs qui rapportent. Paul a du pif pour la finance. Si on avait misé sur Kelkoo, tu aurais aussi pu t'acheter une clinique ou même deux. Et on serait au vert. Monika ne rêve que de ça. Elle ne veut plus retourner à Paris. Ici, elle est bien. Tu ne peux pas continuer à faire des allers-retours. Elle préfère élever Théo à la campagne.

Samuel se demande qui il a en face de lui. Son frère ? Un cannibale ? Clothilde a allumé une cigarette et rien ne sort de sa bouche, pas même de la fumée. Autour d'elle flotte, comme toujours, une nuée de bienveillance, et sur son visage un sourire de Joconde. À croire qu'ils ont décidé tous les deux de l'assassiner dans la Bergerie. Après tout, ils se sont toujours préférés.

Tu as vu ? La question surgit d'ailleurs, d'un en-dehors indéfini, sur le portable de Clothilde. Elle voit, oui, ses deux frères ivres qui éructent. *Il y a des coups de feu*, enchaîne Antoine.

Le mouvement des pouces de Clothilde sur le clavier s'accélère. *Où ? Quoi ?* Elle attend, suspendue, la réponse qui ne vient pas tout de suite. Le réseau est mauvais au Clos, encore davantage à la Bergerie, il faudrait aller au bout du jardin, il n'y a que là-bas que les textos passent, et encore un sur deux. Clothilde se colle à la fenêtre.

Donc je vous disais, poursuit Paul, Clothilde tu t'en fous visiblement, que, dans le fond, nous n'avons plus trop le choix. Feras est à Paris : ils vont passer à la vitesse supérieure. La clinique est menacée.

Clothilde hurle, visage de veuve éplorée, pâle : c'est la guerre ! Ils tirent sur tout ce qui bouge, sur les terrasses de café. Y a plein de morts. Des gens qui allaient boire des verres. Un massacre. On ne sait pas combien ils sont. Sa voix se brise, elle pleure. On ne comprend rien à ce que tu racontes, qui tire ? demande Paul. Il faut aller à Yvetot si on veut du réseau, ici c'est impossible. Antoine se planque dans la cave d'un restaurant dans le huitième avec tous les autres clients. Ils n'ont pas le droit de sortir. Il avait un dîner professionnel. Il a laissé les enfants avec une baby-sitter. Ne t'inquiète pas, Samuel, Aurélien dort à la maison. Il faisait la gueule parce qu'il voulait sortir. Dieu soit loué, il n'a pas bougé. L'essentiel donc, c'est que les enfants vont bien. Ils sont à l'abri, à la maison ; j'ai dit à la baby-sitter de verrouiller les portes. Ils ont attaqué dans le onzième mais maintenant on ne sait pas où ils sont. C'est la guerre. On enferme les gens dans les caves comme pendant les bombardements. On ignore quelle sera leur prochaine cible. Des jeunes, il paraît que ce sont des jeunes. Des musulmans. Comme les frères Kouachi. Message d'Antoine, miraculé du réseau pourri : *RAS*. Mais ils restent confinés. On ne peut plus faire confiance à personne.

Clothilde annonce : ils sont au Bataclan. Au Bataclan ? demande Paul. Qui ? Antoine ? s'affole Samuel. Ce n'est pas possible ! Je n'en reviens pas. Au Ba-ta-clan ! J'adore cette salle de concert. J'y étais l'année dernière. C'est insupportable, le coupe Clothilde, insupportable de ne pas avoir accès à la 3G et de ne rien savoir, il faudrait aller à Yvetot. Ou dans la cuisine, suggère Samuel. Dans la cuisine pour écouter la radio.

Samuel monte d'abord voir Monika et Théo. C'est bête hein, mais j'ai besoin de vérifier qu'ils dorment. Clothilde aussi voudrait serrer ses trois petits, ses amours, dans ses bras. Pourquoi ne les a-t-elle pas pris avec elle, ils auraient préparé le gâteau ensemble demain matin. Elle appelle Drisana, qui regarde BFM, elle pleure et Clothilde avec elle. Elle chuchote sans grande conviction : tout va aller bien. Paul a raison, le monde est devenu incroyablement dangereux. Il est vingt-deux heures passées, voilà vingt minutes qu'ils regardent en boucle les mêmes images, des tables désertées, des traces de sang. Les caméras se postent devant la salle de concert. Tu imagines l'hécatombe là-dedans ! Antoine ne répond plus au téléphone, qui d'ailleurs ne sonne pas, les lignes sont saturées.

Les témoignages se succèdent. Ceux qui sont parvenus à fuir, couverture dorée comme une cape sur leurs épaules tremblantes, ceux-là, les revenants, parlent de types jeunes, qui ne ressemblent pas à des islamistes, barbichette sur le menton, ou imberbes, qui crient Allahu Akbar ! et vengent leurs frères en Syrie. Clothilde sanglote doucement en fumant deux cigarettes à la fois, elle ne sait plus laquelle, celle de Paul ou la sienne, quelle importance, en attendant l'assaut. C'est quand même étrange cette coïncidence : Feras qui arrive à Paris, et ces attentats pile une semaine plus tard.

Il y a des signes qu'il faut savoir déchiffrer, médite Paul tandis que Samuel s'allonge à côté de Monika pour écouter son souffle, son souffle léger et gracieux, il a toujours aimé l'écouter dormir, de son sommeil de reine, à la respiration tellement régulière qu'elle paraît artificielle. Théo ronfle comme un petit animal. Nous sommes bien, là, tous les trois, comme des koalas que rien ne peut atteindre. Tu te souviens Clothilde, combien de fois on s'est dit en lisant les faits divers que les gens n'avaient pas écouté leur peur, qu'ils n'avaient pas réagi aux alertes, par réserve, timidité, manque de confiance ? Par crainte du ridicule, de passer pour fous.

Clothilde ne tiendra pas jusqu'à demain matin. Elle voudrait les siens avec elle, en sécurité. Antoine a fini par rentrer à la maison. Il lui a promis de les rejoindre au Clos le lendemain matin, dès l'aube. Les terroristes ne sont pas tous morts. Certains rôdent dans la ville. À Paris ou en banlieue. Elle se blottit contre Paul. Ils décident de dormir ensemble sur le canapé comme des sentinelles qui veillent sur la maison. En tout cas, il n'y a aucune chance qu'ils viennent en Normandie, n'est-ce pas ? Le loup ne peut pas franchir la porte, hein, il doit montrer patte blanche, l'ogre ne les mangera pas tant qu'ils garderont leurs orteils collés les uns contre les autres.

Ici, nous sommes à l'abri.

46.

L'index appuyé sur l'interphone, pour la troisième fois Antoine compte jusqu'à dix. Ils ne peuvent pas ne pas entendre. Drisana sort la tête de la voiture. Elle va escalader la grille et aller voir ce qui se passe, pas de souci, Mamisa laisse toujours une clef cachée parmi les bûches. Elle ouvre et débloque le portail. Ils sont certainement en train de dormir. C'est clair, opine Aurélien, lui aussi aurait bien fait la grasse mat', il ne s'attendait pas à partir aussi tôt, après la nuit qu'ils ont vécue. Enfin, vu le contexte, il n'a pas à se plaindre, lui rappelle Antoine qui a quatre heures de sommeil dans les pattes, et deux de bagnole.

Isabella jardine devant la maison. Elle est la seule réveillée. Les autres ont dû se coucher tard, ils ont même laissé la télé allumée, une bouteille de vin ouverte et deux verres sur la table basse. En général, Théo et sa mère descendent vers huit heures mais sûrement qu'ils roucoulent, tous les trois. Ce sont des amoureux après tout. Deux fossettes creusent les joues de la doyenne. Elle est mignonne, songe Antoine. Avec l'âge, c'est drôle comme l'enfance affleure, bordée de rides. Vous avez vu ce qui s'est passé hier ? C'est terrible. Vous n'avez pas écouté les infos ? Isabella secoue la tête. Elle ne s'est pas installée à Yerville pour se laisser envahir par les mauvaises nouvelles. Il y a eu des attentats à Paris. Beaucoup de morts. Des jeunes. Pas pour son anniversaire, tout de même. Quelle horreur ! Isabella ne veut pas en entendre parler. Elle supplie : pas aujourd'hui, Antoine. Pas devant les enfants. Aujourd'hui, on oublie le monde. Il faut protéger les enfants.

À onze heures, Clothilde se lève à peine, elle n'a rien préparé. Serre ses trois merveilles dans les bras, switche vers l'anglais pour qu'au moins Emma ne comprenne pas. *I am so shocked by what happened yesterday.* Pourquoi Antoine ne l'a-t-il pas réveillée ? Rien n'est prêt. *Did they catch the terrorists ?* Pas même le gâteau. Il y a des invités ? s'enquiert le gendre qui propose d'aller acheter une pâtisserie en ville. *As long as the bad guys are out, Clothilde would prefer not to.* Elle va se lancer dans un bouseux au chocolat. Antoine en profite pour se brancher sur BFM. La direction de la police nationale appelle à signaler toute information en relation avec les attentats de la nuit et pouvant intéresser l'enquête ou la sécurité. Turn off. Paul surgit dans la cuisine : il y a urgence, ce bâtard de Feras a supprimé son compte Facebook. Chut ! C'est un acte de guerre qui a été commis par une armée terroriste, Daesh, contre la France, contre les valeurs que nous défendons partout dans le monde. Il a supprimé son compte le lendemain des attentats, vous ne trouvez pas ça bizarre ? Non, retorque Antoine. Tu sais qu'il est à Paris et qu'il campait en bas de chez moi il y a quelques jours avec toute une bande. En anglais ! supplie Clothilde. À cet instant, cent vingt-neuf morts et de nombreux blessés. Ça a augmenté, tout à l'heure ils disaient cent vingt sur Twitter. Samuel n'en peut plus. Il a reçu deux mails ce matin. Un jour pareil, c'est honteux. Des collègues qui exigent sa démission. Des types qu'il a formés. La France est vaillante et elle triomphera de la barbarie. Monika pense qu'il ne faut pas retourner à Paris, souffle Samuel. Ni à la clinique. Que c'est trop dangereux. À quoi bon jouer avec le feu ? *English, guys !* On a les moyens de rester là sans rien faire. On a les moyens de s'extraire. François Rilcy m'a écrit qu'il fallait arrêter les frais. Qu'il ne me jette pas la pierre, que même les plus grands chirurgiens, les plus compétents, craquent. Mais qu'en m'obstinant à garder mon poste je me rends responsable, cent pour cent responsable, du devenir de la clinique et de ceux qui y travaillent. Sans avoir d'affinités politiques avec Bachar el-Assad, Paul le rejoint là-dessus : la politique française au Moyen-Orient a nourri le fanatisme. Aurélien fait sauter des blinis pour l'entrée. Il veut bien reprendre les études l'année prochaine si c'est pour passer un bac cuisine. Avec Drisana, ils sont allés chercher de la crème à la ferme. La mère Bérubé leur a parlé du « Pataclan ». Les adolescents pouffent.

À treize heures pétantes, ils sont tous à table. Isabella implore, encore une fois, qu'on ne parle pas de choses graves, que de roses, de roses et d'oiseaux. Les grives et les fauvettes ont chanté son anniversaire à l'aube. C'était merveilleux. Elle se sent reconnaissante, pleine de gratitude, croyez-moi mes enfants, elle n'a jamais été aussi heureuse. À quelle heure Marco va-t-il arriver ? Elle passe une main sur la tête d'Emma. Les boucles de l'enfant la rassurent. Elle a eu les mêmes. Quand elle caresse ainsi les cheveux de sa petite-fille, elle a la sensation, de façon subreptice, que c'est elle-même qu'elle touche, un moi de six ans. Cette chevelure italienne ! s'exclamaient à l'envi les gens en la voyant. Et sa mère, à côté d'elle, fière et agacée de se voir renvoyée sans cesse, même par des compliments, à ses origines étrangères.

Il y a étranger et étranger, intervient Paul. Il le connaît bien le discours relativiste : il y a cinquante ans, on rejetait les ritals, les polaks, les espingouins et blablabla, les immigrés finissent par s'intégrer, la société digère les différences. Pardon, mais je m'inscris en faux ! Je m'insurge, s'exclame-t-il, théâtral. Manifestement les Arabes n'ont pas envie d'être assimilés. De participer à un projet de société commun. Ils nous chient dessus. Point barre. Vous vous souvenez de ces mecs qui brûlaient leur passeport dans le désert en appelant à assassiner les « koufars », c'est-à-dire nous ? Vous imaginez des Italiens à leur place ? Non. Eh bien moi non plus. C'étaient des Français, glisse Antoine.

Quoi ? C'étaient des Français. Justement pas ! s'écrie Paul. Tu es victime de la propagande des condescendants, les chantres bobos de la bienveillance. Ce n'étaient pas des Français. Ils n'auraient jamais dû avoir la nationalité. Pour ta gouverne, la plupart de ces mecs sont des convertis, nés chrétiens, dans des familles exactement comme la nôtre, s'agace Antoine. « La plupart » ? J'hallucine. Tu entends les conneries que raconte ton mari, Clothilde ? « La plupart » ? C'est exactement avec des théories comme ça que la France part en couilles. Bar en croûte de sel rose, annonce Clothilde en revenant à table, une création d'Aurélien. La table s'extasie. Comment ça, « c'est super » ? s'énerve Paul. Antoine parlait du poisson. Regarde le plat de ton filleul au lieu de gueuler ! Magnifique ! Hein Samuel ? Les loups solitaires, c'est le scénario redouté par le ministère de l'Intérieur. C'est super, n'est-ce pas, Antoine ? Super que des gars, des pauvres gars comme Feras, les mêmes, des culs-bénits, viennent égorger tes enfants à l'école, décapiter ta femme pendant que tu bosses comme un con – *in english, please !* – et se fassent exploser dans le resto où tu fêtes ton pauvre anniversaire de merde ? Je ne vois pas le rapport avec Feras. Paul hallucine. Il hallucine et hurle maintenant, sa lèvre inférieure saigne à cause d'un bouton de fièvre, putain, le stress sûrement, qu'il essuie avec la serviette de Drisana. Dégueu. Il attendait en bas de chez moi, bordel ! Blanc comme neige. Ils appellent ça la « taqîya », la sacro-sainte dissimulation islamique. Sauf que je le voyais, moi, ses yeux assassins, son portable braqué sur ma fenêtre.

Tu ne veux pas redescendre, Paul ?

Redescendre ? Paul brandit une fourchette dans sa main gauche, une cigarette dans la droite. Le moment est plutôt venu de réagir. Non, lui ne se laissera pas saigner comme un mouton. N'importe quoi, soupire Antoine, la tête dans les mains. Solal, Emma, allez regarder un dessin animé. Samuel s'excuse auprès d'Isabella. Il ne tiendra pas jusqu'à la fin du repas, il se sent mal, tellement mal. Peut-être qu'il couve quelque chose. Il préfère aller se coucher auprès de son fils. Il a besoin de la présence d'un être qui ne lui demande aucun compte, qui n'exige rien. Il faut rester pour le gâteau, le retient Monika, elle pointe du menton la fêtée qui, ignorant ce qui se déroule et se défait, promène sur la nappe un repose-couvert en argent, devenu petit soldat. Garde à vous ! enjoint-elle d'une voix militaire à la cuillère à dessert affalée devant l'assiette d'Emma. La petite fille n'hésite pas une seconde, s'empare du couvert, le redresse, prête à toutes les manœuvres sauf à aller dans la cabane, maman ne veut plus que je voie ces horreurs. Isabella secoue la tête, chasse une mauvaise pensée – araignée du matin, chagrin, araignée du matin, chagrin –, se ressaisit, fait sauter le général sur son assiette, un bond et il plonge dans le verre : plouf et je nage ! Dans l'angle droit de son champ de vision, loin là-bas, la blonde, la bru, menton en avant, la toise, et le regard affolé de Samuel. Il n'a jamais eu les nerfs solides, celui-là, quelle *frocina* ! Je ne mange plus de sucre, qu'elle crie, tandis que les autres, les siens, dans la confusion, la grande confusion, entament un joyeux anniversaire ! Ça donne des caries. Elle envoie à Drisana un clin d'œil qu'elle voulait pour Emma. Tant pis. Allez regarder un film, nom de Dieu ! La grand-mère rit jusqu'à ce que Paul lui dise de se calmer. Que ce n'est rien, un peu d'agitation parce que Antoine ne capte pas la situation, sa gravité, et qu'il mériterait un poing dans la gueule de se comporter comme ça, un comportement anti-famille un jour pareil, de fête et de deuil.

Antoine se lève. Clothilde fera bien comme elle voudra, il ne lui en voudra pas de rester, mais pour lui, c'en est trop, cette baraque ressemble à un asile de fous. Il rentre à Paris. Elle est libre. Tant pis pour le gâteau. Clothilde soupire, œil désapprobateur sur Paul. Ce n'était pas la peine, vraiment. Elle embrasse sa mère, Samuel, et suit son mari. And their children after them.

47.

Un tailleur des années quatre-vingt, Ted Lapidus, trouvé dans un coffre au Clos. Une perruque noire style Barbara. Un manteau bordeaux. Des talons aiguilles livrés par Amazon. Paul est paré, on ne le reconnaît pas. Le ciel menace quand il se poste rue d'Anjou, devant le bureau d'Antoine. Il ne sait pas exactement ce qu'il est venu chercher là, ce qu'il dira à son beau-frère, s'il lui parlera avec son cœur ou ses poings, il n'a pas de parapluie, mais la certitude que Clothilde et les enfants ne doivent pas rester plus longtemps à Paris où sévit Feras, et tous ceux qui s'appellent comme lui.

À dix-huit heures trente, Paul a fumé quatre cigarettes, ses pieds le torturent. Antoine Bernieux descend enfin. En compagnie d'une collègue – la poisse – il prend la direction opposée à l'angle où le guette son beau-frère qui décide, fissa, de le suivre. Au croisement avec le boulevard Malesherbes, Antoine se sépare de sa collègue, Paul hâte le pas, s'apprête à le héler – il faut qu'on parle de ta femme et de tes enfants – quand quelque chose le freine, un on-ne-sait-quoi dans l'attitude d'Antoine, dans son empressement joyeux quand il consulte son téléphone, sans prêter attention à la silhouette hybride qui s'approche de lui, sans se soucier de rien, entièrement absorbé par la perspective qui se dessine à lui sur l'écran de son iPhone. Il plisse les yeux, la gueule baignée de soleil, l'air effrontément heureux, à dix jours à peine des attentats, tandis que sa famille subit une offensive hors du commun, il rit. Pour la première fois, ou la deuxième, Paul le trouve beau – et con à la fois –, dénué de cette expression familière qui, en lui, le débecte.

Le nouvel Antoine traverse la place de la Madeleine et tourne rue de Sèze. Paul trottine à distance, les chaussures claquent sur le bitume malgré ses efforts de discrétion ; sa cible marche vite, d'un pas alerte qu'il peine à égaler à cause de ses escarpins, quel supplice, il les enlève, accélère, s'accroche à une bouche d'égout, file son bas, se blesse, saigne. Tant pis. Il ne lâchera pas. Claudiquant, il parvient rue Godot-de-Mauroy, tout juste pour voir Antoine disparaître dans un café-tabac. Il patiente, reprend son souffle, hésite un instant à enfoncer son pied écorché dans ces pompes de merde, et puis, putain, malgré la douleur, au combat ! Il pousse, à son tour, la porte du bistrot. Antoine s'est installé dos à la salle, Dieu merci, face à un homme d'une trentaine d'années, en veste militaire, les cheveux bruns mi-longs plaqués en arrière par du gel, barbu. Très barbu. Le rythme cardiaque de Paul s'accélère. Il avise une place derrière une colonne, à quelques mètres de celle de son beau-frère, d'où il pourra observer sans être repéré. Il réussira même peut-être à saisir des bribes de leur conversation. Il commande un kir.

Que peuvent-ils bien avoir à se dire, ces deux-là ? Ils n'arrêtent pas de parler, surtout le chevelu, mais dans sa barbe, alors Paul n'entend rien. Antoine, le buste en avant, les fesses légèrement décollées de son siège, boit ses paroles. Il est fasciné, ça ne fait pas de doute. Paul passe en revue accélérée toutes les hypothèses qui expliqueraient ce rendez-vous entre Antoine, un peigne-cul lisse comme une chemise amidonnée, et un type d'au moins quinze ans son cadet, un Arabe, avec une gueule de tueur et une barbe broussailleuse comme les extrémistes. Il ne voit qu'une possibilité, qui, à bien des égards, expliquerait tout le reste, la résistance d'Antoine, son agressivité, son opposition systématique aux découvertes de Paul, à son chemin de vérité. Le gendre idéal est un Judas. Le maillon faible. Celui que l'ennemi est allé chercher, corrompre, qui s'est fait embrigader, qui a trahi. Paul a toujours eu du pif avec les gens. Il n'a jamais pu blairer ce trou du cul déloyal. Un félon et sûrement un converti. Comme papa.

Tout va bien, madame, ou peut-être… mademoiselle ? s'enquiert le serveur quand il apporte un second kir. Paul secoue la tête en fouillant dans son sac. Oui tout va bien, mais il faut qu'il s'en aille au plus vite car les deux types au fond du café, le jeune et le quadra à l'air de bon père de famille, sont des terroristes, des individus dangereux, recherchés dans toute la France. Oui, ceux-là qui n'ont l'air de rien et s'étreignent maintenant comme des, Paul a du mal à y croire, ils s'embrassent goulûment, vous voyez la même chose que moi ? au serveur qui ne répond pas et pose le verre et l'addition. Avec la langue, leurs bouches s'emboîtent mais pourquoi ? Paul ne comprend pas, il ne comprend plus. Ses jambes se dérobent sous lui. Il faut qu'il s'en aille. Douze euros. Il en laisse quinze sur la table et ses souliers dessous.

Il se retourne avant de quitter le café et regarde pour la dernière fois en direction des hors-la-loi. Leurs visages collés. Les mains du djihadiste qui ébouriffent les cheveux d'Antoine. Leurs têtes mêlées. En tremblant Paul sort son téléphone portable de sa poche. Il clique deux fois, Antoine se retourne au même instant et Paul s'enfuit avec, dans la bouche, le goût d'un baiser indécent, dégueulasse, mais pourquoi s'embrassent-ils comme ça devant moi ?

Ils veulent le rendre fou.

Paul court. Ses talons saignent. Aucun taxi ne voudra le prendre. Il a perdu sa perruque. Tant pis. Il ne s'arrêtera pas avant d'être arrivé chez lui, où, après avoir composé le code et poussé la porte, devant les boîtes aux lettres, il s'effondrera, le souffle court. Il a peur de mourir avant d'avoir pu sauver sa famille. Il va tout raconter à Clothilde. À quatre pattes, il monte les marches, il ne tient plus sur ses quilles, on croirait un pénitent à Jérusalem. Il parvient à glisser la clef dans la serrure avant de se souvenir qu'il n'habite plus là, qu'il a un locataire, un Hollandais putain, et que lui dort à l'hôtel, par mesure de sécurité. Il décampe aussitôt.

Le complot a pris trop d'ampleur.

Allongé dans sa voiture (il reprend ses esprits avant de démarrer), il extirpe de sa poche son téléphone portable pour envoyer la photo compromettante à Clothilde. Un message s'affiche, Antoine : *est-ce que c'est toi que j'ai vu dans un café près de Madeleine ?*

Se cacher, c'est la seule solution pour que le monde ne nous abîme pas. Rester entre nous, au Clos, quelques mois, le temps que les choses se tassent.

Et les plis où l'on s'enfonce et étouffe disparaissent.

48.

Elle ne sait pas qui croire ni quoi penser. Les trois grandes valises ouvertes sur le lit, elle exécute des mouvements d'automate. Maman Ours, Petit Ours et Moyen Ours. Elle n'a jamais compris *Boucle d'Or*. En fonction des versions, les bêtes dévorent l'intruse ou pleurent son départ. Parfois, elles s'installent dans la maison. Qui a renoncé, et à quoi ?

Dans leur histoire à eux, maman quitte Papa Ours qui a un amant. Qu'il embrasse dans les cafés. Clothilde a d'abord reçu une photo, totalement floue, incompréhensible, un reflet coloré dans une flaque. Il lui a fallu l'éclairage de Paul pour qu'enfin elle voie ce qu'il y avait à voir : la chemise de son mari agglomérée à celle d'un autre.

Elle ne s'est pas effondrée. Au contraire. L'impression plutôt de s'agréger. De devenir une masse compacte, insensible à la catastrophe. Je vais te dire la vérité, a annoncé Paul. Tu dois savoir avec qui tu vis. Il a tout déversé en vrac : ses soupçons nourris depuis longtemps à l'égard de la pièce rapportée, le loup dans la bergerie, ses liens avec la bande de Feras donc avec les attentats du 13 Novembre, le barbu dans un café lambda à vingt minutes de son bureau, et cet air triomphant, insolent et juvénile – méconnaissable, le baiser. La situation est grave, tragique même, et périlleuse. Parce que Feras ne va pas les lâcher. Parce que Antoine la trompe avec un terroriste. Quel est l'œuf et quelle est la poule, il n'en sait rien. Peu importe, il faut quitter Paris. Au Clos, ils seront protégés. Un spécialiste va sécuriser la maison. S'il se passe quoi que ce soit, ils seront reliés à une milice privée et à des voisins qui font partie du même réseau d'autodéfense. Paul a acheté des armes, au cas où.

Elle se sent anesthésiée. Une viande froide et muette. Son corps demeure silencieux, inoffensif. Il ne joue plus contre elle. Il lui fiche la paix. Elle peut bien quitter Antoine, elle n'a pas mal. Elle a besoin de repos. Dans une heure, elle ira chercher les enfants à la sortie de l'école. Ça ressemblera à un week-end normal, sans papa. De toute façon, il ne pouvait pas venir avec nous. Elle ne leur dira rien, évidemment. Ils ne poseront pas de questions. Dimanche après-midi, elle leur annoncera qu'ils restent là-bas, tous ensemble, les Simart-Duteil, quelques jours de plus, une semaine ou deux. Jusqu'aux vacances de Noël. Après on verra. Les petits seront contents. Elle n'a pas encore décidé du sort de Drisana. À son âge, on ne se laisse pas emmener sans réagir. Tu lui diras qu'elle court des risques graves en restant à Paris, a tranché Paul. Elle doit te faire confiance.

Nous faire confiance. On lui montrera la photo d'Antoine, on lui dira la vérité. Quand part-il à Singapour soi-disant ? Pourquoi « soi-disant » ? Dans trois jours. Tu ne comprends pas que tout était prévu, organisé ? Il voulait t'emmener, toi et les enfants, là-bas, chez eux, en Syrie. Vous enlever. Il doit revenir pour les fêtes. À mon avis, une fois qu'il comprendra qu'on sait, il s'évaporera dans la nature.

Clothilde ne ressent rien. Cette histoire – la sienne ? – lui paraît lointaine. Elle ne la concerne pas directement. Elle vient alimenter une urgence, la sensation que de toute façon la réalité s'effondre. Elle se laisse embarquer. Croire au diable, par besoin de consolation. Il y a quelques jours, elle a découvert l'existence d'un cratère en activité en Allemagne, sous un lac. S'il explosait, il anéantirait l'Europe. Elle a creusé le sujet. Elle a trouvé plus inquiétant que le cataclysme germanique : l'apocalypse californienne. Bien sûr, elle avait vu des films qui mettaient en scène l'éruption spectaculaire du Yellowstone. Elle n'y croyait pas. Elle se trompait : le supervolcan peut se réveiller un jour ; impossible de prévoir quand. Peut-être que demain il n'y aura plus rien. Comment vivre avec toute cette incertitude ?

Le monde l'accule, l'écrase, l'anesthésie. Clothilde n'a plus peur de mourir.

Quand elle gare sa voiture à quinze heures devant le lycée de Drisana, elle éprouve la détermination de qui n'a rien à perdre. Dans sa voix, cette force nouvelle vaut argument. Nous partons au Clos, j'ai fait nos bagages. Nous y resterons le temps qu'il faudra. Elle lève l'index pour faire taire les questions de Drisana.

Tous les quatre sur l'A14 puis sur l'A13, ils changent de vie. L'action vaut réflexion.

49.

Sitôt qu'il entend la voiture dans l'enceinte de la maison, Paul accourt, des papiers à la main. Il ouvre la portière de sa sœur, celles des enfants, bondissant, les yeux fous, nerveux. On rentre ici comme dans du beurre, lance-t-il en prenant Emma dans ses bras. Comme dans du beurre. Là, c'est toi, mais ça aurait pu être n'importe qui. Maman a ouvert le portail sans vérifier, par pur réflexe. Non, j'ai le bip, rectifie Clothilde. Paul s'est saisi des bagages, il a hâte de les voir s'installer. Les travaux débuteront demain, par le portail.

Ce matin, à six heures (pour des raisons de confidentialité), il a fait venir un expert sécurité, du réseau du Vraitristan. Tu l'aurais vu ! Une baraque, cinquante ans, des cuisses de sanglier, énormes, un physique de garde forestier. Et un regard qui inspire confiance. Droit. Paul lui a décrit la situation, rapidement, sans entrer dans les détails, juste assez d'éléments pour que le colosse se figure le danger et fasse son travail. Un taiseux. Il a vécu au Maroc, dix ans. Il a même de lointaines origines maghrébines. On ne peut pas le taxer de racisme. Il s'y connaît. Il s'est prononcé de manière catégorique sur la gravité de ce que nous vivons. Déjà qu'il faut se méfier de ses propres voisins, et même de ses parents, il a dit – vous n'imaginez pas le nombre de crimes commis entre proches –, alors quand on ne connaît pas, que c'est une autre culture, d'autres traditions, une autre religion, et pas n'importe laquelle, l'islam, et qu'en plus il y a une affaire de famille et de sous, alors là, tous les clignotants s'affolent. Notre cas ne l'étonne pas. Il en a vu d'autres. Et, sans vouloir nous faire peur, nous avons bien fait de nous protéger. À huit heures, il est reparti comme il était venu : à pied. Il avait garé sa voiture à deux ou trois kilomètres pour ne pas qu'on le repère. Personne ne sait où il habite, pas même son ex-femme. Et un enfant sur les deux qu'il a. Il ne fait pas confiance à l'autre. Le jour où il faudra se planquer, c'est lui qui invitera, pas les autres qui s'incrusteront. Ceux-là, il a de quoi les accueillir. Des « chez-lui », il en a au moins trois, parce qu'on ne sait pas où ça va péter, ni comment. D'une place forte (entre quinze et trente mètres carrés bunkérisés), il peut passer à l'autre. En toute autonomie. Par voie fluviale. Il emmerde la SNCF. Et il ne fera pas partie des gogos coincés dans les embouteillages pendant que tout s'écroule.

Si l'État voulait nous sauver, ça se saurait.

Clothilde prépare un dîner rapide pour la petite. Elle s'enquiert de sa mère, de Samuel et de Monika. Ils méditent, explique Paul. De dix-sept heures trente à dix-neuf heures. Tous les jours. Même lui s'y est mis. Clothilde pourra se joindre à eux. Pourquoi pas ? Et toi aussi Drisana. Paul se tourne vers l'adolescente et lui sert une grenadine. Elle fait semblant de pianoter sur son téléphone pour qu'on lui fiche la paix. Elle les observe. Elle devine pourquoi ils sont là. Elle a entendu des bribes de conversation. Elle ne parvient pas à relier ces horreurs à son père. Drisana, lâche ton iPhone, implore Clothilde en prenant Paul à témoin. De toute façon, oncle Paul va vous piquer vos machines pendant soixante-douze heures pour vérification. Drisana rechigne à se séparer de son téléphone. Paul comprend. Adolescent, il aurait eu le même type de réaction si on avait touché à ses affaires, surtout qu'un smartphone, c'est intime. Il se souvient encore de sa mère qui vidait les tiroirs de son bureau pour l'obliger à mieux ranger. Un viol. Mais là, Drisana, si tu réfléchis, tu vois bien que ce n'est pas pareil. Paul se fout du contenu de ton portable, il ne le regardera même pas. En revanche, il veut empêcher les autres d'y accéder, d'utiliser l'appareil comme un cheval de Troie. Il va l'envoyer à un spécialiste qui le scannera avec un logiciel ultraperformant et vérifiera qu'il n'est pas piraté. C'est une mesure de sécurité contraignante mais nécessaire dans cette période particulière où la menace est diffuse. Ton collège figure parmi les établissements scolaires ciblés par l'État islamique. Et ce n'est pas par hasard.

Derrière eux, Clothilde casse des œufs, plonge dans le frigidaire chercher du lait et dans le placard un saladier. Je prépare une omelette pour ce soir, précise-t-elle à trois reprises au moins. Personne ne lui répond.

En France, on peut pénétrer dans une école comme dans un moulin. Drisana confirme : une fois par mois, les élèves se soumettent à des alertes intrusion. Ils se cachent sous les bureaux, au cas où. Paul sourit : c'est tellement dérisoire. L'adolescente secoue la tête. Chaque fois elle fait le même constat : ils n'ont aucune chance d'en réchapper, on les entraîne à se taire, à mourir en silence. Mohamed Merah a tiré à bout portant sur une petite fille de six ans, glisse Clothilde en fouettant sa préparation de manière énergique jusqu'à ce que le mélange mousse. Il faudrait des caméras, des cloisons antieffraction, des portes blindées dans chaque classe. Des pièges comme pour les bêtes. Seulement, dans notre pays, nous ne sommes pas préparés à la guerre. *Of course not !* répond Clothilde en débitant les champignons de Paris en tranches. Ensuite, il faudra les laisser reposer à température ambiante avant de les faire sauter à la poêle et les incorporer à la préparation à base d'œufs. Mais ici, à la campagne, ça ne craint rien ? cherche à se rassurer Drisana. Figure-toi – tu es grande, tu as le droit de savoir – que nous avons reçu des mails menaçants. *She knows*, précise Clothilde. De votre demi-frère ? Si tu veux. Des mails surtout de quelqu'un qui est lié aux terroristes du 13 Novembre, qui peut-être, on n'en sait rien, prépare un attentat. À plus petite échelle, moins grandiose mais également spectaculaire, un attentat contre une famille. La nôtre. Je ne veux pas t'impressionner mais tu as l'âge de comprendre. Pour Solal et Emma, c'est un peu tôt. Tu es l'aînée, comme moi. Ce n'est pas une place facile. Les gestes de Paul se sont élargis et dans son pull à col roulé noir, avec son pantalon ajusté de la même couleur, son crâne rasé et ses pieds nus, il a l'air d'un prêcheur. Pourtant, il rayonne, heureux, précis, à sa place. C'est lui le roi de la peur, depuis toujours. Celui qui effraie et réconforte. C'est son histoire qu'il raconte. On repart bien dimanche ? s'inquiète l'adolescente. Paul vient d'évoquer un stock de provisions. Il a commandé des soupes lyophilisées pour six mois sur Internet. Oui. Peut-être. Bien sûr. Si c'est possible, en fonction de la situation. Je mène mon enquête. Tu as entendu ? Il ne faut pas sous-estimer les dangers. Ne pas se précipiter dans la gueule du loup.

Le lendemain, le nouveau portail est posé, les caméras et une barrière infrarouge avec. Au moins, si quelqu'un entre nous serons prévenus.

Les jours qui suivent, Paul fait des allers-retours à Rouen. Il revient le coffre chargé de planches, de sacs de ciment et de cartons Bricomarché qu'il stocke dans la Bergerie. Monika et Samuel entament un jeûne de purification. Ils ne prennent plus aucun repas. Ils boivent du bouillon et marchent avec des bâtons de randonnée dans les champs qui jouxtent la maison pour que leurs muscles ne fondent pas. Ils se retrouvent pendant que Clothilde veille sur Théodore.

Emma est promue infirmière par sa grand-mère. Si elle poursuit sagement son apprentissage, elle pourra, elle aussi, opérer les animaux. En attendant, elle s'entraîne sur les lombrics qu'elle ramasse dans le jardin. Elle les coupe en deux dans le sens de la longueur, le plus délicatement possible histoire de ne rien casser de ce qui se trouve là, à l'intérieur, des boursouflures blanches qu'on peut faire éclater si on presse trop fort. Pareil pour les intestins, qui laissent un liquide noirâtre sur les mains, au goût de terre. Sur Internet, l'enfant a trouvé un schéma de ver de terre disséqué, les organes apparents, symétriques, en ordre. Un idéal de lisibilité auquel elle aspire, en vain. Pour l'instant, ses chirurgies malhabiles ne révèlent qu'une chair déchiquetée et chaotique. Mystérieuse. Isabella lui promet qu'au printemps elle s'occupera des oisillons tombés du nid – un phénomène triste et fréquent. S'ils meurent malgré les soins, Emma aura le droit de les ouvrir. Pour l'instant, Isabella garde les grosses bêtes pour elle. Et pour sa sœur, experte dans les maladies graves. C'est un secret que l'enfant ne doit révéler à personne : Sofia s'occupe de Bouchon, le chat des voisins, ceux de la maison moche, aux murs crépis d'un rose sale. Il a un cancer de la vessie.

Antoine laisse des messages que personne n'écoute. S'inquiète. Paul décroche et intime à son beau-frère d'une voix glaciale de laisser Clothilde tranquille, il lui a fait assez de mal comme cela, ils ont tout un dossier sur lui, à disposition de la police. Il ferait mieux de se tenir à l'écart.

Ça l'a mouché, raconte Paul à Samuel. Ça lui a coupé la chique : il a commencé une phrase, une question, et plus rien. J'ai pensé qu'il avait raccroché. Puis au bout d'une minute, une minute de silence, il a dit au revoir Paul, déférent, obséquieux comme à son habitude. Je ne l'ai pas salué. J'ai raccroché sans un mot de plus. Exit le vendu !

50.

D'abord, Antoine s'est senti soulagé. C'était le chaos depuis un an, il fallait que ça cesse. Il s'installait à Singapour. Un gros gros challenge, confesse-t-il dans *Touche pas à mon poste*. Sur le plan stricto privé, intime si vous voulez, il était perdu, confus. Clairement. Et Clothilde aussi, qui refusait de le suivre. Quand elle avait décidé quelque chose, elle s'y tenait. Il lui a dit que ça impacterait leur couple, que du négatif. Elle a acquiescé. Ça lui convenait.

Il voyait que les Simart-Duteil partaient en sucette mais il ne se doutait pas que ça prendrait de telles proportions. Il croyait en Clo, en sa capacité de tenir le cap. Elle avait toujours privilégié ce qui était bon, pour elle, pour les gamins. C'était une très bonne mère. Il avait entièrement confiance en elle. Même à ce moment-là, alors que tout vacillait entre eux. Il y avait un virage à gérer, délicat mais à notre portée. Il ne se mentait pas, ni à lui ni à personne : il vivait Singapour comme la première étape de leur séparation. En douceur. La porte vers une deuxième vie.

Il n'était pas le seul à étouffer. Clothilde aussi. C'est elle qui avait décidé de la séparation, il n'avait rien à se reprocher. Pas rien, c'est faux. Dans ce genre de cas, il n'y a pas qu'un seul coupable. Mais la famille nous dissout. Nous fait disparaître. Le je meurt.

D'ailleurs, il n'a jamais lâché, jamais abandonné ses enfants. Il revient régulièrement en France, tous les mois quasiment. Avec son cœur, ses tripes, il vit près d'eux. Il tient à ses gosses comme à la prunelle de ses yeux. Il se bat pour les récupérer, exfiltrer au moins les aînés. Il travaille avec deux psychologues spécialistes de l'emprise. Il a bon espoir que ça se décante. Ils ont avancé. Il ne pouvait pas deviner quand il est parti qu'il ne les reverrait pas pendant tout ce temps. Qu'ils refuseraient de lui parler même au téléphone, qu'il deviendrait le diable.

À son arrivée à Singapour, il a essayé d'entrer en contact avec eux, à plusieurs reprises. En vain. Personne ne lui répondait. Sauf une fois : Paul, très dur. Et puis il y a eu ces appels manqués d'Isabella, une quinzaine, en l'espace d'une demi-heure. Il était en rendez-vous. Son portable dans son sac. Il s'en veut tellement de ne pas avoir décroché.

Il est rentré pour Noël. Ça ne faisait pas un mois qu'ils s'étaient enfermés. On aurait pu croire qu'il s'était écoulé dix ans. Déjà, ils étaient devenus inatteignables. Ils avaient changé toutes les serrures. Ils s'étaient barricadés, physiquement et mentalement. Des forteresses. Il a sonné à l'interphone. Clothilde est venue jusqu'à la grille, escortée par ses deux frères. Elle paraissait calme, sous camisole chimique. Voici les preuves de ton réseau maléfique, elle a dit. Elle lui a tendu une enveloppe en papier kraft sur laquelle était écrit son prénom. Et elle lui tourné le dos, talonnée par Paul. Samuel est resté là à le fixer. Un zombi. Je l'ai toujours apprécié, Sam. Un type doué, droit, fiable. Pas comme son mégalo de frère.

Antoine a insisté pour voir les petits. Si on ne les lui amenait pas tout de suite, il enverrait les flics. D'une drôle de voix, qui n'était pas la sienne, vide, Samuel lui a répondu : nous sommes en sécurité, protégés. Nous n'hésiterons pas à recourir aux armes pour notre défense. Et il l'a planté là.

Antoine a appelé le commissariat de Yerville. La police est passée plusieurs fois au Clos. Ils ont parlé aux enfants. Scolarisés à domicile. C'est légal. Propres, l'air contents, pas de traces de violence. Les adolescents ont été interrogés. Ils ont dit qu'ils préféraient rester là, avec leur mère. Et ce soupçon dans la voix des flics : c'est de vous, monsieur, qu'ils ont peur.

Alors Antoine a choisi de patienter. Ce n'est rien qu'une affaire de famille.

51.

Elle regarde ses oncles se diriger vers la Bergerie – la puissance de leur pas volontaire – et entre eux, traîné, leurs bras sous ses aisselles comme s'il était inconscient ou ivre, son cousin Aurélien. Sa mère ferme la marche. Le garçon se débat quand ils le poussent à l'intérieur et verrouillent la porte à clef. Drisana aurait voulu descendre l'aider. Elle a eu peur. Elle ne veut pas qu'on la séquestre elle aussi.

Alors elle se glisse dans la chambre vide de sa grand-mère, repère son téléphone sur la table basse (un modèle à clapet sûrement considéré comme inoffensif par Paul), le fourre dans sa poche et s'enferme dans la salle de bains. Drisana ne connaît aucun numéro par cœur, heureusement Isabella n'a pas effacé son gendre de ses contacts. La nausée monte quand elle appuie sur la touche verte. Et si Paul avait raison, que son père leur voulait du mal ? Elle laisse sonner une fois, raccroche. Elle entend des pas dans le couloir, fait couler l'eau. Ce qui vient de se passer dans la cuisine… Est-ce qu'ils sont devenus fous ? C'était pendant la préparation du dîner. Paul lisait l'horoscope à voix haute, en fumant. Il avait l'air détendu. Maman en a profité pour demander gentiment, comme une faveur, si Drisana et elle pouvaient récupérer leurs portables. Paul a fait un drôle de mouvement de la tête, un dodelinement indien, ni oui ni non. Il a tendu son magazine à Drisana en lui rappelant qu'il était Verseau. Je t'écoute. *Sous la domination du carré planétaire Saturne-Uranus, votre esprit va s'exalter. Vous lancerez des initiatives inédites qui auront la vertu de consolider vos acquis, notamment professionnels. Restez bien à l'écoute du monde : l'amour vous guette. Bullshit*, a-t-il commenté avant de se lever – je reviens. Il s'est assuré qu'Isabella et les petits étaient absorbés par la télévision, a demandé à Aurélien (qui venait tout juste d'arriver de Paris, viré de sa boîte à bac) de le suivre dans la cuisine, idem pour Monika et Samuel : il avait quelque chose d'important à leur montrer à tous. Après avoir fermé la porte derrière lui, il a posé les portables des deux femmes sur la table, éventrés, tous boyaux électroniques dehors. Ils étaient rongés par les virus, colonisés par des espions en tout genre, a-t-il expliqué. Les caméras contrôlées de l'extérieur, le micro également. Vous savez ce que ça signifie ? Quelqu'un, à distance, vous observait, écoutait vos conversations, suivait vos navigations en ligne. En un mot, vous étiez surveillées. Mais qui ? a bredouillé Clothilde. On ne le sait pas encore. Certains indices nous mettent sur la piste de qui on sait. Feras ? Paul a secoué la tête. Pire. C'est pire, Clothilde. Sans émettre aucun son, d'un mouvement des lèvres, Clothilde a articulé le prénom tronqué de son mari : Toine ? Paul a confirmé d'un hochement du menton : il faut bien s'y résoudre. Il faut bien se résoudre à la catastrophe. Elle, seule, semble plausible.

Clothilde a évalué l'ampleur du drame. Ce qu'Antoine a pu voir, écouter, deviner. Ce qu'il a découvert d'elle, de ses alcôves digitales, de ses pulsions informatiques, de ses phobies cybernétiques – toute sa solitude. Elle s'est sentie souillée, oui c'est ça, salie. Comme les téléphones : éventrée et exhibée sur la table basse du salon.

Drisana essaie de nouveau, cette fois elle laisse sonner, une fois, deux fois, six fois. Boîte vocale. Elle raccroche.

Heureusement, le Vraitristan m'envoie des gars dès demain pour renforcer notre sécurité, a déclaré Paul en jetant les appareils dans la poubelle. Nous avons une chance folle d'être tombés sur lui. Au vu de la situation, il était moins une. Conséquemment aux découvertes de ces derniers jours, les instructions sont simples : interdiction d'aller sur Internet ces trois prochains mois et éviter toute sortie en dehors de la maison. On peut se promener à l'arrière du jardin dans la journée, et, à la tombée de la nuit, sans éclairage d'appoint, sur l'ensemble du terrain du Clos. Je dispose, de mon côté, d'un ordinateur à connexion sécurisée, je pourrai donc de temps en temps me connecter. Si vous avez une demande particulière, vous pouvez me la soumettre.

Paul a exigé toutes les autres machines connectées. Samuel et Monika se sont exécutés. Aurélien a résisté. Je veux rentrer à Paris, tout de suite. Drisa, *go to your room*.

De sa chambre, juste au-dessus de la cuisine, Drisana a entendu le craquement d'une chaise qu'on repousse, des pas, un hurlement, un coup sourd (peut-être un poing écrasé sur la table), des éclats de voix, aigus, puis une mélasse sonore de meubles qu'on déplace, d'assiettes qu'on range précipitamment, de couverts qui tombent, et des cris de toutes parts, un vacarme étouffé de bagarre. Enfin, distinctement, la porte de la salle à manger qu'on claque et celle du jardin qu'on ouvre.

Elle s'est précipitée à la fenêtre et elle les a vus. Les deux frères et Aurélien. Et la porte de la Bergerie s'est refermée.

Elle entend Solal et Emma qui remontent, des « bonne nuit ! » distincts d'enfants bien élevés – Mamisa va-t-elle remarquer la disparition de son téléphone ? Elle tente un dernier appel avant d'entrer dans la cabine de douche, elle doit se laver, avec les cheveux mouillés je n'aurai pas l'air coupable, songe-t-elle, et, assourdie par l'eau brûlante qui lui tambourine le crâne, elle s'accroche à cette pensée bancale et rassurante. Elle voudrait ne plus jamais sortir de là, son refuge aquatique, se liquéfier et disparaître avec la mousse du shampooing dans les canalisations.

Elle enroule ses cheveux dans une serviette blanche, désespérément, pour la dernière fois, elle appuie sur la touche verte : des signaux qui lui paraissent de plus en plus lointains, son père aux abonnés absents. Elle enfonce le portable dans la manche de son sweat avant d'ouvrir la porte.

Une armée de figurines en plastique barre l'accès à la chambre d'Isabella. Emma a installé en rang tous ses Playmobil. Où est maman ? demande Drisana en enjambant les jouets. Chez Mamisa, chuchote sa sœur. Elles dorment. Tu n'as pas le droit de les déranger. Nous montons la garde. Elle se tient debout en colonel. Et oncle Paul ? L'enfant hausse les épaules. Elle n'en sait rien. Elle ne laissera passer personne. D'un geste tendre et décidé, Drisana écarte la petite fille qui se blottit aussitôt contre elle.

Agenouillée sur le tapis bleu moiré qui encadre le lit, sa mère oint avec un soin religieux les paumes assoupies d'Isabella. Drisana se tait par crainte d'enfreindre une loi tacite et reste suspendue devant ce tableau de piété. Un instant sacré, qui échappe au mouvement habituel du monde. Soudain, toutes ses inquiétudes, les amis, les cours, son père, les tourments de sa vie de jeune fille, les émotions qui la secouent depuis son arrivée précipitée au Clos lui semblent de vent, inutiles, un tourbillon fatigant et insensé. Elle tombe à genoux derrière Clothilde et pose sa tête sur son dos, rassurant comme celui d'une bête. Elle ferme les yeux et se laisse bercer par les ondulations et les secousses du corps maternel qui lime, coupe et enduit de vernis nacré les ongles de la doyenne. À intervalles réguliers, cette dernière ronronne, de plaisir ou pour signifier qu'elle est encore en vie.

Tout comme nul n'avait observé son absence, personne non plus ne remarque la réapparition d'un Nokia couleur acier sur la table de chevet de la grand-mère.

52.

Quand Aurélien sort de la Bergerie pour s'asseoir pour la première fois depuis trois jours à la table familiale, où son père, sur décision de Paul, occupe la place centrale, il ne sait plus s'il a faim, la nausée, ou les deux.

Pendant les soixante-douze heures passées là-bas, dans l'antre de son oncle, il n'a rien mangé hormis deux paquets de chips abandonnés et un reste de céréales, dévorés dès le premier matin, quand il croyait encore qu'on viendrait le chercher fissa, que le petit jeu avait déjà assez duré. Lorsqu'il s'est aperçu que les volets avaient été fermés de l'extérieur comme avant un long départ, il a commencé à s'inquiéter. Même en empilant deux chaises l'une sur l'autre, il n'a pas réussi à se hisser jusqu'aux chiens-assis qui lui auraient permis de s'échapper, quitte à se casser une ou deux jambes. Tout valait mieux que la soumission. Le reste ne fut qu'attente, non pas désespérée, car il n'avait précisément rien d'autre que l'espoir. On l'avait enfermé là sans explication, et son refus de se séparer de son téléphone portable lui apparaissait maintenant comme un prétexte, une occasion saisie au vol pour l'emprisonner.

Enfin, le mardi peu avant midi, la porte de la Bergerie s'est ouverte.

Aurélien somnolait depuis des heures, abruti par la faim. Au bruit, il s'est dressé sur le matelas où dort parfois Paul. Aurèle ? Le visage concerné de son père, le timbre familier de sa voix, sans reproche, et tout de suite il a fondu en larmes comme s'il sortait d'un mauvais rêve. Vous êtes complètement jetés, j'aurais pu crever. Il a guetté les paroles de consolation. Il voulait la banalité des mots, qu'on lui annonce un canular, une épreuve de téléréalité, ou une erreur, on s'était égarés, chacun pouvait déraper mais maintenant c'était fini. Il attendait des bras de Samuel un réajustement, un repositionnement du monde dans son axe.

Rien n'est venu. Paul a tiré deux chaises en paille tressée face à la couche d'Aurélien et les deux frères se sont assis, impassibles. C'étaient eux qui exigeaient de lui un retour à la norme, qu'il plie et retrouve le droit chemin, le leur.

Qui est Mika Ouedraogo ? La question de l'oncle a fendu le silence et guillotiné ce qui restait en Aurélien de confiance. Je ne sais pas.

Son cœur s'est accéléré, une tachycardie de milieu de nuit, au réveil d'un rêve trop sombre. Seulement, avec Paul, qu'il observait en contre-plongée, un corbeau au-dessus de son nid, le cauchemar durait. Les événements se suivaient dans une continuité incompréhensible. La trame de son histoire n'était pas celle qu'il croyait.

Mika Ouedraogo, ça ne te dit rien ? avait glissé son père, l'intonation encourageante. *Bad cop, good cop.* Et Medhi Ayeb ? Aurélien a cherché : Mehdi... Mehdi... je ne connais pas de Mehdi. Et le même manège : Yasmine Khoury ? Ça devrait te dire quelque chose Yasmine Khoury. Aurélien a secoué la tête. Il ne voyait pas. Il y a une Yasmine parmi tes contacts. Elle ne s'appelle pas Khoury. Comment elle s'appelle ? J'en sais rien, mais elle ne s'appelle pas Khoury. Elle s'appelle comment alors ? Pas de réponse. Tu l'as rencontrée où ? Elle n'est pas dans ton lycée, cette Yasmine-pas-Khoury. On se suit, je crois, a répondu Aurélien. Comment ça ? Insta ou je ne sais plus, c'est peut-être une pote de pote. Tu l'as draguée ? Samuel fixait obstinément la fenêtre aux volets fermés pendant que son frère menait l'interrogatoire. Il ne regardait jamais son fils. C'est pas trop le genre. Paul était curieux de savoir pourquoi, pourquoi ce n'était « pas trop le genre ». Et puis, tiens, tu t'en souviens un peu si tu penses que ce n'est « pas trop le genre ». Éclaire notre lanterne. Tu l'as rencontrée, en chair et en os, ou c'est juste en ligne ? Je ne sais pas. Peut-être. Aurélien avait plus de huit cents contacts dans son téléphone, quatre mille amis Facebook, six mille fans sur musical.ly, sept mille abonnés sur Insta, alors il ne connaissait pas tout le monde personnellement. Qu'est-ce qu'on avait à lui prendre la tête avec cette fille ? Il s'en foutait, il avait juste la dalle. C'est pour ton bien, Aurélien. Pour ton bien et le nôtre. Parfois, on se met en danger et on met en danger les plus proches, ceux qu'on aime, par inconscience. Une fois que tu auras tous les éléments en main, tu décideras si tu as envie de foutre ta famille en l'air ou pas. Aurélien ne comprenait pas. Yasmine t'a piégé. Pour son bien, Paul avait lu leurs échanges, la partie émergée de l'iceberg parce que, visiblement, Aurélien avait effacé beaucoup de messages. Je me trompe ? Non. Elle faisait partie d'un groupe. Un groupe qui ne nous veut pas du bien. Ni à la France. Quel groupe ? Elle t'a posé beaucoup de questions ? Normal. Comment ça, « normal » ? Normal. On se chauffait. Vous vous chauffiez ! a triomphé Paul. Tu ne viens pas de dire que ce n'était pas trop le genre ? Il s'est tourné vers Samuel, le regard qui en disait long : ça y est, il est mûr, il va cracher. À toi de jouer maintenant. C'est une conversation de père à fils. Je vais vous laisser entre vous.

Après le départ de Paul, il y a eu un silence qui semblait vouloir s'étirer sans limites. Une solitude partagée et lourde. Aurélien observait celui qui se tenait face à lui et qui lui apparaissait chétif, vieux. Sa peau habillait une absence. Il avait cette silhouette évanescente, de virgule, dont on ne saurait dire vers quoi elle tend. Hier ou demain ? Sa disparition ou une existence nouvelle ? Le père ne regardait toujours pas son fils. Ses yeux accrochés à la carte IGN au-dessus du matelas d'Aurélien, il fouillait dans des souvenirs d'enfance (mais laquelle ?) à la recherche d'un lien, une complicité, un trait d'union. Il s'est raclé la gorge, une fois, deux fois, en vain. Rien n'est sorti.

Aurélien a lancé un « ça va » comme un dé, on verrait ce qui tomberait, ce que le hasard jetterait entre eux. Troisième raclement de gorge et ça va mieux, il a dit. Et répété « mieux ». J'avais besoin de ça, de rester un peu ici, loin de la clinique. Puis, comme si tout le reste ne comptait pas, il a déclaré : Paul a découvert des choses graves. Et cette affirmation liminaire a ouvert la bonde au reste, le torrent d'explications auquel ils s'abreuvaient – Clothilde, Paul et lui – depuis des mois. Chaque phrase, croyait-il, recouvrait de terre les ornières sur la route qui menait à son fils. Feras, soudain surgi de Damas, leur frère – le bâtard de Claude –, un terroriste qui cherchait à détruire leur famille par vengeance, parce qu'ils l'avaient rejeté. Yasmine Khoury, sa complice, une manipulatrice. Je l'ai opérée. J'ai vu de quoi elle est capable : des pires mensonges. Aurélien a ouvert la bouche, aurait voulu protester, il la connaissait à peine Yasmine, et elle ne s'appelait pas Khoury, mais son père poursuivait, sans laisser de temps mort, de brèche à travers laquelle l'autre aurait pu entrer dans la conversation, bouleverser le cours de ses pensées. Ils s'étaient fait avoir, piéger. Feras a tout détruit. Samuel ne pouvait pas, pour l'instant, retourner à la clinique. Si tu savais de quoi on m'accuse. Je n'aurais jamais pensé qu'on pouvait atteindre un tel degré de perversion, de cruauté. Paul a prévenu des amis haut placés. Ils enquêtent. Quand tout sortira au grand jour, que les coupables seront arrêtés, nous serons tranquilles. En attendant, il faut rester ici, en sécurité. La traque a commencé. Ils savent que nous savons. Le type de la sécurité va intervenir très vite. Monika a raison : cette situation est une opportunité pour se réformer, changer les choses. Une épreuve qui nous permet de nous retrouver. Et c'est intéressant, a-t-il constaté en s'accroupissant par terre à côté d'Aurélien, les fesses sur ses talons, avec son profil d'échassier – une cigogne –, c'est la première fois de ma vie qu'un sens se dessine. Jusque-là, je marchais droit mais je n'allais nulle part. Aujourd'hui, je sais où je suis.

Samuel était dans un état de concentration si intense, mystique, qu'Aurélien n'a pas osé avouer qu'il ne voyait pas, lui, de sens à tout cela, ni au reste d'ailleurs. Il avait plutôt l'impression depuis toujours, ou plutôt aussi loin que remontait sa mémoire, d'un tremblement de terre permanent, que les choses foutaient le camp sitôt qu'il s'en approchait. Tout ce qui, de loin, lui paraissait solide s'effritait quand il s'en saisissait. Sous le récit, sous le vernis, le réel s'effondrait. Depuis toujours il mettait sa vision du monde sur le compte d'une faiblesse congénitale, y voyant un signe de dépression ou d'immaturité. Aujourd'hui, Aurélien comprenait que son père n'en savait pas plus que lui, qu'il se débattait dans le flot de ses propres paroles comme un marin naïf, embarqué malgré lui sur un navire fantôme à la quille éclatée. Il ne naviguait pas, il dérivait sans boussole, dans une mer qu'il croyait, à tort, domestique.

Alors Aurélien décide d'accepter le naufrage, de cesser de se débattre. Il n'y a plus de voies, plus de routes, plus de chemins tracés par ceux qui nous précèdent. Plus même d'errance possible. L'immobilité comme unique perspective.

Comme les huit autres, il se résout.

53.

Toutes les nuits, environ une heure après l'extinction générale des feux, Paul fait un tour de garde. Il commence par les combles, où les plus jeunes ont installé, dans un coin de la charpente, une manière de campement : quatre tapis de yoga serrés, bon an mal an, les uns contre les autres. Ainsi, regroupés dans un espace exigu, tandis que les lits restent vacants, ils se rêvent en voyage, se reposant, dans leur abri de fortune, d'une journée de route exténuante, une étape supplémentaire dans le périple sans fin qui se poursuivra demain. Souvent Drisana veille encore, une lampe frontale fixée sur la tête, un Rubik's Cube à la main dont elle tourne les faces de plus en plus vite, battant chaque soir un nouveau record, qu'elle chronomètre mentalement, tout objet électronique ayant été banni du Cottage. À un signe de la main de Paul, elle se lève, vide sa vessie dans les toilettes du couloir, pour la dernière fois avant le lendemain matin. Pendant ce temps, Paul vérifie que les volets sont clos. Drisana revient avec deux pots de chambre, qu'elle pose l'un devant la couche d'Emma, l'autre devant celle de Solal. Paul lui envoie un baiser silencieux de la main, allume le récepteur du babyphone relié à la chambre de Clothilde et ferme la porte à clef.

Après avoir vérifié les waters et la salle d'eau de l'étage des enfants, l'aîné des Simart-Duteil descend l'escalier en colimaçon, au-dessus duquel clignote une alarme anti-incendie dont il teste chaque semaine les piles. Il commence son inspection du premier étage par la chambre du fond, la maternelle, la seule de la maison aux murs couverts de papier peint : de grands lilas sur fond jaune. Il remplit le verre d'eau de celle qui s'est endormie le plus tôt, sans chimie disent-ils, sereine, bercée par l'un de ses deux fils. Il baisse l'intensité de la veilleuse et s'assure que la superposition des volets et des rideaux permet une obstruction parfaite de la lumière. De ses lèvres, il frôle le front de l'assoupie, soucieux qu'elle n'ait pas de fièvre, à son âge il n'y a plus de petites maladies, et branche dans la prise, avant de sortir, un second babyphone jaune dont Samuel détient le récepteur.

En traversant le long couloir qui mène à la plus petite pièce de la maison, choisie par Clothilde, il s'arrête devant chaque placard susceptible d'abriter un intrus. De sa lampe torche, il balaie les profondeurs suspectes. Idem pour les salles d'eau et la buanderie. Il pousse doucement la porte bleu paon de la chambre de sa sœur (elle a le sommeil léger) pour contrôler, grâce aux clignotements des voyants verts et rouges, le bon fonctionnement de l'émetteur relié à lui et du récepteur connecté à la chambre des enfants. Il glisse le plus silencieusement possible la clef dans la serrure et sécurise Clothilde à l'intérieur.

Pour des raisons stratégiques de répartition des postes de défense, Monika et Samuel se sont installés dans le salon et se reposent tour à tour sur le canapé. Un pistolet semi-automatique et deux bombes lacrymogènes ont été cachés dans l'alcôve, sous le berceau où dort, de son sommeil imperturbable, inné, croient-ils, leur fils. Par souci de discrétion, Paul se contente de toquer à la baie vitrée de la véranda, avant de sortir patrouiller dans le jardin. Samuel répond par trois coups au carreau de l'une des fenêtres. Rien à signaler. Tout va bien. En cas de problème, les deux hommes communiqueront par talkie-walkie.

Paul peut procéder à la fermeture automatique de l'ensemble des volets extérieurs du rez-de-chaussée, verrouiller la porte blindée principale et poursuivre sa ronde dans le jardin. Dans l'obscurité, il longe la grille côté rue, à l'affût des bruits alentour. Il se fige au moindre pas, souvent le même : un voisin, joggeur nocturne dont le cavalier King Charles pisse systématiquement contre leur nouveau portail – Paul l'a constaté sur les images de vidéosurveillance qu'il passe au peigne fin tous les matins. La protection de l'arrière de la maison laisse encore à désirer. En attendant l'édification d'un mur, les habitants du Clos ont planté, en un après-midi, une barrière de chantier, densifiée par des fils barbelés. Un système d'alarme à infrarouge renforce le dispositif tout autour du terrain.

Ce soir-là, Paul rejoint la Bergerie, sa place forte, aux ouvertures obstruées de blocs de béton, plus fébrile que d'habitude. Il verrouille la serrure renforcée, branche les moniteurs de surveillance qui diffusent les images captées par les vingt-trois caméras disséminées dans la propriété. Il allume une cigarette et décroche l'armoire à pharmacie vide derrière laquelle est (mal) dissimulé un coffre-fort dont il est le seul à connaître le code. Soixante-dix-quatre-vingt-huit, son année de naissance et celle de Feras.

Il sort une pochette d'ordinateur en cuir noir qu'il s'est fait livrer la semaine précédente dans un emballage discret par un maroquinier de luxe – il a toujours aimé les belles choses. L'appareil met du temps à démarrer, ajuster ses pare-feu, mobiliser ses antivirus, déployer son VPN. Paul attend. Il n'est pas pressé. Au contraire, il veut profiter de chaque minute qui précède le moment où, pour la dernière fois, il ira sur ce compte Google-là.

Il enfile des gants blancs, de cérémonie. Pas un tremblement n'agite les veines gonflées de sang de ses mains assurées. Les doigts fondent sur le clavier pour leurs gammes routinières. L'index gauche enfonce le F avant de sauter sur le R. Entre-temps le majeur s'est appuyé sur le E. Un rebond de l'annulaire sur le S répond à la caresse de l'auriculaire sur la première lettre de l'alphabet. Une fois, deux fois et la main droite se pose à son tour, index annulaire majeur. Hou, on y est presque. L'index revient à la charge, saute sur le R, l'auriculaire tend vers l'arobase, le reste s'affiche tout seul. ferasashour@gmail.com. Une nouvelle partition pour le mot de passe. Chez le soliste, l'excitation monte, comme avant chaque représentation depuis un an, et plus encore, car cette fois-ci ce sera la dernière. Il clique sur « données et personnalisation », choisit l'option « supprimer un compte ». Appuie sur le trackpad. *Êtes-vous sûr de vouloir supprimer votre compte Gmail ? Cette action est irréversible.*

Paul clique, une ultime fois. Puis il se lève.

De sous le lit il tire son vieux Keepall Vuitton, à la patine bleutée, profonde. Il l'a rempli la veille, de ses plus beaux costumes. Du panache avant toute chose.

Il sourit (intérieurement) en franchissant la grille sécurisée du Clos que le VIPP familial a mis en vente la veille. Pol Sim a préalablement désactivé les caméras pour s'évaporer sans images, sans témoins. Il songe avec plaisir que, cette fois, on le cherchera. Les chevreaux s'affolent plus vite que les loups.

Il disparaît avec malice et légèreté : il y a des départs plus faciles que d'autres. On les appelle « nouveaux ».

0′.

Prêt.

Partez !

Vous placez des alertes sur les sites spécialisés.

Vous écumez les annonces, vous contactez les agences, vous traquez les ventes aux enchères immobilières.

Vos filets lancés, vos pièges posés, vous guettez. À l'affût.

Ça ne prend pas tout de suite alors vous vous impatientez. Vous n'auriez pas fait un·e bon·ne chasseur·euse.

Enfin, un jour, alors que vous y pensez de moins en moins, apparaît, dans votre boîte mail, l'objet de tous vos fantasmes.

Vous la reconnaissez aussitôt, sans l'ombre d'un doute, avec sa tourelle à mi-hauteur, son toit orange grignoté par le lierre, sa majesté aujourd'hui un peu décrépite. Ça ne peut être qu'elle : la maison des « gens bien de la rue du Cap ».

D'un doigt fébrile, vous faites défiler les autres prises de vue, seulement trois, sur lesquelles on ne voit pas grand-chose. Votre faim se réveille. Vous demandez un dossier complet, les plans, de nouvelles photos, l'adresse précise et la raison de la vente. Vous ne voulez pas vous déplacer pour rien.

On vous appelle. On s'excuse. On ne dispose pas, pour l'instant, d'images de l'intérieur. Ce serait trop étouffant. La maison a toujours appartenu à une même famille. Elle est pleine à craquer de souvenirs. Mais on veut vous rassurer : les visites commencent la semaine prochaine et, d'ici là, on aura tout vidé. Surtout pas ! vous insurgez-vous. Un ton plus bas, comme en confidence, on vous explique que ces dernières années elle était habitée par un monsieur très âgé, qui ne jetait rien. Ça a un nom : le syndrome de Diogène. Vous restez coi·te, alors on vous confesse la raison de la vente : décès du propriétaire. Et on ajoute dans un gloussement : mort à l'hôpital, pas dans la maison. Il ne viendra pas vous hanter !

Vous protestez. On marque un temps. Vous entendez pianoter sur l'ordinateur. Le prix est négociable, indique-t-on finalement. Les légataires veulent vendre vite. S'en débarrasser.

Ils sont trois ?

À l'autre bout de la ligne, on ne comprend pas votre question. Vous précisez : les enfants qui héritent, ils sont combien ? On concède qu'ils sont nombreux. Des neveux, nièces. Le propriétaire n'avait pas de descendants directs. Mais ils se sont tous mis d'accord, heureusement. Les indivisions, ce n'est pas toujours aussi simple.

Vous êtes sûr que la maison se trouve rue du Cap ? tentez-vous encore.

On acquiesce et on vous achève : c'est la seule dans tout le quartier avec une tourelle. Peut-être même dans tout Créteil. On vous le garantit, on connaît bien la zone.

Impossible, il y a un loup.

Votre voix tremble. Vous parlez trop fort. Comment s'appelle le propriétaire ? En face, un silence, une hésitation, vous avez l'impression très nette d'être mis·e sur haut-parleur. C'est une information confidentielle à ce stade. Êtes-vous, oui ou non, intéressé·e ?

Vous ne savez plus. Vous avez l'impression de perdre la tête. Est-ce que c'est la maison des Simart-Duteil ? demandez-vous encore. Alors, très lentement, en articulant avec excès on vous répond que non, ce n'est pas comme ça que s'appellent les propriétaires actuels ou passés d'ailleurs, puisque, comme on vous l'a expliqué, la demeure n'a appartenu qu'à une seule et même famille.

Le réel se fissure. Le monde chancelle.

Et avant que vous ne raccrochiez, hagard·e, on vous prévient : il y a une liste longue comme le bras de clients qui souhaitent visiter. Alors si la maison suscite votre curiosité, ne tardez pas. Un bien pareil, ça en fait rêver plus d'un.

RÉALISATION : NORD COMPO À VILLENEUVE-D'ASCQ
IMPRESSION : NORMANDIE ROTO S.A.S. À LONRAI
DÉPÔT LÉGAL : AOÛT 2022 N° 151408 (2201494)
IMPRIMÉ EN FRANCE